현진건 문학상 작품집

제16회 현진건문학상 작품집
김설원, 금이정, 안지숙, 정광모, 문서정, 이화정, 이소정

ⓒ 사)현진건기념사업회, 2024

차 례

현진건문학상
4 예본심 심사평 – 구효서, 박상우, 서하진, 이연주
14 수상소감
17 김설원 / 팔월극장
39 자선작 / 잠깐 다녀올게
61 인터뷰 / 이근자

현진건신인문학상
74 예심 심사평 – 노정완, 권이항
76 본심 심사평 – 구효서, 박상우, 서하진, 이연주
78 당선소감
81 금이정 / 스며드는 것들

현진건문학상 추천작
103 안지숙 / 사막의 주기
127 정광모 / 휴먼 장르
147 문서정 / 우리들의 김선호
173 이화정 / 이삼
195 이소정 / 날씨에 대해 우리가 했던 말

225 현진건문학상의 취지 및 심사 경위

2024 현진건문학상 예본심 심사평
상상력의 원천이나 예술적 영감은 영원한 타자의 영역

  추리고 추려 본심에 올라온 작품들은 쉽게 우열을 가릴 수 없습니다. 장점이 많아 끝까지 토론의 대상으로 남아 있었던 작품들이었던 만큼 흠을 잡는다는 건 그다지 의미가 없어 보입니다. 인상에 남는 작품을 개인적으로 꼽는다면 다음 세 편입니다.
  「휴먼 장르」는 어딘가 굳건해 보입니다. 아마도 문장의 기세 때문인 것 같습니다. 믿음을 주는 문장과 구성이라 그럴 테지요. 내용은 흥미롭고요. SF라기보다는 SF적인 소설로 읽었습니다. SF보다는 SF적인 소설이 낫다는 말은 결코 아닙니다. 저는 개인적으로 이 작품을 작가의 예술론으로 읽었습니다. 자동화된 AI창작-퇴고 시스템. 그것이 내장된 로봇 생산의 소설과 인간이 종이에 써낸 소설의 차이랄까 특성 같은 것들을 매우 재미있게 비교하고 분석합니다. 특히 작품 생산량과 독자(인간 독자와 AI리더기를 장착한 로봇 독자)의 숫자에서 실로 엄청난 차이를 보입니다. 소설에 대한 독자의 반향이 지구의 존망에까지 영향을 미칩니다. 그러나 가장 흥미로웠던 것은, 상상력의 원천이나 예술적 영감의 영역을 인간도 AI도 알 수 없는, 어쩌면 영원할 타자의 영역으로 남겨둔다는 것이었습니다. 같은 작가로서 그 점이 엄청난 위안이 되었습니다.
  「우리들의 김선호」는 제목이 말해주듯 이른바 인물 소설이라 할 수 있습니다. 영화를 좋아해 영화도 만들고 그런 시간들을 주변 인물들과 함께 나누기도 하는, 하지만 무엇보다 의로운 인물, 좋은 사람 김선호네요. 이런 인물은 늘 위태롭죠. 자신보다 남을 먼저 생각해 위험을 아랑곳 않고 뛰어드니까요. 아니나 다를까 그러다 목숨을 잃네요. 그것도 바라던 법무공무원 시험에 합격한 날에 말이죠. 불행하고 안타깝습니다. 하지만 죽는 날까지 김선호가 자신이 살고자 했던 삶의 방식에서 한 치도 벗어나지 않았다는 점이 더욱 빛나 보이고, 한편으론 그 점이 부럽지 않을 수 없습니다.

「팔월극장」은 4.19로 인해 엿새 예정이었던 공연을 도중에 내리고 창립 1년 만에 자취를 감춘 짧은 운명의 실존했던 극단 이름입니다. 소설 속에는 그 이름을 따서 청년 한때 단편영화 제작팀 '팔월극장'을 꾸렸던 '나'가 등장합니다. 그런데 지금 고단하기 이를 데 없습니다. 수면제를 품고 다닐 정도입니다. 영원히 잠들고 싶다는 거겠지요. 그 가열찬 내밀함을 외려 담담한 언어로 터치해 내는 작가의 솜씨가 볼만하네요. 그렇습니다. 한때 꿈의 팔월극장이 있었고 실패했습니다. 그런데 그것이 실패/부재하게 됨으로써 비로소 '나'가 극장 바깥의 극장, 즉 꿈의 팔월극장 바깥의 현실의 팔월극장을 아프게 자각해 내는 구성이 압권이네요.

심사위원 구효서

2024 현진건문학상 예본심 심사평
잘 여문 과일의 씨앗처럼 견고한 중심성

낯설고 새로운 소설은 어느 날 갑자기 하늘에서 떨어지는 게 아니다. 잘 연마된 기본기와 숙성된 작가 인식의 바탕 위에서 소설이 꽃을 피워야 하기 때문이다. 독자와의 소통에서 소설은 응당 재미와 의미를 요구받지만 이 문제를 구현하는 것은 생각처럼 쉽지 않다. 단편소설처럼 분량의 제한을 받는 경우는 이 문제가 더 심각해진다. 재미와 의미가 동전의 양면처럼 꾸밈없이 자연스럽게 구현되려면 그 중심성이 잘 여문 과일의 씨앗처럼 견고해져야 하기 때문이다.

본심에 올라온 11편의 작품들은 저마다의 개성과 필력으로 무장하고 있어 초반에 선자들의 의견을 몹시 분분하게 만들었다. 하지만 논의의 시간이 길어지면서 드러난 장점보다 내재된 문제점들을 주목하기 시작했는데 적잖은 작품들이 이 지점에서 아쉬운 약점을 노출했다. 그 약점을 요약하면 중심성의 문제, 즉 다루고자 하는 핵심 사건성에 대한 집중력, 응집력, 일관성의 문제였다. A4 용지 10매 내외로 완성되는 단편소설의 제한적 분량은 조금만 방심해도 중심성이 흐트러지게 만들고, 조금만 과욕을 부려도 본말이 전도되게 만들기 때문이다.

「날씨에 대해 우리가 했던 말」은 '택시비를 받으러 가야겠다고 생각했다' 는 첫 문장의 선언에도 불구하고 그것이 들고나는 불필요한 이야기 화소와 교번 시점의 사용으로 중심성이 제대로 부력을 받지 못했고, 「우리들의 김선호」는 성격소설을 표방했음에도 불구하고 장편소설과 다를 바 없는 긴 서사 배경으로 인해 김선호라는 캐릭터가 각별한 개성을 부여받지 못한 채 등장인물 중의 하나가 되어 버리고 말았다. 「사막의 주기」는 개성적 주인공을 내세웠으나 편의적 구성과 과다한 대사에 의존해 중심성이 모호해졌다.

「이삼」과 「휴먼 장르」는 장르소설임에도 본선에 올라 현진건문학상의 분위기를 쇄신하는 참신한 역할을 했다. 중심성의 문제와는 다소 다르지만 「이삼」은 잘 정돈된 설정과 구성이 돋보였으나 시종 동일한 성조로 기술되는 단조로움이 아쉬웠다. 「휴먼 장르」는 장르임에도 설정과 스케일에서 단연 돋보이는 소설이었다. 초반 중반까지 큰 기대를 가졌기에 끝까지 성공하기를 바랐으나 안타깝게도 결말에 가서 허망한 아쉬움을 맛보고 말았다. 이 소설의 핵심이자 주제는 인간이건 AI 로봇이건 '예술을 필요로 한다' 는 것인데, 이 문제가 작가-독자의 공진에 의해 일어나는 것이라는 본문의 기술에도 불구하고 그 과정에 주제적 심도를 더하지 못한 채 반란 전쟁을 야기하는 것으로 급마무리돼 큰 안타까움을 느끼지 않을 수 없었다. 만약 결말 부분이 AI 로봇 시스템 유지를 위한 예술의 필요성에 대한 장면으로 심화되었다면 나는 이 작품을 대상 수상작으로 강력하게 지지했을 것이다. 작년의 작품 「베팅」과 동일한 지점에서 동일한 문제를 노출한 점에 대해 작가가 고심할 필요가 있을 것으로 보인다.

　수상작이 된 「팔월극장」은 작금의 암울하고 미래 비전 없는 청춘 세대의 부황한 삶을 밀도 높게 보여준 작품이다. 고향도 등지고, 엄마의 죽음도 외면하고, 동생의 부탁과 만류도 뿌리치고 주인공은 삶에 종지부를 찍을 결심을 한다. 소설의 첫 문장에 이 소설의 작의가 선명하게 함축돼 있다. "엄마가 숨을 거둔 시간에 나는 클럽 디디에서 춤을 추고 있었다." 영화판을 부유한다고 해도 그것은 나아갈 길이 되지 않는다. 결국 자살을 결심하고 자신과 다를 바 없이 힘든 삶을 견디는 윤희를 불러내 자살 시나리오의 동참자로 만든다. 인생을 정리하려는 주인공이 꿈꾼 것은 4.19 전해에 생겼다가 엿새 만에 사라진 '팔월극장'이라는 극단이다. 시대적 정치적 상황으로 막을 내린 그 '팔월극장'의 운명을 극복하기 위해 주인공과 친구들은 다시 '팔월극장'을 만들었지만 그것도 허망한 물거품이 되어버리고 말았다. "그 시절의 팔월극장은 운명이 짧았지만 우리의 팔월극장은 오래오래 숨을 쉬자고 포부가 대단했"다는 회고가 시대를 뛰어넘는 청춘의 비극을 상징한다. 암울한 청춘소설이 소재적 관점에서 새로운 것은 아니지만 노골적 발설 없이 개인사적으로 처리하는 절제력과 계산된 전개, 그리고 결말에서 팔월극장으로 모든 것을 수렴해 시대를 뛰어넘는 이월성을 구현한 것에 나는 기꺼이 한 표를 던졌다. 샐러리맨 조형물을 등장시켜 소설적 형상화의 진수를 보여주는 공원 장면은 단연 압권이었다.
  본상 수상자와 추천작으로 선정된 분들께 마음 다해 축하를 드린다. 미래의 수상자가 될 모든 응모자분께도 미리 축하를 드린다.

심사위원 박상우

2024 현진건문학상 예본심 심사평
집중하게 만드는 힘에 대한 기대

　예심을 거쳐 선정된 본심 대상작은 11편이었고 이중 6편을 고르는 작업은 비교적 순조로웠으나 대상 작품 선정과정은 만만치 않았다. 먼저 눈에 띈 작품은 「날씨에 대해 우리가 했던 말」이었다. 멀찌감치 거리를 둔 채 인물을 그리는 작가의 방식이 자칫 밀도를 떨어뜨릴 위험이 있으나 이 작가는 촘촘한 묘사로 시간과 장소를 교차 서술하며 이를 극복해낸다. 사소하지만 일상을 침범한 사건을 해결하는 여정이 인물들의 과거와 현재, 그리고 주변인의 그림자들과 엮이며 명암이 불분명하나 아련한 분위기를 만들었다.
　「우리들의 김선호」는 슬프고 아름다운 소설이다. 다만 감동을 주는 인물의 행동과 서사가 분당 묻지마 살인이라는 실제 사건과 맞물리며 오히려 전반부의 자연스러웠던 흐름을 방해한 느낌이 있었다.
　「사막의 주기」는 절로 눈물이 솟는 고달픈 삶을 살아온 여자의 묘사가 천연덕스러운, 매우 특이한 느낌의 소설이었다. 「이삼」과 「휴먼 장르」는 AI라는 공통의 소재를 선택하고 있으나 그 결은 전혀 다르다. 「이삼」이 생활에서 활용되는 AI와 이를 둘러싼 인물들의 욕망과 허위의식을 드라마틱한 사건으로 그린 반면 「휴먼 장르」는 창작하는 AI에 시선을 고정함으로써 쓴다는 행위와 소설의 의미에 대해 진지하게 묻는, 철학적 질문을 던지고 있다.
　「팔월극장」은 어머니의 부음을 클럽에서 듣는 어수선한 출발의 분위기와 자주 분절되는 장, 주인공이 추구하는 세계의 사건들이 얽히는 과정 등이 상당한 집중을 요구하는 소설이다.

결국 「팔월극장」을 대상 작품으로 선정하게 된 것도 어쩌면 이 집중하게 하는 힘이었다. 주제가 오롯이 떠오를 때까지 서사를 밀고 나가는 힘과 중첩되는 서사들이 소설을 입체적으로 만들어 이 작가의 미래를 기대하게 한다.

6편에 들지는 못하였으나 「남해금산의 눈사람」은 따뜻한 시선이 돋보이는 소설이었고 「저수지로 세 걸음」은 노년의 애환이 선명한 인상적인 작품이었다. 「커튼」 또한 트렌스젠더라는 소재를 빌어 그리움을 꼼꼼하게 형상화한 공이 느껴지는 좋은 작품이었다.

대상 수상자와 추천 작가들에게 축하를 보내며 SNS와 숏폼의 시대에도 창작에 매진하는 작가들에게 존경과 감사를 드린다. 어려운 여건에서도 상을 주관하시는 협회의 노고에 경의를 표하며 이번 수상이 작가들에게 큰 격려가 되기를 기대한다.

심사위원 **서하진**

2024 현진건문학상 본심 심사평
다양성을 보여준
슬프고도 아름다운 것들

어느덧 현진건문학상이 16회를 맞았다. 1회부터 직,간접적으로 참여해 온 협회 일원으로서 감회가 남다를 수밖에 없었다. 예심을 거쳐 본심에 오른 11편의 작품들을 꼼꼼히 읽어본 첫 소감은 작품들마다 슬프지만 아름다운 세계를 다양하게 보여주고 있다는 점이었다. 11편 중 1차적으로 6편(대상 1편, 추천작 5편)을 고르는 작업은 그다지 어렵지 않았다. 그러나 최종 대상작을 선정하는 과정은 생각만큼 쉽지 않았다.

「사막의 주기」는 발상이 참신하다. 세부 묘사가 뛰어나고 문장 구사력이 탁월해 가독성이 있다. 이야기를 풀어가는 솜씨가 예사롭지 않지만, 주인공과 도마장과의 장면이 지나치게 길어 단조로운 느낌을 준다는 아쉬움이 있다. 「우리들의 김선호」는 김선호의 비극적 삶을 그리고 있다. 가난하지만 영화를 만들며 밝게 살아가는 김선호의 어이없는 죽음은 멤버들을 충격으로 빠뜨린다. 단편 그릇에 너무 많은 이야기를 담은 듯한 느낌이 들지만, 인물들의 삶을 축약적으로 보여준 장면들이 아름답다. 「이삼」 역시 이삼의 비극적 삶을 다룬 작품이다. AI 복제 로봇이라는 이색 소재를 다루고 있어 흥미롭다. 어쩌면 미래에는 이런 일들이 일어나지 않을까, 하는 섬뜩한 느낌마저 드는 것은 단단한 구성으로 축조한 이야기의 설득력 때문이 아닐까 싶다. 「날씨에 대해 우리가 했던 말」은 두 젊은 남녀가 억울하게 빼앗긴 택시비를 받으러 가는 과정을 흥미롭게 그리고 있다. 문장이 발랄하고 흥겨워 이야기는 분명 슬픈 내용인데, 그런 느낌이 들지 않게 그리고 있다는 점이 강점이다.「휴먼 장르」는 SF적 소설이다. AI 로봇을 위한 베스트셀러 작가이면서 인간에게 '휴먼 장르' 창작을 지도하는 AI 로봇이 주인공이다. 원로원의 결의에 따라 '나'는 창작 능력을 잃고 요리사로 전락하지만, 예상하지 못한 더 큰 문제가 발생함으로써 다시 복원된다는 내용인데, AI 로봇에게도 예술(문학)이 필요하다는 주제 설정은 참신하면서도 이색적이다.「팔월극장」은 꼼꼼히 읽어야 제맛이 나는 소설이다. 영화감독의 꿈이 좌절된 한 젊은 여성의 출구 없는 삶을 그리고 있다. 공원의 샐러리맨과 나, 죽은 엄마, 여동생의 고리 역할을 하는 성경책의 설정이 이 작품의 밀도를 높여준다. 작품의 분위기가 다소 어둡다는 약점이 있지만, 전체적으로 구성이 치밀하고 문장력이 단단해 완성도가 높은 소설이다.

　최종까지 논의된「날씨에 대해 우리가 했던 말」,「휴먼 장르」,「팔월극장」중에서,「팔월극장」이 현진건문학상의 성격에 좀 더 부합된다는 결론에 이르렀다. 수상한 작가들에게 축하를 보내며, 아쉽게 탈락한 작가들에게는 미안한 마음과 함께 따뜻한 위로의 박수를 보낸다.

심사위원 **이연주**

수상소감

그들의 '목소리'를 듣고, 쓰다

김 설 원

수상 소식이 들려온 시간, 나는 학생의 습작소설을 두고 전화로 이러쿵저러쿵 떠들어대고 있었다. "문장은 술술 읽히는데, 화자의 아픔이나 외로움이 느껴지지 않아. 투명인간 같다고." "할머니의 말투가 왜 이래?" 학생은 나의 지적에 숨을 쌕쌕 쉬며 키보드를 빠르게 두드렸다. 내 입에서 튀어나오는 말들을 한 글자도 놓치지 않겠다는 듯이.

일 년에 한두 번쯤 그 노교수를 떠올리면 '일십백운동'이 무슨 깃발처럼 나부낀다. 그해 개강 첫날, 카키색 재킷을 멋스럽게 차려입은 노교수가 강의실에 들어와서는 아무 말 없이 칠판에 '일십백운동'이라고 크게 적었다. 그리고는 단단하면서도 인자한 목소리로 이렇게 말했다. "일십백운동을 하루도 빼먹지 않고 삼 년 동안 꾸준히 하면 모두 등단할 수 있다!" 귀가 솔깃해지는 단언이었다. 일, 그게 무엇이든 하루에 한 가지를 깊이 생각해라. 삶과 죽음, 아니면 길을 걷다 만난 민들레, 또는 사무치는 그리움에 대해서. 십, 하루에 원고지 열 장씩 글을 쓴다. 창작을 하거나 일기를 써도 좋다. 완성도 높은 소설을 골라 필사를 해도 된다. 낙서도 상관없다. 백, 하루에 원고지 백 장 분량의 글을 읽는다. 철학, 소설, 시, 신문 기사, 그림책 등등 장르를 가리지 말고 눈에 넣어라. 일십백운동은 생각하고, 쓰고, 읽는 행위였다. 그동안 숱하게 들어온 글쓰기의 요건에 '일십백운동'이란 모자를 씌우니까 새롭게 다가왔다. '이것쯤이야 얼마든지 할 수 있지', 하지만 다른 학우들은 어땠는지 몰라도 나는 일십백운동을 하다 말았다.

강의실에서 만나는 예비 소설가들의 초고에 공통적으로 빠져 있는 것은 '음식과 진짜 주인공'이다. 작중 화자는 있는데 이 사람이 어디에 살면서 무슨 일을 하며 먹고 사는지 도통 알 수가 없다. 한마디로 정체불명의 인간이다. 학생에게 "주인공의 나이가 몇 살이야?" "이 여자는 무슨 일을 해?"라고 물어보면 자기가 창조한 인물이면서도 머리를 옆으로 살살 흔든다. 음식도 마찬가지다. 초고의 반 이상을 읽었는데도 등장인물들은 뭘 먹지 않는다. 하다못해 커피조차도. 학생들은 대체로 '나는 두부와 감자가 든 된장국을 후루룩 마시고 밥에 계란을 얹어 억지로 쓸어 넣듯이 먹고는'이라고 표현하지 않고 그냥 '점심을 먹었다'라고 쓴다. 이 차이는 크다. 음식의 얼굴을 드러내고, 또 먹는 모습을 디테일하게 표현하면 그, 또는 그녀의 심리나 성격을 파악할 수 있기 때문이다. 인물형상화에 일조하는 것이다. 어떤 음식에 꼭 상징성을 부여하지 않아도 된다. 가볍게라도 그려라. 이렇게 잔소리를 해대야 겨우 얼굴을 내미는 소설 속 음식들.

현진건문학상 수상자라는 황홀한 소식을 접하고 나자 투명인간, 일십백운동, 진짜 주인공과 음식이 차례로 떠올랐다. 정작 나도 제대로 못하고 있는, 나태에 빠져 소홀히 하는 창작의 밑거름이다. 「불」의 순이, 「빈처」의 아내, 「할머니의 죽음」의 중모, 「운수 좋은 날」의 김 첨지, 「사립정신병원장」의 W군……. 나는 문학적 상처와 아픔의 통과의례를 거치는 동안 이들의 '목소리'를 또렷이 들었다. 독자가 소설 속 인물들을 내 이웃처럼 느끼며 그들의 애틋한 목소리를 들었다는 건, 작가가 충실히 시대를 재해석하고 소시민들의 삶을 눈여겨봤다는 뜻이다. 마침내 귀한 상을 받았다는 사실보다 그 순간 선명한 줄이 내 마음속에 그어져 더 기쁘고 설다. 그건 바로 소설 창작의 출발선이었다. '현진건'이란 고매한 이름에 조금이라도 흠집을 내지 않도록 긴장하면서 등장인물의 목소리가 들리는 소설을 쓰겠다. 소설가로서 다시 출발선에 설 수 있도록 손을 잡아준 심사위원님들께 깊이 감사드린다.

제16회 현진건문학상

팔월극장

김설원

----- 작가의 말

「팔월극장」은 영화를 만들고, 또 소설을 쓰고 싶은 영진과 윤희의 이야기다. 하지만 그녀들은 먹고 사는 문제 앞에서 수시로 무릎이 꺾이거나, 그 꿈을 당분간 등 뒤에 놓아둔다. 사실 이 작품에서 소설가를 꿈꾸는 인물은 등장하지 않는다. 그 인물은 바로 작가인 나다. 윤희와 영진이는 어떤 면에서 내 분신이다. 때문에 시간이 흐를수록 애착이 가는, 아픈 손가락이나 다름없는 소설이다. 가정환경 때문에 억척스러워진, 머지않아 막이 오를 '팔월극장' 같은 꿈을 가슴에 품고 부박한 현실에 맞서는 윤희 곁에서 부디 영진이가 삶의 방향을 찾길 바란다.

나는 두 개의 이름을 번갈아 사용하며 즐거이, 때론 우울하게 노를 젓고 있다. 직장에서는 '김수진'으로, 문우들 사이에서는 '김설원'으로 불린다. 일과 문학을 양손에 쥐고 있는 셈이다. 어느 한쪽으로 반드시 기울어지기 마련이지만 아무쪼록 균형을 잘 유지해서 '삶에 뿌리를 내린, 읽어서 즐거운' 소설을 써보자고 스스로를 격려한다.

----- 약 력

군산 출생.
2002년 《매일신문》 신춘문예에 「은빛 지렁이」로 당선.
작품집 『은빛 지렁이』, 장편 『이별 다섯 번』, 『나의 요리사 마은숙』.
《여성동아》 장편소설 공모 당선, 『내게는 홍시뿐이야』로 제12회 창비장편소설상 수상.

엄마가 숨을 거둔 시간에 나는 클럽 디디에서 춤을 추고 있었다. 여동생이 문자메시지로 임종 소식을 알렸다. 새벽 한 시가 막 넘어선 때였다. 휴대전화에 찍힌 부고를 보는 순간 목덜미가 싸늘해졌다. 나는 아르바이트생을 불러 맥주에서 지린내가 난다고 공연히 신경질을 부렸다. 부주의로 내 어깨를 슬쩍 건드리고 지나가는 여자에게 눈을 부라리다 싸울 뻔했다. 침착하자고 마음을 다잡을수록 악의가 솟구쳤다. 나는 계산을 하고 황급히 디디에서 나왔다. 숨이 가빴다. 발길 닿는 대로 걷다 보니 피시방 앞이었다. 얼른 들어갔다. 등받이가 높은 의자에 푹 파묻혀 고스톱을 쳤다. 홍싸리를 낸다는 게 그만 똥광을 건드리는 실수를 반복하다 매번 첫판에서 깨졌다. 나는 고스톱 판에서 퇴장했다. 그리고 윤희에게 이메일을 보냈다. 새벽하늘에 별이 초롱초롱한데 귓가에선 험악한 빗소리가 들린다고, 우산을 돌려줘야겠으니 일간 만나자는 내용이었다.

"방충망 치세요, 방충마앙."
요란한 종소리와 함께 쩌렁쩌렁 울리는 목소리가 1라운드 경기의 종료를 알리는 휘슬처럼 들려왔다. 검질긴 상념이 흐트러지면서 천장에 붙박여 있던 엄마의 얼굴이 온데간데없어졌다. 나는 열띤 경기장에서 잠시 놓여난 선수처럼 심호흡을 했다. 무심코 이마에 손을 댔다. 축축했다. 엄마가 저승으로 떠난 지 닷새가 지났다. 그 닷새가 긴긴 하루 같았다. 여동생의 문자메시지를 받고도 나는 고향에 내려가지 않았다. 무슨 접근금지 표시처럼 검은 띠를 둘러놓았을 엄마의 영정 사진을 마주할 자신이 없어서였다.

엄마의 육신이 불에 태워지던 날, 나는 영화 촬영장에서 절친한 동료 대신 스크립터 노릇을 했다. 감독 뒤에 바싹 붙어 앉아 모니터를 보며 촬영 전반에 관한 사항을 노트에 기입했다. 이를테면 남자 배우가 어느 쪽 손으로 여배우의 뺨을 때렸는지, 여배우가 무슨 색깔의 립스틱을 발랐으며 어떤 장면에서 NG가 몇 번 났는지 따위들. 또한 즉석에서 수정한 대사를 꼼꼼히 적기도 했다. 그래야 촬영 현장과 편집 과정 사이에 마찰이 생기지 않았다. 스크립터의 역할이 중요한 이유였다. 공교롭게도 그날 촬영 장소는 납골당이었다. 남자 배우가 안치단의 분골함 앞에서 묵념할 때였다. 동시녹음이라 모두 숨을 죽이고 있는데 내 입에서 흐느낌이 비어져 나왔다. "캇! 캇! 야, 조감독! 이게 무슨 소리야! 뭐야, 너였어? 왜 눈물을 질질 짜고 난리냐. 어라? 아예 통곡을 해라. 너 때문에 다들 손 놓고 있는 거 안 보여? 오늘 촬영 망칠 거야? 아, 정말 미치겠네. 십 분간 휴식!"

자양강장제를 두 병이나 마시고 나서야 마음이 좀 가라앉았다. 감독의 눈총을 받으며 겨우 대타 임무를 마친 후 나는 납골당에 잠든 이름들을 눈여겨봤다. 제 엄마 장례식에 낯짝도 비치지 않는 망종이라고 떠들어대는 친척들의 목소리가 들리는 듯했다. 스텝들이 다음 촬영지로 빨리 가야 한다고 재촉했으나 납골당에서 발이 떨어지지 않았다. 귀가해서는 햇감자를 삶아 먹고 잠을 청했다. 아침에 눈을 뜨면 단잠을 자고 일어난 스스로가 혐오스러워지는 한편 안도감도 얼씬거렸다. 덕분에 그나마 이성을 찾을 수 있었으니까. 무슨 진정제 같은 기이한 숙면이었다.

휴대전화의 벨소리가 날카롭게 들렸다. 이제 그만 쉬고 2라운드 경기를 하라는 신호 같았다. 손가락 하나 움직이기 싫다. 며칠 전부터 여동생만큼이나 전화를 해대던 송피디다.

"살아 있었냐? 다음부턴 제발 말을 하고 잠수를 타든지 말든지 해. 내가 너한테까지 스트레스를 받아야겠어?"

무슨 일이 있느냐고 물었더니 나한테 안겨줄 일자리를 물어 왔단다.

"당장 출근하지 않으면 다른 백수한테 넘기겠다고 배짱을 튕기는데 너랑 통화가 돼야 말이지. 오늘도 먹통이면 포기할 생각이었다. 홈쇼핑 광고를 제작하는 프로덕션인데 당장 조감독이 필요하대."

"고마운데, 사양할게요. 저 조만간 여행 떠나요."

"여행 때문에 일자리를 포기한다고? 너 같은 억척꾸러기가? 하긴 지칠 만도 하지. 근데 네 목소리가 어째 이상하다. 울었냐? 내가 부지런히 제작자를 찾고 있으니까 조금만 더 버텨봐. 신바람 나게 영화 촬영장을 누비게 해줄 테니."

송피디가 오 년 가까이 입버릇처럼 되풀이하는 말이었다. 신바람 나게 영화 촬영장을 누비게 해준다는, 송피디의 마지막 대사가 이제 나에게는 매일 밥상에 오르는 시어 터진 김치나 다름없었다. 원래 타고난 성격인지, 아니면 변덕스럽고 요사스런 영화판에서 굴러다니다 보니 성격이 변한 건지, 지나치게 낙천적인 송피디가 들으나 마나 한 잡담을 쏟아놓더니 "수고!" 하며 전화를 끊었다. 그 끝인사가 "건배!"라는 어감으로 들렸다. 맥주라도 한잔 마시면 온몸을 옥죄는 갈증이 물방울만큼이라도 가실까.

오늘 오전 열한 시쯤 등기소포를 받았다. 유별나게 누리끼리한 박스 상단에 고향집 주소가 적혀 있었다. 여동생이 보낸 거였다. 빈틈없이 붙인 테이프를 쭉 뜯어내는 순간 뭔가가 불쑥 튀어나오거나, 아니면 인체에 치명적인 어떤 기체가 확 퍼져 기절할 것만 같았다. 차라리 그랬으면 좋겠다고 생각하면서도 손을 대기가 꺼려졌다. 엄마가 저승길을 밟은 상황에서 여동생이 무슨 먹거리를 보내기야 했을까. 분명 망자와 관련이 있는 등기소포일 터였다. 말하자면 유품.

내 짐작은 맞았지만 그 유품이 성경책일 줄은 몰랐다. 손때가 묻다 못해 흐물흐물해진 성경책에 편지 한 통이 부록처럼 딸려 왔다. 글씨에서 이토록 뜨거운 감정을 느껴보긴 처음이었다. 여동생의 글씨는 두서없이 불안정했다. 아무리 피붙이라지만 너무 무례하게 원망을 퍼붓다가, 또 이내 돌변해서는 고향에 내려오라고, 일자리는 얼마든지 구할 수 있다며 어른스럽게 나를 구슬렸다. 여동생의 부질없는 소망에 헛웃음이 나왔다. 몇 번이나 휴대전화에 손이 갔지만 마음을 접었다. 엄마가 내게 남긴 성경책인지, 아니면 여동생이 나를 자극하려고 보낸 건지 모르겠지만 어느 쪽이든 마음이 일렁이지는 않았다. 여기저기 밑줄이 그어진 성경책을 보는 순간 언제부턴가 나도 모르게 갖게 된, 초월적인 존재에 대한 믿음이 흔적도 없이 사라졌기 때문이다. 군데군데 페이지가 접혀 있고, 밑줄은 그보다 더 많고, 어떤 말씀 옆에는 서툰 필체로 뭐라고 적어놓은 엄마의 성경책. "이렇듯 열렬히 당신을 의지했던 여자를 박복한 팔자로나마 오래 살게 해주지도 못해요?" 나는 쓴웃음을 흘리며 혼잣말로 중얼거렸다. 결국 내가 막연히 붙잡았던, 또 엄마가 어떤 의심도 없이 믿었던 목수의 아들은 결국 허상이었는지도 몰랐다.

엄마는 고향의 재래시장에서 십 년 가까이 생선을 팔았다. 일제강점기에 미곡반출의 중심지였던, 엄마의 오랜 생활 터전이자 내 고향인 항구도시는 변모하기 위해 몸부림치다 결국 쇠락했다. 물론 엄마도 그 불황의 피해자였다. 재래시장에서 생선만 팔아서는 목구멍에 풀칠하기도 어려웠다. 엄마는 돌파구를 물색하다 시청 근방에 해장국집을 열었다. 하지만 생선가게나 해장국집이나 막막한 건 마찬가지였다. 개업한 지 반 년도 채 되지 않아 인건비도 벌지 못하는 처지가 됐다. 급기야 엄마는 혼자 해장국집을 꾸려갔다. 입시학원의 수학 강사였던 여동생은 짬이 나는 대로 식당 일을 도왔다. 생김새는 물론 억척스런 성격까지 빼닮은 모녀는 일개미 같았다.
"계속 서울에서 그러고 있을 거야? 집안 꼴이 어떤지 알기나 해? 며칠 전에 엄마가 고혈압으로 쓰러졌어. 그 와중에도 엄마는 언니한테 절대 말하지 말라고 신신당부하데. 언니, 제발 그 영화 핑계 좀 그만 대. 햇수로 벌써 칠 년째야. 그러는 사이 언니는 삼십 대 중반이 됐어. 이쯤 되면 허송세월했다는 생각이 들어야 정상이잖아? 엄마가 쓰러질 때마다 이대로 영영 눈을 감을까 봐 무서워 미치겠어. 제발 내 곁에 있어 달라고."
나의 무모한 열정을 도려내겠다는 듯 여동생은 작년부터 부쩍 발톱을 세우고 독하게 굴었다. 그즈음부터 나는 여동생의 전화를 잘 받지 않았다. 그 비난을 듣기 싫어서가 아니라 구구절절 옳은 말이었기 때문이다. 엄마와 여동생이 한집에 살고 있어 그나마 안심이 됐다. 두 여자가 '무모한 열정'이라는, 그 질겨질 대로 질겨진 고집에 혀를 내두르며 차라리 나를 잊어 주기 바랐다. 나는 그때부터 종종 클럽에 드나들었다.

여동생은 엄마의 몸 상태가 어떤지 세세히 적어 문자메시지로 보냈다. 심지어는 오른쪽 발바닥에 티눈이 생긴 것까지 알려줬다. 내가 답장을 하든 말든 개의치 않는 눈치였다. 엄마가 내게는 좋은 말만 전하라고 했다는데 여동생은 나쁜 말만 꺼내 놨다. 그래서 나는 집안 사정을 속속들이, 훤하게 알고 있었다. 여동생의 작전, 그러니까 고향집의 현실을 제대로 알면 이쯤에서 꿈을 접고 귀향하리라는 생각이 먹혀들 뻔한 적도 있었다. 우여곡절 끝에 크랭크인을 앞둔 영화가 무산됐던 날, 공교롭게도 엄마가 과로로 쓰러졌다는 소식이 날아왔다. 이것이 기폭제가 됐다. 더 이상은 버티지 못하겠다고 씩씩거리며 고속터미널로 달려갔다. 그날 나는 고속터미널 대합실에서 하염없이 앉아 있었다. 해가 졌는지도 몰랐다. 고향으로 가는 막차가 떠난 시간이었다.

언제부턴가 엄마와 나는 다른 시간 속에 살고 있는 듯한 느낌이 들었다. 그 실감은 해가 바뀔수록 짙어졌다. 어느 날 새벽길을 걷다가 쓰레기 더미 사이에서 사진 한 장을 발견했다. 엄마보다 십 년쯤 젊어 보였는데, 이 여자도 누군가의 엄마일 터였다. 나는 그것을 집어 손바닥 위에 올려놨다. 사진 속 '엄마'의 눈빛은 공허했다. 살짝 미소를 지은 표정이었는데 그 모습이 흐느껴 우는 것보다 더 슬퍼 보였다. 생생한 영혼은 어디론가 날아가고, 허물 같은 육체만 여기에 남아 이리저리 흩날리는 것 같았다. 그 무렵 우리 엄마도 내게 그런 존재로 다가왔다. '앨범 속에 누워 있지 않고 어쩌다 쓰레기 더미까지 흘러왔나요.' 나는 영정사진을 축소해 놓은 듯한 사진을 물끄러미 쳐다보며 눈인사를 건넸다.

어제 내 보금자리의 살림살이를 없앴다. 반은 버리고 반은 '아름다운 가게'에 기부했다. 별것 아니지만 뒤늦게라도 선한 일을 했다고 생각하니 조금이나마 면목이 서는 기분이었다. 다이어리와 일기장은 불태워 버렸다. 사소한 삶의 기록이 나보다 먼저 산화한 것이다. 보증금 500만 원에 월 30만 원. 서울에서 이런 조건으로 집을 구한 건 한마디로 행운이었다. 마치 사람처럼 마음이 느껴지는 집이 있다. 현재 내가 거주하고 있는 원룸이 그랬다. 평수는 작아도 마음이 넓은 집이었다. 볕도 잘 들고, 새소리도 잘 들리고, 식물도 잘 자라고…… 무엇보다 수시로 지치는 나를 다정한 피붙이처럼 감싸줬다. 집주인에게 사정상 더 머물지 못하는 뜻을 밝히자, 보증금에서 밀린 월세를 제하고 남은 돈을 바로 송금해 주었다. 계약 날짜가 아직 한참 남아 있고, 바통터치할 세입자가 나타나지 않았는데도 호의를 베풀었다. 집이 따뜻하니까 집주인도 그렇다. 그 부모에 그 자식이라는 생각이 들었다. 돌려받은 보증금이라야 얼마 되지 않았다. 밀린 월세, 납부 기한을 넘긴 공과금, 신용카드 할부요금, 이달 휴대전화 요금을 정리하고 나니 350만 원쯤 남았다. 단출한 살림살이, 책, 옷가지를 들어내고 보니 여기가 내 둥지였나 싶을 정도로 낯설었다. 황폐하기까지 했다. 현재 내 마음을 꼭 빼닮은 집이었다. 그동안 나를 괴롭히던 소망, 절망, 미련이 흔적도 없이 쓸려나간, 백지 상태의 공간. 나는 두 손을 가슴에 얹고 방 한가운데 누웠다. 어디선가 파도 소리가 들려오는 것 같았다. 눈이 스르르 감겼다. 내 삶의 시놉시스가 바람에 날려 머릿속에 내려앉았다.

내가 애초부터 '영화'라는 매혹적인 숲에 들어가고 싶어 그 언저리를 맴돌았던 건 아니었다. 나는 산업디자인을 전공했고, 무대연출에 관심이 있었다. 내 첫 직장은 이름만 거창한, 각종 홍보 인쇄물을 제작하는 회사였다. 비좁은 사무실에 틀어박혀 명함이나 전단, 스티커 따위를 만드는 일이 마냥 따분했다. 직장생활이 그저 먹고, 입고, 자는 데 필요한 돈을 버는 생존 활동일 뿐이라는 생각이 권태를 키웠다. 안 되겠다 싶어 엄마와 여동생의 반대를 무릅쓰고 상경해서 강의와 실습이 실속 있다고 소문난 학원의 '무대미술' 강좌를 수강하기로 했다.

"무대미술 강좌가 정원 미달이라 이번 달은 폐강합니다. 여름방학에는 전체적으로 수강생이 많으니까 한 달만 기다려 봅시다. 그때까지 연출 전공 강좌를 들어보면 어떨까요?"

학원 원장의 권유로 우연히 청강한 수업에 나는 상당한 매력을 느꼈다. 행여 수강생이 몰려들어 무대미술 강좌가 개설됐어도 이쪽에 그대로 남아 있었을 것이다. 하지만 내 진로가 바뀌려고 그랬는지 여름방학이 시작됐어도 '무대미술'은 한산했다. 학원 수료 후 영화제작사에 들어갔다. 운이 좋은 케이스였다. 하지만 기쁨은 잠시였다. 낯설지는 않으나 성질이 더욱 고약해진 '가난'과 마주쳐야 했다. 이리저리 매만져 완성도를 높인 시나리오가 투자자의 마음을 사로잡았어도 영화 촬영 직전에 번번이 엎어지고 말았다. 액수도 날짜도 들쑥날쑥한 급료는 내 일상을 위태롭게 만들었다. 어쩔 수 없이 닥치는 대로 아르바이트를 했다. 자부심이랄지 성취감은 온데간데없어지고 한숨과 카드빚만 늘어가는 생활이 끝도 없이 이어졌다.

나는 무슨 일로 감정의 색깔이 변하면 그 남자를 찾아갔다. 샐러리맨인 그는 단아한 공원에 살고 있었다. 원룸에서 공원까지는 느릿한 걸음으로 삼십 분이면 닿았다. 주변이 온통 아파트 단지여서 공원이

번잡할 것 같은데 의외로 한산했다. 말쑥한 저택의 정원 같은 공원에는 새들만 드문드문 날아다녔다. 오늘은 더 한적했다. 훤칠한 소나무 앞에 멈춰 서서 귀를 기울였다. "개나리도 폈는데 재미나는 일이 없을까?" "출출하지 않냐?" "저기 화살나무에 누가 왔어!" 나는 새들의 지저귐을 통역하며 피식 웃었다. 샐러리맨에게 가려면 공용 화장실을 지나 나무 계단으로 올라가야 한다. 일정한 모양으로 차곡차곡 놓여 있는 나무 계단을 보고 있자니, 너는 이 계단의 수만큼 살았다고, 누군가가 말해주는 듯했다.

샐러리맨은 팔베개를 한 채 벤치에 드러누워 있었다. 너무나 피곤하다는 듯 혀를 쏙 내민 얼굴이 우스꽝스러우면서도 측은했다. 넥타이가 반으로 접혀 가슴께에 늘어져 있었다. 구두는 벗어 던졌다. 왼쪽 무릎에 오른쪽 다리를 걸친 그의 머리맡에는 두툼한 서류 가방이 놓여 있었다. 바지 주름까지도 섬세하게 표현했다. 언뜻 보면 실제 샐러리맨이 누워 있는 것 같은 조형물이었다. 샐러리맨에 대한 정보는 없다. 기본적으로 알려주기 마련인 제목, 제작자, 제작 연도 따위를 감춰버렸다. 한마디로 속을 알 수 없는 남자였다. 샐러리맨의 현재 처지를 상상해 보라는 뜻인가. 어디서 무슨 일을 하는지, 미혼인지 기혼인지, 오늘 어떤 일이 있었기에 이토록 지쳐 있는지……. 그의 일상을 그려보며 유대감 내지는 교감을 나누라는 주문. 아니면 누구든 세상살이가 버겁다는, 너만 쓸쓸하고 불안한 게 아니라는 무언의 위로.

나는 샐러리맨의 양복 자락을 깔고 앉았다. 벤치의 폭은 넓었다. 제작자가 일부러 샐러리맨 옆에 누울 수 있도록 공간을 만들어 놓은 것 같았다. 배낭을 한쪽에 놓은 뒤 운동화를 벗고 샐러리맨 옆에 누웠다. 직각으로 구부러진 샐러리맨의 팔에 머리를 기댔다. 커다란 고깔 모양의 하늘이 나뭇가지 사이로 보였다. 저 삼각형의 공간으로만 빗방울이 떨어지거나 빛의 입자가 하염없이 스며들고, 그 마법 같은 기운을 받아 무엇이든 마음먹은 대로 되는 상상을 하다 보면 졸음이 밀려왔다. 나는 모로 누워 샐러리맨의 해쓱한 구릿빛 얼굴을 쓰다듬었다. 넥타이도 매만졌다. 샐러리맨의 반쯤 내민 혀에서 휴-, 하는 소리가 들려오는 듯했다.

"딸기 먹을래요?"

나는 배낭을 흘깃 쳐다보며 샐러리맨에게 물었다.

"오면서 마트에 들렀어요. 껌이랑 티슈를 사려고요. 마트에서 나와 천천히 걷는데 배낭이 묵직한 거예요. 이상하다, 뭘 많이 넣지도 않았는데…… 배낭을 열어보니까, 나 참, 딸기가 있더라고요. 나도 모르게 딸기를 샀지 뭐예요."

배낭에서 딸기를 꺼냈다. 투명한 사각 플라스틱 용기에 싱싱한 딸기가 이 단으로 가지런히 놓여 있었다. 용기 라벨에 적힌, '새콤달콤 살맛 나는 딸기'라는 글씨를 골똘히 쳐다봤다. 이 딸기를 먹으면 정말 살맛이 날까, 엄마가 다시 숨을 쉴 수 있을까.

"엄마가 가장 좋아하는 과일이 딸기였어요. 엄마는 겨울에도 봄에도 딸기를 먹었어요. 초록색 꼭지를 떼지도 않고 통째로 입에 넣어서요. 윤기가 흐르면서 씨가 촘촘히 박힌 딸기를 연달아 열 개쯤 먹고 나면 엄마는 이런 생각이 든대요. 살맛 난다는 게 바로 이런 거구나!"

나는 다시 샐러리맨 곁에 누웠다. 초록빛 액세서리 같은 자잘한 나뭇잎 사이로 하늘이 조각조각 모습을 드러냈다. 어떤 상처든 낫게 해주는 신비한 물이 가득 담긴, 옹달샘을 닮은 하늘이었다. 피곤에 절은 샐러리맨의 눈에도 저 하늘이 보이겠지. 제작자는 이런 구도까지 계산했구나. 나는 머리를 뒤로 젖혀 눈을 크게 뜨고 하늘에 눈길을 줬다. 그때 새 한 마리가 '삐리 피피요' 라고 지저귀며 이 나무에서 저 나무로 날아갔다. 엄마의 목소리를 닮았다. 나는 눈을 꾹 감았다.

동대문역사문화공원역 근처에 자리한 롯데리아에서 윤희를 만나기로 했다. 약속 시간까지는 한 시간쯤 남았다. 엄마가 대학교 입학 선물로 사 준 손목시계는 흠집 하나 없다. 항상 차고 다녀서 신체의 일부 같았던 손목시계의 거처만큼은 분명히 해두고 싶었다. 윤희라면 진심으로 끝까지 간직해줄 것이다. 손목시계에 입김을 불어본다. 거센 바람이 휙 불어오면 알라딘 요술램프의 지니처럼 짙은 블루 빛깔의 시계 판으로 빨려 들어갈 것만 같다. 내가 누군가의 간절한 소망을 들어줄 수 있다면 엄마부터 살려내야지. 그런데 엄마는 이승에서 다시 살고 싶다고 할까? 얼마쯤 살아보니 차라리 저승이 낫다고, 함부로 환생시키지 말라고 손사래를 칠지도 몰랐다.

나는 '룩안경원'으로 발을 재게 놀렸다. 오늘 나의 눈은 촬영 카메라인 만큼 어디 이상이 없는지 꼼꼼히 살펴야 했다. 지금 쓰고 다니는 안경은 너무 낡았다. 조심스럽게 출입문을 열자, 누가 언짢은 말을 해도 그냥 웃어넘길 것 같은 인상의 안경사가 반갑게 맞아줬다. 안경을 맞추고 싶다고 말하자 일단 시력부터 쟀다. 내 시력은 좌우 0.7이었다.

"렌즈에 와인 색깔을 아주 연하게 입히면 멋스러워 보일 텐데요."

"그냥 물처럼 투명하게 해주세요."

안경이 만들어지는 동안 나는 정수기의 물을 넉 잔이나 마셨다. 이상하게 목이 탔다. 짜디짠 음식을 마지못해 많이 먹은 것처럼 말이다. 오동보동한 손가락에는 거스러미와 손톱이 자라 있었다. 손바닥에 얼기설기 얽혀 있는 손금이 훤히 드러난 뿌리라고 생각하자 손가락은 나무줄기, 손톱은 열매 같았다. 그렇다면 돈이 많거나 가난하거나, 얼굴이 예쁘거나 밉거나, 우리는 너나없이 손에 나무 한 그루씩 지니고 산다. 단풍나무, 사과나무, 복사나무, 뽕나무, 바오밥나무……. 손에서 자라는 나무의 수액이 몸 구석구석으로 흘러들어 우리는 불친절하고 야박한 삶의 길목에서 자주 무릎이 꺾여도 다시 기운을 낼 수 있는 것이다. 엄마의 나무는 원래 수액이 적어 찔끔찔끔 한 방울씩 떨어지다 메말라 버렸을까. 그래서 평생 고생만 하다 떠났겠지. 내가 갖고 태어난 나무가 단풍나무라면, 당이 풍부한 그 수액을 나는 스스로 없애 버릴 생각이었다.

학원 강의실에서 윤희를 처음 만났다. 봄비가 쉬엄쉬엄 내리던 날이었다. 학원에서 연출 전공 강의를 듣던 시절, 나는 취향과 감각이 통하는 친구들과 함께 단편영화를 제작해서 '단편영화제'에 출품하려고 했다. 우리들이 공동 집필한 시나리오의 등장인물은 네 명이었다. 그중 세 명은 쉽게 섭외했는데 술꾼 할머니 배역이 문제였다. 우리는 인터넷 영화 카페에 '팔월극장에서 배우를 찾습니다' 라는 제목으로 광고를 냈다. 염치없지만 형편상 당신의 재능을 돈으로 살 수 없다고, 하지만 우리의 친구가 되어 준다면 언제까지 의리로 보답하겠다는 출연 조건 때문이었는지 반응이 싸늘했다. 그래도 몇몇 지원자가 있어서 학원 강의실로 모이게 했다. 연기 테스트를 해보니 최나영과 김윤희의 연기가 돋보였다. 나는 김윤희의 어딘지 모르게 어수룩하면서도 인간적으로 끌리는 연기에 후한 점수를 줬는데 다른 친구들은 광대뼈가 튀어나온 최나영을 점찍었다. 김윤희의 앳된 얼굴이 할머니 배역을 맡기에 적합하지 않다고 했다.
"술꾼 할머니는 나이가 들어 보이고 칙칙해야 하냐? 분장을 잘하면 되지."
적극적으로 김윤희의 편에 섰지만 역부족이었다.
"그게 어느 무대든 연기 한 번 해보는 게 꿈인데 기회를 잡기가 어렵네요. 할머니 역할만큼은 실감 나게 할 수 있는데 말이죠. 특히 술꾼 할머니……."
성의 표시로 마련한 작은 선물을 건네주자 김윤희가 밉지 않게 투덜거렸다. 지원자들이 돌아간 후 뒷정리를 하는데 연두색 우산이 눈에 들어왔다. 손잡이에 'yoon hee'라고 깜찍하게 새겨져 있었다. 어린 꽃봉오리 같았다. 휴대전화에 저장된 지원자들의 연락처를 찾아 김윤희에게 전화를 걸었다. 이미 지하철을 탔다면서 당분간 우산을 맡아달라고 했다.
뜻밖에도 우산은 윤희와 나의 연결고리가 됐다. 신기하게도 우리는 동갑내기였다. 윤희와 나는 문자메시지나 카톡보다 이메일을 선호했다. 어떤 날은 손으로 편지를 쓰고 싶었다. 폭설이나 폭우, 폭염이 나를 괴롭힐 때나 손을 잡아준 투자자가 갑자기 변심해서 정신적인 폭력을 가할 때 나는 노트북을 열어 윤희를 불러냈다. 윤희가 '폭'에 시달린 나를 일으켜 세워줄 지지대 같았으니까. 윤희는 속이 허할 때면 열무국수나 수제 돈가스처럼 내 얼굴이 떠오른다고 했다.

약속 시간보다 일찍 롯데리아에 도착했다. 등산복 차림의 외국인과 학생 서넛이 햄버거를 먹고 있었다. 어딜 가나 젊은이들로 바글바글한 패스트푸드점이 한산하니까 낯설고 적막했다. 새 안경을 끼고 바라보는 실내는 지나치게 명료했다. 새로 구입한 식물도감을 펼쳐보는 기분이었다. 늠름한 가로수는 초록불로 타오르는 듯하고, 뭉게구름은 그 무게를 견디지 못해 금방이라도 떨어져 내릴 것 같았다. 행인들의 다양한 표정과 몸짓, 어느 집보다 싸게 드릴 테니 우리한테 오시라고 외치는 상가들의 세일 광고, 배우고 즐기는 행사를 선전하는 현수막들을 하나하나 쳐다보며 셔터를 누르듯 눈을 깜박였다. 아까 룩안경원을 나오는데 자식이 부모한테 돋보기안경을 사주는 게 아니라는 말이 불쑥 떠올랐다. 어디서 들었는지는 기억에 없다. 속내를 알 수 없는 금기를 까먹고, 나는 작년 어버이날 앞부분에 별이 빼곡한 크로스백과 돋보기안경을 엄마한테 보냈다. 성경책의 글씨가 잘 보이지 않는다는 엄마의 푸념이 하필 그때 되살아나서였다. 어리석은 선물이 엄마의 생을 단축 시켰을지도 모른다는 후회가 나를 툭하면 괴롭혔다.

롯데리아의 출입문에 붙여 놓은 단팥죽 사진이 먹음직스러워 샀는데 달기만 하고 새알심도 초라했다. 엄마는 팥죽을 즐겨 먹었다. 겨울이면 보온병에 담아온 단팥죽을 먹으며 재래시장의 옹색한 생선가게에서 추위를 견뎠다. 걸쭉한 액체 위로 엄마의 얼굴이 동동 떠올라 나는 단팥죽을 마구 퍼먹었다.

"뭘 그렇게 골똘히 생각하고 있어?"

깜짝 놀라 고개를 들자 머리를 짧게 자른 윤희가 서 있었다.

"종로 3가에서 1호선을 탄다는 게 5호선을 탔지 뭐야. 요즘 왜 이렇게 덤벙거리는지 몰라."

윤희의 씩씩한 말투가 조용한 실내에 활기를 불어넣었다.

"머리 잘랐네? 긴 머리보다 훨씬 낫다."

"몸도 마음도 축축 늘어져서 잘랐어. 기분 전환용으로. 넌 좀 수척

해진 것 같은데 어딘지 모르게 새로워진 느낌도 들어. 이 새로움의 정체가 뭘까."

"안경 바꿨어. 나도 기분 전환용으로."

"아, 역시 내 눈은 정확해."

윤희가 착실한 대학원생처럼 보인다고 말하며 앞머리를 쓸어 올렸다. 윤희의 머리를 보자 생뚱맞게 싱싱한 부추 다발이 연상됐다. 윤희는 단호박삼각파이와 카푸치노를 먹겠다고 했다. 키오스크로 주문하고 왔더니 누군가와 통화하고 있었다. 북한산, 청계산, 소요산을 입에 올리더니 이번 주에는 수락산으로 가자고 결정하며 전화를 끊었다.

"주말에 등산 가기로 했어?"

"주말에 등산 다닐 여유가 있으면 괜찮은 팔자지. 내가 주말엔 김밥 장수로 변신해. 그나저나 무슨 일 있었니? 그날 새벽에 전화를 했으면 냉큼 뛰어나갔을 텐데."

"윤희야, 오늘 나랑 있어 줄래?"

"아직도 귀에서 험악한 빗소리가 들려?"

"너랑 하룻밤 자고 싶어서 그래. 네가 좋아하는 맛있는 음식도 먹고, 함께 영화도 보고, 깨끗한 모텔에서 밤새 수다도 떨자."

엄마의 부음을 접한 새벽, 나는 클럽 디디를 나오며 머릿속으로 시나리오 한 편을 썼다. 친구의 주검을 거두는 비중 있는 역할은 윤희에게 맡기기로 했다. 나는 엄마와 나란히 앉아 영화를 관람하고 싶었다. 내가 제작에 깊이 관여한 영화를 말이다. 영화관을 나오며 뿌듯한 표정을 짓는 엄마를 상상하면 저절로 기분이 좋아졌다. 내 삶의 시나리오는 절대 바꾸지 않겠다고 별렀다. 하지만 엄마가 세상을 떠난 직후

난 시나리오에 손을 댔다. 누구나 가슴속에 품고 있을, 희망이 나부끼는 시나리오는 결국 수정이 불가피했다. 비극으로 막을 내리는 인생, 나도 예외는 아니었다.

언제부턴가 자살은 나와 무관한 단어가 아니었다. 내 소망이 수챗구멍에 버려진 씨앗처럼 느껴질 때면 그 유혹이 날개를 폈다. 그러다가도 '죽음이 감히 우리에게 찾아오기 전에, 우리가 먼저 그 비밀스런 죽음의 집으로 달려 들어간다면, 그것은 죄일까?' 라는 셰익스피어의 독백에 깊이 공감하는 스스로가 낯설기도 했다. 나는 육신을 태운 가루가 영혼의 실체라고 믿었다. 오랜 시간 빈방에서 부패한 몸뚱어리는 화장해도 불순물이 가득할 것 같았다. 깨끗한 영혼을 남기고 싶어 오늘 윤희를 불러냈다. 나는 병원을 드나들며 수면제 처방전을 받았다. 불면증 때문에 머리가 아프고, 밤마다 토할 것 같다며 의사에게 하소연했다. 술과 수면제는 중추신경을 마비시키는 공통점을 갖고 있으며, 이 두 물질이 만나면 수십수백 배의 상승작용을 일으켜 사망할 수 있다는 사실을 머릿속에 새겨뒀기 때문이다.

시간이 지날수록 내가 엄마를 그렇게나 빨리 저승으로 보낸 것 같은 죄책감이 부풀어 올랐다. 엄마가 지병에 시달리며 고생하는 모습을 멀찍이 떨어져 지켜보면서, 차라리 이럴 바에야 잠자듯 눈을 감는 게 낫겠다고 생각했다. 여동생이 문자메시지로 엄마의 불운을 알리면 그 바람이 더욱 커졌다. 그런 몹쓸 마음이 엄마의 몸에 독소를 퍼뜨린 것 같았다. 엄마가 평온을 얻는 길은 기도가 아니라 죽음 아닐까 생각했다. 하지만 내 손에 들어온 성경책을 펼쳐보는 순간 엄마가 얼마나 살려고 발버둥 쳤는지 알 것 같았다. 엄마의 유품을 볼 때마다 죄의식을 떨쳐버릴 수 없었다.

메가박스, CGV, 롯데시네마의 앱을 열어 상영작을 살펴봤는데 마음이 쏠리는 영화가 없었다. 우리는 변화한 거리를 무작정 걸어 다녔다. 윤희가 그새 출출하다고 해서 이마트에 갔다. 푸드코트에서 철판볶음밥을 먹었다. 메론주스도 마셨다. 윤희가 이번 주 주말까지 할인 행사를 하는 초콜릿 세트를 사 줄 테니 피곤할 때 먹으라거나, 1+1로 판매하는 속옷을 나눠 입자고 해서 난처했다. 친구의 울적한 마음을 달래주려는, 다소 과장된 말과 행동이 코끝을 찡하게 만들었다. 어디선가 반짝 세일을 알리는 외침이 들렸다. 반사적으로 고개를 돌리는 그 일상적인 감정에 뜨끔해서 나는 윤희의 손을 잡고 얼른 이마트를 빠져나왔다.

이십 분이 모자라는 밤 아홉 시였다. 나의 조잡하고 시답잖은 현실이 얼마 남지 않았다. 내일이면 나는 과거의 사람이 된다. 윤희가 창가에 바싹 붙어 서서 별에까지 닿을 만큼 휘파람을 불었다. 그 소리가 어디 하나 삐뚤어진 데 없이 곧았다. 소리에서 어떤 입체감을 느껴보기는 처음이었다.
"너의 꿈은 유효기간이 없는 거지?"
투실한 엉덩이를 홱 돌리며 말문을 여는 윤희의 목소리는 가벼우면서도 무거웠다.
"뭐가 되는 것 같다가 어그러지고, 어그러지고…… 우리는 만년 대기 상태야. 아까 낮에 아는 피디랑 통화했는데 곧 영화 촬영장을 누비게 해주겠다며 힘내래. 힘내라는 말, 너무 진부하고 허무맹랑해."
"점점 빛이 바래는 꿈 때문에 우울한 거야? 다 내팽개치고 싶을 정도로?"

나는 대답 대신 사방을 둘레둘레 쳐다봤다.
"새가 그려진 벽지는 처음 봐. 저게 참새가?"
"꽁지가 짧은 거 보니까 종달새야. 방 안에 새가 우글우글하다. 우리 할머니는 세상에서 새가 제일 예쁘다고 했는데."
윤희가 벽지에 대고 세게 입김을 불었다. 새들이 금방이라도 날아오를 것 같았다. 나는 벽에 등을 기대고 앉아 배낭 속 수면제를 떠올렸다. 어서 술을 마셔야 했다. 술은 수면제 복용 세 시간 전에 마시는 것이 좋다. 갈증이 나지 않느냐고 운을 떼자 눈치 빠른 윤희가 침대 옆에 있는 수화기를 들고 프런트에 맥주를 주문했다.
갑자기 대화가 끊어졌다. 지그시 눈을 감고 내 시신이 불태워지는 장면을 상상해 봤다. 연달아 초상을 치러 넋이 나간 여동생의 병약한 얼굴이 가슴에 묵직이 내려앉았다. 윤희가 읽어 볼 유서 비슷한 편지에 여동생의 연락처를 남겨뒀다. 하루 벌어 하루 사는 처지이면서도 아주 조금씩 저축한 돈이 있었다. 최소한의 장례비용을 빼고 남은 돈은 윤희가 갖도록 했다. 내가 윤희에게 건네는 약소한 출연료였다. 윤희가 의아스런 눈빛으로 나를 쳐다보는 게 느껴졌다. 노크 소리가 났다. 모텔 종업원이 가져온 맥주를 마주하자 마음이 들썽거렸다.
나는 독배를 마시듯 씁쓰름한 액체를 목구멍으로 넘겼다. 어디선가 기적소리가 희미하게 들려오는 것 같았다.
"영진아, 예전에 너희들이 찍는다던 단편영화는 어찌 됐어? 물어봐야지, 물어봐야지, 하면서 까먹어."
"네가 오디션 봤던 그 영화? 가난뱅이들이 혈기만 갖고 덤볐다가 진작 깨졌지."
"내가 너희들 앞에서 오디션 본 날이 우리 할머니 제사였어. 그날

귀가해서 밥상에 북어포랑 소주만 올려놓고 제사를 지내는데 너무 외롭더라. 내가 술꾼 할머니 역할은 실감 나게 할 수 있다고 너한테 말했지. 우리 할머니가 돌아가실 무렵 밤낮 소주를 끼고 살았거든. 술주정도 얼마나 고약하게 했는지 몰라. 나만 남겨두고 가려니까 복장이 터져서 그랬나 봐."

윤희가 단숨에 술잔을 비웠다. 알코올이 들어간 김에 속엣말을 꺼내 놓을 모양이었다. 얼른 말머리를 돌려야 했다. 그 신세타령을 듣다가 자칫하면 내 머릿속의 시나리오와는 다른 장면이 펼쳐질 수 있으니까.

"난 어릴 때부터 할머니랑 살았어. 우리 부모는 나를 낳고 갈라섰나 본데 둘 다 끝내 나타나지 않더라. 그런 부모를 그리워하고, 또 찾으면 뭐 해. 없는 사람 취급하며 살았어. 난 중학생 때부터 아르바이트를 했어. 부모 없이 살려니 자연히 악바리가 되더라. 할머니가 돌아가셨을 때는 절대 울지 않겠다고 다짐했어. 근데 저번에 무슨 일로 주민등록등본을 뗐는데 내 이름만 달랑 있는 거야. 그걸 보는 순간 눈에 눈물이 저절로 맺히데."

기진맥진한 몸에 알코올이 스며드니까 금세 취기가 올랐다. 이번에도 나를 위로하려는 마음에서인지 윤희가 제 얼룩진 사연을 스스럼없이 털어놨다. 아무쪼록 내 여동생도 윤희처럼 피붙이의 죽음 앞에서 이를 악물고 독해지길 바랄 뿐이다.

"참, 우산 가져왔어. 이제야 주인한테 돌아가네. 그리고 이 손목시계는 내가 대학생 때부터 차고 다닌 거야. 고장 한번 나지 않고 장수하고 있어. 어때, 멀쩡하지? 너한테 선물하고 싶어."

"이 우산은 너나 쓰지 뭘 가지고 나와. 시계가 스포티하면서도 여성스럽다. 첫눈에 반할 외모야. 근데 이 멋스러운 시계를 왜 나한테 줘?"
"넌 시간이랑 친하니까."
"그건 또 무슨 소리야. 지독한 슬럼프에 빠졌나 보네. 골동품 같은 시계를 나한테 주고. 나는 남방을 오래 입어서 특특해지면 염료를 사다가 물을 들여. 그럼 새것 못지않아져. 꿈도 그렇지 않을까? 빛이 퇴색하면 다시 색을 입히면 되잖아. 순전히 내 스타일로."
윤희가 시계를 이리저리 돌려보며 부드럽게 꾸짖었다.
"주말에 김밥 장수로 변신한다는 게 무슨 말이야?"
"이른 아침에 잠실역 입구에서 샌드위치랑 김밥을 만들어서 팔아. 샐러리맨과 대학생들이 주요 고객인데 단골이 꽤 많아."
그 일을 혼자 하느냐고 물으니 파트너가 있다고 했다.
"주말에는 산으로 가. 등산객들이 많아서 수입이 짭짤해. 저녁에는 알바하고. 일 년 동안 악착같이 돈 모아서 대학에 진학할 거야. 대학 얘기 하니까 갑자기 팔월극장이 떠오른다. 너희들이 '팔월극장'을 앞세워 광고를 냈잖아. 생각나지? 어떤 그리움을 불러일으키는 이름이라 좋았거든."
"그럼, 기억하지, 팔월극장. 학원 선배가 지은 이름이야. 팔월극장은 4.19가 일어나기 바로 전 해에 생긴 극단이래. 1960년 봄 공연이 엿새 예정으로 막이 올랐는데 4.19 때문에 도중하차했대. 극단도 사라졌고. 그 시절의 팔월극장은 운명이 짧았지만 우리의 팔월극장은 오래오래 숨을 쉬자고 포부가 대단했어."
시대상을 드러낸 단편영화를 만들자고 마음을 모았던 학원 동기들의 얼굴이 허공에 둥둥 떠다녔다. 그들과는 오래전 연락이 끊겼다. 동기들 가운데 누군가는 결혼하고, 또 누구는 월급날을 기다리며 별 맛도 없고 배도 부르지 않는 직장생활을 꾸역꾸역 견디고 있을 것이다. 마음 한구석에 설익은 채로 버려진 '팔월극장'이라는 꿈을 간간이 떠올리면서. 정교하게 스케치한 꿈은 그저 팍팍한 현실을 견디게 해주는 일종의 향신료 같은 건데 나만 끝까지 그것에 집착했는지도 모르겠다. 진작 꿈을 버리고 고향으로 내려갔다면 지금쯤 엄마가 요리한 시래기고등어조림을 먹으며 적금 타는 날을 기다리고 있을까.

나는 방바닥에 엎드렸다. 너무 급하게 맥주를 마셨다. 밤 열두 시 정각에 욕실로 가서 수면제를 먹기로 하자. 나는 뭔가 허전해서 배낭을 끌어다 벴다. 엄마가 내게 남긴 성경책의 감촉이 여실히 전해졌다. 거룩한 존재의 말씀을 또박또박 읽어 내려가는 엄마의 낮은 목소리가 아련히 들려왔다. 마치 엄마의 뜨거운 심장에 얼굴을 대고 있는 것처럼 꽝꽝 얼어붙은 머릿속이 조금씩 녹는 듯했다. 내 바로 옆에서 윤희가 연두색 우산을 펼쳤다. 푸릇푸릇한 잎이 찰랑거리는 나무 그늘 아래 누워 있는 기분이었다. 윤희가 우산을 빙글빙글 돌렸다. 새들이 푸드덕 날아오르는 소리가 경쾌하게 들리는가 싶더니 눈앞이 흐릿해졌다.

수상작가 자선작

잠깐 다녀올게

김 설 원

　수란이 여행지를 외연도로 정한 것은 '서해의 가장 끝'이라는 위치 때문이었다. 행정구역상 충남 보령시에 속하지만 울릉도처럼 쉽게 갈 수 있는 섬이 아니라는 자막도 눈에 띄었다. 상식적으로 서울에서 보령보다, 서울에서 울릉도가 까마득하게 느껴지는데 울릉도처럼 쉽게 갈 수 있는 섬이 아니라니. 알고 보니 안개 때문이었다. 외연도는 해무로 가려지는 날이 많아서 때를 잘 만나야 했다. 마음먹은 대로 흘러갔다면 이번 여행은 2년 전에 이루어졌을 것이다. 결심이 설 때마다 꽃샘추위가 물러나면, 백일홍이 피면, 생일이 지나면……, 이런 미련이 소나기처럼 마음속에 쏟아져서 매번 돌아서고 말았다. 하지만 올해 수란은 사십구 세였다. 이번에도 어찌지 못하고 소나기를 맞으며 올해를 넘겼다가는 영영 길이 막혀버릴 것 같았다. 하늘의 뜻을 알게 된다는 지천명에 들어서는 순간 뒤에서 철문이 쾅 닫힌다. 빠져나갈 틈은 없다. 온전히 홀로 감당하며 흔들다리를 건널 수밖에. 수란에게 오십 세는 그런 의미였다.
　웬일인지 그때나 지금이나 여행지는 섬이어야 했다. 하지만 어디로 가야 할지 몰랐다. 태어나서 한 번도 섬에 가보지 않았다는 사실 앞에서 수란은 묘한 열등감을 느꼈다. 고민은 의외로 쉽게 풀렸다. 그날 귀가해서 저녁밥 대신 백설기를 먹으며 습관적으로 텔레비전을 틀자 한적한 포구가 눈에 들어왔다. 띄엄띄엄 떠 있는 배가 적막감을 더했다. 내레이션 없이 자막과 배경음악이 목소리를 대신하는 프로그램이었다. 수란은 자기도 모르게 숨을 죽이고선 잔잔한 선율이 안내하는 풍경을 감상했다. 최근 휴대전화의 통신사를 바꾸면서 사은품으로 받은 텔레비전의 화질은 생생했다. 흙더미 사이로 고개를 내민 어린잎들의 솜털이 선명하게 보일 정도로. 나란히 정박해 있는 어선들, 뽀얀 갈매기들, 빨간 등대, 동백나무와 후박나무, 트레킹 코스……. 쉽게 갈 수 없지만 고립된 섬은 아닌, 육지와 멀리 떨어져 있어 연기에 가려진 듯하다는 섬. 외연도는 그렇게 수란의 품으로 들어왔다.

대천여객선터미널은 한산하다 못해 음산했다. 대합실의 상점들이 문을 열어놨는데도 텅 비어 있는 느낌이었다. 수란은 고개를 숙인 채 화장실 쪽으로 걸어갔다. 원래는 도착하는 대로 발권부터 하려고 했다. 현장 구매만 가능했기 때문이다. 토요일이라 배를 타고 놀러 가는 사람이 많겠다 싶었는데 의외의 분위기였다. 수란은 화장실에서 손보다는 마음을 말끔히 씻은 뒤 대합실을 살폈다. 만나기로 한 엄마는 보이지 않고 늙수그레한 두 남자만이 오래된 청동 조각상처럼 앉아 있었다. 새해가 밝은지 겨우 열흘이 지났는데, 여객선터미널은 늦가을의 어느 뒤안길 같은 이미지로 다가왔다. 그때 엄마가 눈에 들어왔다. 비스듬히 앉아 어딘가를 응시하고 있는 엄마는 전체적으로 구부정했다. 엄마의 눈길이 닿는 곳에 붉은 글씨로 '나가는 곳'이라고 적힌 안내판이 있었다. 인기척을 느낀 엄마가 이쪽을 바라봤다. 얼굴이 푸석푸석했다. 웃어도 우는 것 같은 표정이었다. 수란은 "이렇게 만나니까 새롭네." 하면서 의자에 앉았다.

"몇 시 배라고 했지?"

"오후 한 시. 두 시간 넘게 걸린대. 중간에 섬 두 군데를 들렀다 가니까 넉넉히 세 시간은 잡아야 하나 봐."
"대천에 있는 섬이라면서 그렇게 오래 걸려?"
"서해에서 가장 멀리 있는 섬이래. 안개가 바다를 가리는 날이 많아서 배가 자주 뜨지 않는데 오늘은 하늘이 아주 맑네. 행운이야."
수란은 말을 내뱉고 뜨끔했다. '행운'이라는 단어를 얼른 주워 담고 싶었다. 자기도 모르게 불쑥 드러난 마음, 시작도 하지 않았는데 실수한 기분이 들어 수란은 주위를 두리번거렸다.

웨스트프론티어호는 이름만 근사했다. 막상 실내에 들어서자 기름내가 진동했고 좌석도 낡아 있었다. 여객선 입구의 작은 안내판에는 총 톤수 140톤, 정원 180명, 그리고 선박검사를 완료했다는 내용이 적혀 있었다. 백팔십 명이 아니라 열여덟 명만 타도 배가 휘청거릴 것 같았다. 정말 선박 검사를 했을까. 엄마는 어느새 창가에 자리를 잡았다. 실내도 대합실처럼 휑했다. 승객들이 좋은 자리를 차지하려고 우왕좌왕하는 모습을 상상했는데 김이 샜다. 온통 적적한 분위기 탓인지 엄마의 발걸음에 흥이 살아 오르지 않았다. 수란은 엄마의 뒤통수가 보이는 자리에 몸을 부렸다.
"내일 배가 못 뜰 수도 있습니다. 월요일에 꼭 출근해야 하는 분은 지금 내리세요. 오 분 후 출발합니다."
"날씨가 이렇게 화창한데요?"
"이건 오늘 날씨죠. 내일 일은 아무도 몰라요. 이쪽 바다는 변덕까지 심해서요. 아무튼 출근이나 중요한 약속이 있는 분은 내리세요."
선장이 돌아서자 소수의 인원이 술렁거렸다. 엄마만 꼼짝하지 않았다. 수란은 선장의 말을 흘려들었다. 배가 뜨지 않는다면 하루 더 묵으면 그만이었다. 지금까지 오래 참고 기다렸는데 그깟 하루 견디지 못할까.

몇몇 남자가 서둘러 내리자마자 쾌속선은 선착장을 떴다. 그들은 모두 낚시 가방을 둘러매고 있었다. 외연도에 다녀온 사람들이 쓴 블로그에 낚시 관련 사진이 많더라니, 그들도 낚시 계획을 세웠나 보다. 수란은 자그맣게 멀어져가는 낚시꾼들을 바라봤다. 그들이 던진 굵은 낚싯바늘에 걸려들었을 우럭이나 놀래미, 광어가 목숨을 구했다. 잡힌 즉시 칼로 난도질당하든가, 아니면 끓는 물에 처박혀 굳어갔을 생물들. 선장의 한마디에 운명이 바뀐 물고기들은 오늘 밤 유유히 헤엄치며 짝짓기를 할지도 모르겠다.

"작년 삼월에 출생신고를 했더라. 순간 아찔하데. 내가 그 정도로 상종 못 할 인간인가 싶어서."

우리가 알기로 Q에게는 딸이 두 명 있었다. 엄마는 가족관계증명서에서 Q의 셋째 딸을 봤다. 노인 기초연금 신청서를 제출하려면 가족관계증명서가 필요했던 모양이다. Q의 셋째 딸이 태어난 연도에서 시간을 거슬러 올라가 보니, 그 부부가 임신했을 무렵 수란은 그를 불행하게 해달라고 날마다 빌었던 게 생각났다. 그러나 간절한 소원은 아무나 들어주지 않는다는 사실만 깨닫고 말았다.

여객선이 출발하고 얼마 되지 않아 바람이 불어댔다. 선착장에서 봤을 때는 바다가 잔물결을 일으키며 반짝거렸는데 그 품에 안겨보니 거칠고 사나웠다. 배는 파도 높이에 따라 출렁거리다가 어느 순간 뒤집힐 것만 같았다. 매서운 파도가 웨스트프론티어호의 유리창을 때릴 때마다 수란은 반사적으로 고개를 돌렸다. 엄마도 중심을 잡지 못하고 이리저리 움직였다. 승객들은 멀미를 잠재우기 위해 통로를 서성이거나, 외투를 벗어 뒤집어쓰거나, 화장실로 종종걸음쳤다. 엄마는 멀미약을 자양강장제처럼 마셨다. 가슴이 답답할 때, 머릿속이 하얘질 때, 폭염에 부대끼거나 폭설이 쏟아질 때……. 멀미약을 먹고 의식이 서서히 몽롱해지면서 졸음이 오는 그 순간이 좋다고 했다. 누가 어디를 데리고 다니지 않아 기차나 고속버스에 탑승할 일이 없으니 엄마는 멀미약의 용법과 용량을 지키지 않았다. 배가 높은 파도를 타고 올라갔다가 내려왔다. 수란은 멀미 대신 짜릿한 쾌감을 느꼈다.

여객선은 외연도 선착장으로 천천히 다가갔다. 장시간 파도에 부대낀 배가 허연 입김을 헉헉 내뿜는 듯했다. 출입문 입구에 꾸물꾸물 모여 있는 승객들은 멀미에 지친 낯빛이었다. 나이가 지긋한 사람들은 오히려 쌩쌩했다. 외연도 주민인 것 같았는데 번번이 오갔을 뱃길에 길들여진 냄새를 풍겼다. 산 아래에 어울려 있는 파랗고 하얗고 붉은 집들을 보니 속이 좀 편안해졌다. 갑판에 나서자 따사로운 햇살이 온몸을 감쌌다. 바람도 부드러웠다. 바다 냄새도 맡아졌다. 꿈 속을 헤매다 이제야 제 자리로 돌아온 기분이었다. 엄마만이 거기서 여기로 건너오지 못하고 맴도는 듯했다. 작아지고, 느려지고, 구부정하고, 무덤덤한 표정으로. 배에서 내리자 비슷비슷하게 생긴 아주머니들이 삼삼오오 모여 이쪽을 바라봤다. 지금 도착하는 배를 기다린 모양이었다. 민박집 주인들 같았다.

"혹시 서울에서 오신 분이에유? 햇살민박인데유."

민박집을 오래 운영하다 보면 목소리만 들어도 외모가 어떻게 생겼는지 그림이 그려지나, 아니면 엄마랑 둘이 묵는다고 했으니 모녀를 알아본 걸까. 수란은 자기네 집에서 지낼 손님을 단번에 알아챈 그녀의 눈썰미에 놀랐다. 순간 수란의 머릿속에 뺑덕어멈이 떠올랐다. 뽀글뽀글한 머리, 윤기가 감도는 도톰한 입술, 눈웃음, 나름대로 멋을 부린 옷차림, 무엇보다 가늘면서 톤이 높은 목소리가 그랬다. 민박집 주인이 목소리만 듣고 저 여자구나, 하며 투숙객을 알아봤듯 수란도 그녀를 보는 순간 뺑덕어멈이구나, 생각했다. 수다스럽고 심술궂은 심청이의 계모가 아니라, 애교스럽고 잔정 있는 심학규의 후처로서 수란이 부러워했던 여자. 우리 엄마에게도 뺑덕아범이 나타나기를, 그래서 마음 놓고 용궁을 거쳐 연꽃 배를 타고 새롭게 살 수 있기를 소망했던 시간들. 하지만 엄마는 그 흔한 뺑덕아범도 곁에 두지 못했다.

뺑덕어멈이 "다 왔어유, 왔어유." 하면서 앞서 걸었다. 작년 여름, 정확히 오십칠일 만에 환자복을 벗은 엄마는 눈에 띄게 굼떴다. 처음에는 퇴원 후유증으로 그러다 말겠지 싶었으나 엄마는 작은 기적을 일으킨 대신 느리게 고여 있는 노인이 됐다. 화장으로도, 화사한 옷으로도, 화창한 웃음으로도 감출 수 없는 몸과 마음의 퇴화.

"좀 빨리 걸어봐. 민박집 아주머니가 기다리잖아."

"나는 빨리 걷는다고 걷는 거야. 너 먼저 가. 천천히 따라갈게."

수란은 아차 싶었다. 외연도에 머무는 동안엔 어떤 경우든 말을 곱게 내뱉으리라는 다짐이 그새 허물어지다니.

"저분 걸음걸이가 워낙 빠르네. 쫓아가려니까 나도 숨이 차. 생각할수록 엄마는 하늘이 도왔어. 피를 그렇게 많이 흘렸는데 몸도 멀쩡하지, 말도 잘하지, 기억력도 좋지, 나한테 문자도 잘 보내지. 뇌출혈로 쓰러진 사람들은 퇴원 후 몸이 눈에 띄게 부자연스러워. 한쪽 손이나 다리가 마비되는 건 보통이고."

몸이 어디 하나 망가진 데 없이 원래의 모습으로 되돌아온 듯, 수란은 일부러 밝게 말하며 엄마의 발걸음에 맞춰 걸었다. 엄마는 응, 응, 거리기만 했다. 평소에는 "그래? 걸음걸이도 괜찮아?" "말이 어눌하게 들리지는 않고?" 하면서 재깍 반응을 보였는데, 언제부턴가 '응'이라고만 했다. 응, 응, 응······. 엄마의 입에서 '응'이 썩은 치아처럼 튀어나올 때부터 수란의 마음이 조금씩 독해졌다. 당분간만이라도 발을 뺄 수 있는 마지막 기회라고, 가슴 밑바닥에서 누군가가 밤마다 속삭였다.

햇살민박의 첫인상은 수수했다. 이만큼 나이가 들어 어린 시절 살던 집을 찾아온 듯한 기분에 젖어 들었다. 옛집은 그대로인데 세월의 물살에 씻겨 작고 낡아 보이는, 하지만 그 시절의 체온만큼은 생생히 느껴지는 그런 곳. 수란의 마음이 한결 가벼워졌다. 부디 엄마도 이런 마음이길 수란은 바랐다. 투숙객들이 수란 모녀를 의식해 서둘러 떠나기라도 한 듯 방은 모두 비어 있었다. 썰렁해서 오히려 아늑했다. 단체 손님이 사흘을 묵고 엊그제 돌아갔다고, 한바탕 난리를 치른 뒤 끝이라며 뺑덕어멈이 두 손을 홰홰 내저었다. 체력이 바닥나고 찬거리도 없어서 당분간 예약 전화를 받지 않으려고 했단다. 물론 수란도 짐작한 일이었다. 인터넷에 올라온 숙박 후기를 보고서 전화했다고 입을 열었더니 뺑덕어멈이 반색하기는커녕 내키지 않은 듯 말끝을 흐렸다. 뺑덕어멈이 거절할까 봐 수란은 불안했다. 다른 민박집도 있었지만 이상하게 햇살민박한테만 끌렸다. '햇살'이 불러일으키는 상징적 의미들이 머릿속에서 나비처럼 날아다녔다. 햇살민박에서 하룻밤 자고 일어나면 어떤 마음의 걸림돌도 없이, 원하는 대로 새로운 시간을 맞이하리라는 생각이 꼿꼿했다. 엄마랑 단둘이 간다고, 조용하고 깨끗하게 지내겠다고, 딱 하룻밤만 묵으면 된다고, 수란은 깍듯하게 손을 내밀었다.

오후 다섯 시가 가까워 왔다. 엄마의 점심을 챙기지 않았다는 사실이 이제야 생각났다. 엄마는 약을 먹어야 해서 집을 나설 때 한술 떴다고 말하며 한쪽 다리를 힘겹게 끌어올렸다. 엄마는 벌써 지쳐 있었다. 밥때가 아닌 시간이 막막했다.

"동네 한 바퀴 돌고 와서 저녁 잡술래유? 내가 등산로 입구까지 안내해 드릴게."

때마침 뺑덕어멈이 방문을 열며 다정히 말을 걸어왔다. 지친 염소처럼 늘어져 있던 엄마가 몸을 추스르며 바르게 앉았다.

"검색해 보니까 봉화산이 유명하던데, 여기서 멀어요?"

"아이고, 봉화산은 못 가유. 곧 어두워질 텐데. 지금이 한낮이라도 힘들지. 거기가 외연도에서 가장 높으니께."

뺑덕어멈은 엄마를 흘깃 쳐다보며 손사래를 쳤다. 엄마의 몸 상태를 진작 알아챈 눈빛이었다. 고전소설 속에서나 현실에서나 뺑덕어멈은 눈치가 빨랐다.

"오늘은 약수터까지만 갔다 와유. 등산로 입구에서 오른편으로 걸어가면 나와유. 내일 아침 자시고 명금 둘레길을 걸어봐도 좋구유."

"상록수림도 가볼까 해요."

"거긴 봄에나 볼 만허지. 봄이면 사방에서 동백꽃이 흐벅지게 피니께. 그놈의 동백꽃 때문에 내 팔자가 이렇게 됐어유."

뺑덕어멈이 깔깔 웃더니 어서 나오라는 손짓을 하며 돌아섰다.

"저 양반도 고생을 많이 했나 보다. 손을 보면 알아."

엄마가 마지못해 나갈 채비를 하며 입을 열었다.
"내 눈에는 누구보다 편안해 보여. 말년에 이렇게 예쁜 섬에서 민박집 운영하지, 사시사철 만개한 꽃을 볼 수 있지, 여행객들이 꾸준히 드나들어 외로울 틈도 없을 것 같아. 이게 축복이지 뭐야."
수란은 외연도와 관련된 말을 할 때면 수다스러워졌다.
"사시사철 만개한 꽃이 좋기만 할까."

여객선이 선착장에 닿았을 때 외연도의 햇살이 참 곱구나, 생각했는데 어느새 날씨가 우중충해졌다. 이쪽저쪽에서 거칠게 불어 대는 바람이 햇살을 모조리 걷어내는 듯했다. 웨스트프론티어호 선장이 결항 운운할 때 이렇게 날씨가 좋은데 설마…… 하면서 듣는 둥 마는 둥 했는데, 이런 기세로 바람이 몸집을 키운다면 바다도 차분히 있지는 않겠다 싶어 수란은 싱숭생숭해졌다. 결항이라는 의외의 복병이 일을 그르칠 수도 있을 테니까.
외연도는 섬이라기보다 소박한 마을 같은 인상을 풍겼다. 섬이라고 하면 바다, 바위, 바닷새들이 떠오르면서 고즈넉한 이미지로 다가왔는데 이곳은 그렇지 않았다. 집집마다 걸어 둔 '민박'이라는 간판만이 이곳이 섬이라는 사실을 일깨워 줬다. 어느 순간 엄마의 니트 모자가 훌러덩 벗겨졌다. 수란은 무심코 엄마를 쳐다봤다가 가슴이 철렁했다. 순식간에 모자가 날아가 얼떨떨한 표정으로 서 있는 엄마의 머리 때문이었다. 숱이 적은 엄마의 머리카락은 누군가가 밟고 지나간 검은 잡초 같았다. 당신의 해쓱한 얼굴을 더욱 병자처럼 보이게 만드는 끈질긴 잡초.
"머리카락이 눌려서 우스워 보이니까 머리를 좀 매만져 봐."

엄마가 대꾸 없이 수란의 손에 들려 있던 니트 모자를 낚아채듯 가져갔다. 그 손에서 뭔가 서운한 감정이 느껴졌다. 뺑덕어멈은 저만치 걸어가고 있었다. 엄마가 그 뒤를 빠른 걸음으로 쫓아갔다.

섬마을은 적막했다. 날이 추워서 다들 집에 푹 잠겨 있는지, 아니면 새해를 맞아 너나없이 섬을 떠났는지, 길을 걷는 사람은 세 여자뿐이었다. 집집의 텃밭에 가득한 배추나 파에서 어떤 인정이 느껴졌다. 어느 마당에서 오랫동안 함께 살아온 것 같은 친근한 마음.

"이쪽으로 쭉 올라가면 바다가 보일 거예유. 전망이 기막혀. 근처에 약수터도 있구유. 거기서 소나무 길을 따라 걸으면 우리 민박이 보일 거예유. 천천히 놀다 와서 저녁 먹어유. 해물잡탕 괜찮지유?"

뺑덕어멈의 말이 끝날 때쯤 엄마가 가까이 다가왔다. 니트 모자를 빼앗아 쓰고는 앞서 걸어간 엄마를 수란이 이내 따라잡았다. 보폭을 맞추며 엄마의 걸음을 존중해줄 수도 있었으나 무시했다. 분명 Q를 생각하고 있을 것이다. 듬직한 Q가 곁에 있는 모습을 상상하다 가슴에 결국 분노만 남았겠지. 항상 이런 식이었다. 추석, 설, 생일, 연말연시에 돈과 시간을 들여 얼굴을 보이면 엄마의 표정은 오묘한 빛깔로 변했다. 수란에 대한 고마움과 Q에 대한 분개가 뒤섞인, 밝지도 어둡지도 않은 표정. 그 속마음을 알고도 남지만 솔직히 불쾌했다. 그때마다 Q가 생각났기 때문이다. 조금만 기다리세요. 왕래가 끊어졌어도 내심 그리워했던 Q를 다시 만나게 해줄 테니까요.

"여기서 살면 굶어 죽지는 않겠다. 오다 보니까 땅에 먹을 게 널렸데. 고깃배가 들어올 때 선착장에 나가면 쭈그렁이 생선도 얻을 수 있겠고."

엄마가 혼잣말하듯 말하면서 길을 줄여갔다. 수란은 엄마의 뒤를 따랐다. 발을 내딛을 때마다 자잘한 돌멩이들이 돌돌돌 굴러 내려갔다. 두 여자의 발길이 단잠을 깨운 것처럼. 블로거들이 사진을 찍어 올린 외연도는 해가 이울 즈음의 풍경이 근사했다. 대개 봄에 방문해서 찍은 사진들이었는데, 노을이 불타오르는 등산로의 정상, 그곳에서 바라보는 항구의 등대가 성찬처럼 식욕을 돋게 했다. 어떤 블로그에도 빠짐없이 등장하는 사진이 동백꽃이었다. 동백나무에 무슨 빨간 열매처럼 알알이 맺힌 꽃이 숲속에서, 또 집집마다 피어났다. 외연도에 가야만 동백꽃을 볼 수 있다는 듯 신비로운 모양새로. 하지만 실물은 달랐다. 동백꽃은 피지 않았고, 조금씩 누렇게 물들어가는 하늘이 마치 삼베옷을 펼쳐놓은 것처럼 보였다. 머리를 이리 돌리고 저리 돌리게 해서 시야를 가로막거나 흐리게 하는 짓궂은 바람이 풍경마저 흩트리는 것 같았다.

뺑덕어멈이 알려준 지점에 다다르자 이정표가 눈에 들어왔다. 왼쪽으로 가면 헬기장과 돌삭금이, 오른쪽으로 가면 노랑배 둘레길과 명금약수터가 나왔다. 이정표 뒤로 희끄무레한 바다가 펼쳐져 있었다. 하늘과 바다의 색깔이 엇비슷해서 하늘이 바다고 바다가 하늘인 듯 보였다. 푸릇푸릇한 색감이 턱없이 부족한 산은 완성도가 떨어지는 거대한 조형물 같았다. 엄마는 나무 벤치에 앉아 숨을 고르고 있었다. 바다가 정면으로 보이는 위치였다. 작년 봄 뇌출혈로 입원해서 여름에 퇴원한 엄마는 조금만 걸어도 헉헉거렸다. 담당의는 현재 뇌출혈만큼이나 위험한 심장 질환을 앓고 있는데 그동안 치료도 하지 않고 그 고통을 어떻게 견뎠느냐며 의아해했다. 본격적으로 망가진 뇌와 심장을 치료하면서, 엄마는 무척 단순해졌다. 엄마는 자주 숨 고르기를 했다. 숨이 차는 순간 저승의 문턱이 보이는 걸까. 그때 얼른 숨을 고르면서 좀 더 살고 싶다고 뒷걸음질 친다. 엄마의 숨 고르기는 본능이자 집착이었다.

수란은 벤치에서 몇 걸음 떨어져 바다를 바라봤다. 수더분하게 생긴 산들이 바다의 가장자리에 붙박여 있는 것이 아니라, 아주 조금씩 흘러가는 듯했다. 저 멀리 사방에 조각조각 떠 있는 섬들이 을씨년스러운 분위기를 자아냈다. 블로그에서 접한, 생기로우면서 낭만적인 외연도와는 다른 뜻밖의 감정이 자꾸만 수란을 어딘가로 꺼져 들게 했다. 수란의 눈길이 엄마에게로 향했다. 점점 커지는 엄마의 뒷모습이 바다를 가렸다. 잠깐 한눈판 사이에 엄마가 망부석으로 변해버렸나 싶어 수란은 눈을 크게 떴다. 바다를 하염없이 바라보며 누군가를 기다리는, 살아 있는 망부석. 수란은 이따금 답사 여행에 동참하면 유적지의 안내문에 적힌 애달픈 전설을 눈여겨봤다. 연못가에서 탑이 완성되기를 기다리다 지쳐 못에 비친 탑의 환영을 보고는 남편을 그리며 물속에 뛰어들었다거나, 남편이 있는 나라를 바라보며 통곡하다가 세상을 떴는데 그 몸은 돌로 변해 망부석이 되고 영혼은 새가 되어 날아와 바위에 숨었다는 사연들. 수란은 눈앞에 있는 엄마가 어떤 연유로 망부석이 됐는지, 그 가슴 시린 전설을 머릿속에 새겨봤다.

김효덕은 일찍 남편을 잃고 홀로 남매를 키웠다. 양가 집안은 쌀 한 줌도 보태줄 수 없는 빈한한 처지였다. 너무나 막막해서 남편을 따라 시커먼 강물에 몸을 내던지고 싶은 생각이 불쑥불쑥 솟구쳤다. 신이 계시다면 우리 아이들을 보살펴 주시겠지! 바위에서 뛰어내리려고 결심할 때마다 한 번은 동백꽃이, 또 한 번은 소쩍새가 김효덕의 마음을 붙잡아 줬다. 그 후 김효덕은 동백꽃이 내 딸이고, 소쩍새가 내 아들이다. 생각하면서 생계를 이어갔다. 김효덕은 인정이 넘치고, 위험에 처한 이웃을 외면하지 못했다. 그 정신적 재산 덕분에 하는 일마다 꽃을 피웠다. 남매도 탈 없이 건강하게 자랐다. 아버지의 정에 굶주린 남매가 가여워 김효덕은 그들에게 아낌없이 주는 나무가 되어 주었다. 수완을 발휘해 재산을 늘린 김효덕은 사내들의 먹잇감이었다. 그녀는 정교하게 짜인 음모에 휘말렸다. 이어지는 소송으로 가세가 순식간에 기울었다. 김효덕의 주변을 맴돌며 아첨을 일삼던 사람들은 냉큼 안면을 바꿨다. 그렇게 시간이 흐르는 사이 남매는 직장을 가졌다. 아들은 안정적이었으나 딸은 불안정했다. 김효덕의 아들이 집안의 불행에 대해 거의 몰랐던 반면 딸은 속속들이 알았다. 원하는 대학과 직장에 가려고, 십수 년 동안 공부에 매달린 아들을 위해 김효덕이 쉬쉬했기 때문이다. 훗날 집안 형편을 제대로 알게 된 아들은 아찔했다. 짐작은 했으나 이토록 무너졌다니! 빚은 또 어쩐단 말인가. '그동안 왜 제게 숨기셨어요, 어머니. 이제부터는 제가 힘을 보태겠습니다.' 이런 효자는 되고 싶지 않았다. 아들은 서둘러 결혼을 도피처로 삼았다. 장녀는 어머니와 한 몸으로 움직이며 온갖 시련을 겪었다. 남동생이 자리를 잡은 뒤에도 마찬가지였다. 엄연히 아들이 있는데 자신이 장남 노릇을 하고 있었다. 김효덕의 장녀는 두 살 터울의 남동생에게 분노했다. 빈털터리에 병든 어머니를 수년째 외면하고 있는 아들을 하늘이 벌하지 않는다면 내가 직접 단죄하리라. 장녀는 마음속으로 조용히 칼을 갈았다. 새해를 맞아 장녀는 어머니와 함께 섬으로 여행을 갔다. 그리고 어머니를 섬에 둔 채 남몰래 뭍으로 가는 배를 탔다. 김효덕은 날마다 바다를 바라보며 남매가 오기를 기다렸다. 그러다 동백꽃이 만발한 돌삭금에서 그대로 돌이 됐다. 이 섬마을에서는 해마다 동백꽃이 피면 어디선가 소쩍새가 날아와 울었다.

수란이 고등학교까지 다닌 고장에선 계절이 바뀔 무렵이면 축제가 열렸다. 벚꽃축제, 지평선축제, 철새축제, 눈꽃축제, 흥부박축제……. 삼 개월에 한 번씩 겨울과 봄, 여름과 가을이 찾아오므로 날마다 축제의 훈풍이 불어오는 듯했다. 고향을 결핍과 상실의 모태로 기억하는 지인들을 보며 수란은 뿌듯했다. 고향을 생각하면 정신적으로 풍요로웠던 날들이 파노라마처럼 스쳐 갔다. 그러나 고향은 냉혈한으로 변했다. 엄마가 경제적인 내리막길, 걷잡을 수 없이 가팔라지는 그 진흙길을 걷기 시작하면서부터였다. 엄마는 오십 대 중반, 수란이 이십 대 후반에 들어선 시점이었다.

무엇이 고향을, 축제를 떠올리게 했는지 모르겠다. 무심한 듯 푸근하게 다가오던 짙푸른 바다였나, "나를 알아보는 게 싫어." 라고 말하는 듯 남몰래 피어 있던 동백꽃 한 송이였을까, 잊힌 첫사랑처럼 아득히 먼 바다 위에 까맣게 떠 있던 섬이었을까……. 아, 그렇지, 엄마라는 망부석. 그것에 얽힌 사연을 적어 내려가다가 고향에 발길이 닿은 거였다. 엄마에게는 고향이나 다름없는, 수란에게는 진짜 고향인 그 항구도시를 빼놓고 망부석의 전설을 이야기할 수는 없으니까.

저녁 밥상은 잡곡밥, 해물찌개, 생선구이, 장아찌와 젓갈, 알타리김치, 묵은지 등으로 푸짐했다. 부엌에 있는 반찬을 죄다 꺼내 온 듯 많이 먹고 편히 쉬라는 진심이 느껴졌다. 뺑덕어멈과 눈이 마주칠 때마다 "너 대신 내가 차린 밥상이구먼." 하고 말하는 것 같아서 수란은 뜨끔했다. 늦겨울에 어머니를 데리고 섬으로 기어든 여자의 속을 꿰뚫어 보는 것 같아서였다. 채소는 손수 밭에서 키웠고 생선은 직접 바다에 나가 잡았다고, 외연도의 풍경보다 자기 손맛 때문에 단골이 많다며 뺑덕어멈이 수선을 떨었다. 엄마는 그 수다스러움이 싫지 않은 눈치였다. 뺑덕어멈이 "이거 드셔 봐유, 속이 개운해유." 하면서 냇가의 작은 자갈 같은 마늘장아찌를 엄마가 먹기 편하게 놓아주었을 때, 수란은 속으로 고맙다고 거듭 인사했다.

일부러 시간을 끌면서 저녁밥을 먹었는데도 오후 일곱 시를 겨우 넘어섰다. 밖은 한밤중처럼 깜깜했다. 텔레비전을 시청하면 좋겠는데 고장이 나서 소리가 전혀 들리지 않았다. 어떤 채널이든 알록달록한 형상들만 소리 없이 꿈틀거렸다. 억지로라도 추억담 따위를 꺼내놓으며 분위기를 바꿔보려 해도 엄두가 나지 않아 우물쭈물하고 있는데, 뺑덕어멈이 슬그머니 방문을 열고 들어왔다. 외연도의 밤은 길고도 깊다면서 엄마에게 시선을 향한 채 말을 줄줄이 쏟아 냈다. 자기 고향은 강원도인데 몇 해 전 남편을 따라 외연도에 왔다, 여기 토박이가 아닌 데다 햇살민박을 찾는 손님들이 많으니 동네 여자들이 시기하며 은근히 따돌린다, 겉은 멀쩡해 보여도 내 몸 구석구석 성한 곳이 없다, 작년에는 오른쪽 다리에 철심을 박았다……. 웬일로 엄마가 "동네 여자들이 텃세를 부리나 보네요" "아이고, 철심을 박았어요? 저는 뇌와 심장을 다쳤어요" 하면서 말을 섞었다. 수란은 화장실에 가는 척하며 방에서 나왔다.

어둠은 안에서 볼 때보다 인상이 사나웠다. 불길한 숨결까지 느껴져 도로 들어갈까 하다가 허리를 곧게 펴고 발걸음을 내디뎠다. 민박집이 즐비했으나 불을 밝힌 곳은 거의 없었다. 치킨집이나 편의점, 카페 등 편의시설이 간간이 보였지만 문을 닫았다. 생맥주, 삼각김밥, 뜨거운 커피가 불현듯 먹고 싶어졌다. 수란은 선착장으로 발길을 돌렸다. 바다에는 흐릿하게나마 빛이 스며 있었다. 어둠이 바다만큼은 덮치지 못했다. 선착장은 날개를 접은 고기잡이배들로 가득했다. 민박집이든 고기잡이배든 똑같이 불을 껐지만 그 어둠의 감촉은 사뭇 달랐다. 저쪽의 어둠이 정적이면서 침묵을 고수한다면, 이쪽의 어둠은 동적이면서 침묵을 깨는 느낌이었다. 새벽빛이 피어나기만 하면 밧줄을 풀고서 숨은 그림을 찾아 바다로 나아갈 고기잡이배들. 바다 어디에 그물을 던지면 넙치, 돌가자미, 민어 같은 숨은 그림을 찾을 수 있을까.

수란이 상경하여 처음으로 살았던 집은 옥탑방이었다. 비록 다른 집보다 두 배쯤 덥고 세 배쯤 추웠지만 마음만은 시원하고 따뜻했다. 수란은 엄마에게 살가운 장녀였다. 집이 파산하면서 엄마는 하필이면 가난한 장녀를 버팀목으로 삼았다. 수란은 그럴 이유가 없는데도 장남인 듯한 책임감을 느끼면서 엄마와 단단히 묶이는 현실에 위기감을 느꼈다. 자신의 노후가 걱정되기도 했다. 엄마의 유일한 아들 Q는 집안 문제에서 발을 뺐다. 한 집안의 가장이자 번듯한 일터의 주인이 되면서 오히려 철저히 거리를 뒀다. 엄마가 혼자 세 들어 살고 있는 단독주택에서 Q의 아파트까지는 승용차로 한 시간 남짓 걸렸고, 수란의 원룸까지는 쉬지 않고 세 시간 삼십 분쯤 달려야 했다. 하지만 Q는 먼 나라로 떠나 소식이 끊긴 이민자처럼 굴었다. 독신이라는 수란의 처지가 Q로 하여금 냉담을 부추기는 듯했다. 어머니와 누나는 궁합이 척척 맞아요, 아들만 부모를 모시라는 법이 있나요, 누나는 미혼이니까 어머니랑 함께 살면 되지요……. 이런 생각을 하며 자기 몫의 부모 봉양의 의무까지 자연스럽게 떠넘겼으리라. 병든 노모는 물론이고 벌이가 시원찮은 나이 든 누이까지 결국 거둬야 한다는 단정이 싹을 도려내듯 전화 연락조차 하지 말자는 독한 마음을 품게 했을 테지. 그러나 Q, 이제 네 차례다. 수십 년 동안 나 홀로 감당한 자식으로서의 도리를 그 시간의 반에 반만이라도 네가 감당해 봐. 수란은 속으로 소리쳤다.

창문이 덜컹대는 소리에 눈을 떴다. 수란은 이불을 발로 걷어내며 몸을 일으켰다. 밤새 보일러를 틀어 놨는지 온몸이 눅눅했다. 엄마는 자기가 덮은 이불을 반듯하게 개켜 놓고서 오도카니 앉아 있었다. 수란은 순간 움찔했다. 눈이 마주친 순간 엄마가 당황하며 눈길을 돌렸는데, 잠들어 있는 딸을 뚫어지게 바라보다 들킨 것 같은 눈빛이었다.
"눈발이 날린다."
엄마가 창가로 다가가며 말했다. 창문을 열고 밖을 살펴보면서 오늘 배가 뜰지 모르겠다고 혼잣말하듯 중얼거렸다. 그때 뺑덕어멈이 "오늘 결항이에유." 하면서 방문을 열었다.
"강풍이 부는 것도 아닌데 무슨 결항이에요?"
수란이 창밖을 내다보며 대꾸하자 뺑덕어멈은 세월호 사건 이후로 조금만 바람이 불어도 배가 뜨지 않는다며 손을 내저었다.
"옛날에는 선장 마음대로 했는디 지금은 그랬다간 큰일나유. 위에서 내리는 지시를 철저히 따라야 한대유."
"내일은 뜨겠지요?"
"모르지유. 배가 이삼 일씩 묶여있는 건 보통이니께. 예전에 어떤 손님은 일주일이나 꼼짝 못 했슈."
"여객선 말고는 나갈 방법이 없나요?"
"낚싯배를 부르거나 고기잡이배를 타고 나가는 방법이 있긴 해유.

"내일도 결항이면 낚싯배를 알아봐 줄까유?"
"고기잡이배는 뭐예요?"
"여긴 집집이 배가 있어유. 이 정도 날씨라면 고기를 잡으러 나가기도 하니께 그걸 얻어 타면 돼유. 개인이 배를 모는 건 상관 안 해유. 그나저나 나도 큰일이네. 육지로 약을 타러 가야 허는디."
뺑덕어멈과 엄마는 약을 매개로 말을 주거니 받거니 했다. 뇌출혈로 쓰러진 후 심장까지 약해진 엄마는 아침저녁으로 약을 한 움큼씩 먹었다. 복용을 중단하면 몸에 바로 이상이 생기는, 죽을 때까지 함께 살아야 하는 동반자였다. 뺑덕어멈이 매번 엄마에게 먼저 말을 걸었다. 엄마가 외연도의 무엇에든 정을 붙여 '여기서 살고 싶다'는 생각이 든다면 천만다행이었다.
바람이 숙지근해지고 햇빛도 간간이 모습을 비춰 오후에는 결항이 해제되지 않을까 싶었지만 여객선은 뜨지 않았다. 어제 선장의 예언이 적중했다. 뺑덕어멈은 모처럼 놀러 오셨는데 날이 이 모양이라며 눈발이 그쳤으니 아쉬운 대로 달래나 캐러 가라고 부추겼다. 엄마가 반색하며 달래가 있느냐고 물었다.
"산에 달래 천지예유. 해풍을 맞고 자란 달래라 알이 얼마나 굵고 튼실하다구유."
뺑덕어멈이 외연도의 명물은 봉화산이나 상록수림이 아니라 달래라는 듯 말하자 엄마가 모자를 쓰고 외투를 걸쳤다.
눈발은 그쳤으나 바람은 여전했다. 그 힘이 다소 약해지긴 했어도 달래를 캐러 갈 날씨는 아니었다. 뺑덕어멈이 알려준 길로 걸어가면서, 엄마는 자꾸만 구부러지는 허리를 의식적으로 폈다. 바다가 정면으로 보이는, 아기자기하게 꾸며놓은 쉼터를 지나자 산으로 이어진 길이 나왔다. 계단을 밟고 올라가는 꽤 경사진 길인데도 엄마는 걸음을 멈추지 않았다. 계단 끝에 다다르자 바다가 바싹 다가왔다. 바람도 함께였다. 지금까지 사납게 불어 대던 바람과는 달리 부드럽게 감싸 주는 어떤 보호막 같은 촉감이 느껴졌다. 오솔길을 사이에 두고 왼쪽으로는 산이, 오른쪽으로는 바다가 펼쳐져 있었다. 바람이 길잡이처럼 길을 안내했다. 바람이 대신 전하는 듯한 누군가의 쓴소리를 들으며 수란은 마음을 다잡았다.
"찾았다!"
엄마가 주저앉아 땅에서 달래를 뽑아 올렸다. 언제 챙겼는지 엄마의 손에 굵은 나뭇가지가 쥐어져 있었다.
"달래가 마늘 같다. 뿌리가 올챙이처럼 생긴 마트의 달래들과는 비교가 안 돼. 해풍을 맞고 자란 달래라 역시 골격이 다르구나. 아유, 여기는 달래밭이네."
엄마의 눈이 휘둥그레졌다. 비슷비슷하게 생긴 풀들이 제멋대로 엉켜 있는 사이에서 어떻게 달래를 찾아내는지 신기했다. 달래는 비탈진 곳마다 무더기로 뿌리를 내리고 있었다. 겉은 보잘것없었는데, 캐보면 눈앞이 환해질 정도로 알뿌리가 크고 튼실했다. 엄마는 나뭇가지나 손가락으로 땅을 파헤치면서 달래를 캤다. 경사진 길을 조금씩 올라가던 엄마가 어느 순간 보이지 않으면 달래를 따라 땅속으로 들어갔나 싶어 수란은 피식 웃음을 흘렸다. 수란은 땅속 깊이 파묻힌 달래를 캐다 매번 뚝뚝 부러뜨렸다. 엄마는 어디 하나 다치게 하지 않고 달래를 손에 쥐었다. "여기도 있네, 저기도 있어." 하면서 엄마는 자리를 넓혀갔다. 달래를 캐느라고 파헤쳐진 땅은 새끼 멧돼지나 고라니가 놀다 간 흔적처럼 보였다.

달래가 수북이 쌓였다. 수란은 뿌리의 흙을 털고 메마른 줄기를 떼어내며 달래를 다듬었다. 그러다 이 달래 캐기가 엄마와의 마지막 놀이일지도 모른다는 데 생각이 미치면 절로 손이 멈추곤 했다. 엄마가 손을 털며 바다로 눈길을 돌렸다.

"그만 캐게?"

"이거면 됐어. 알이 이렇게 굵다는 건 수년 동안 땅속에 묻혀 있었다는 뜻이야."

"아무도 챙겨주지 않았는데 지들끼리 잘도 컸네."

"아무도 없기는. 바다, 바람, 햇빛이 이렇게 감싸 주고 있는데……."

엄마가 달래에 코를 가까이 대고서 숨을 흠뻑 들이마셨다. 수란도 덩달아 참았던 숨을 길게 내쉬었다.

"요즘 들어 부쩍 그 장면이 생생히 떠올라. 여섯 살 먹은 너를 데리고 장에서 돌아오는데, 자꾸 해찰을 부리면서 시간을 끄는 거야. 수란아, 엄마 간다? 하면서 일부러 앞서 걸어갔어. 무슨 소리가 들려서 뒤돌아보니까 네가 같이 가, 같이 가, 하면서 들판에 쭈그리고 앉아 있더라. 업어 달라고 손짓하면서."

사실 여러 번 들은, 엄마만 기억하고 있는 어린 시절의 추억이지만 오늘따라 낯설고 불편해서 수란은 고개를 돌렸다. 수란은 오늘 이른 새벽 홀로 산책길에 나섰다. 때마침 선착장에서 고기잡이배를 정리하고 있던 부부를 만나 가벼운 대화를 나눴다. 한 번 결항하면 적어도 사흘은 배가 뜨지 않는다고 했다. 외연도의 날씨가 그렇다고. 자기들은 태풍만 아니라면 매일 아침 아홉 시에 출항하니 육지에 나갈 일이 생기면 그 시간에 나오라는 말도 덧붙였다. 오늘 아침 아홉 시에는 그

고기잡이배를 타지 못했다. 새벽에 나갔다 들어와서 잠이 들었는데, 깨어 보니 아침 여덟 시가 넘어 있었다. 내일은 눈치껏 햇살민박을 벗어나 부부의 고기잡이배에 오를 것이다. 주문을 걸듯 마음속으로 "잠깐 다녀올게."를 되뇌면서. 그다음 휴대전화 안에서 먼지를 뒤집어쓰고 있는 Q의 이름을 불러내 햇살민박의 주소와 전화번호를 전송할 것이다.

엄마는 다시 달래를 캐려는지 나뭇가지를 들고 차근차근 눈길을 주며 걸어갔다. 수란은 달래를 손에 쥔 채 일어서서 바다를 살폈다. 파도의 몸짓이 아까보다 거칠어졌다. 산으로 둘러싸인 이곳의 바람은 마냥 부드러운데, 저곳에서는 고약하게 휘젓고 다니는 모양이었다. 부부의 고기잡이배는 태풍만 아니라면 언제든 뱃고동 소리를 울린다고 했다. 흙 묻은 박하사탕처럼 보이는 달래를 수란은 움켜쥐었다. 무슨 버저라도 누른 듯, "같이 가." 하고 말하는 어린 수란의 목소리가 섬마을에 울려 퍼졌다.

인터뷰

소설에 책임감을 얹다
이 근 자

여름 열기가 폭력처럼 길게도 이어지더니 수상자를 만나기 며칠 전에야 겨우 기세를 꺾었다. 바람이 선선했고 그늘은 시원했다. 나는 반가운 마음을 한가득 안고 인터뷰 장소로 향했다. 이 년 전에 같은 상을 이미 받은 터라 온전히 축하하는 마음이 부풀어 올라 가을 하늘처럼 높았다. 아마도 수상자의 표정이 내 표정과 다르지 않았을 듯하다. 우리는 한눈에 서로를 알아보았다. 카페 안에서 그렇듯 환하게 웃는 사람은 몇 명 없었으니.

평소 한적했던 카페가 이상하게도 북적였다. 동대구IC가 가까운 외곽지 장소라 밖으로 나간들 더 좋은 카페를 찾기는 어려웠다. 우리는 가장 구석진 곳에 있는 자리로 정했다. 앉는 의자가 높고 불편한 것을 개의치 않을 만큼 서로를 마주 보는 게 반가웠다.

안심이 돼요

나는 급하게 수상자의 단편소설 두 편을 읽고 최소한의 인물 검색만 해보았다. 교정을 보고 있던 심사평 등에는 기웃거리지 않았다. 아무 선입견 없이 인터뷰에 임하고 싶어서였다. 수상자는 인터넷 사진으로 예상했던 것보다 체격이 컸고 무엇보다 뚝심이 있어 보였다. 이는 긴 시간 앉아 있어야 하는 소설가에게는 아주 큰 장점이었다.

이근자: 먼저 현진건문학상 본상 수상을 축하드립니다. 수상 소식을 듣고 기분이 어땠나요?

김설원: 현진건 작가의 단편소설 「불」을 좋아해서, 선생님 이름이 걸린 상을 꼭 받고 싶었는데, 소식을 듣자 눈앞에 자욱하던 안개가 걷히는 것 같으면서 기뻤고 안심이 되었습니다. 제가 정말 소설가가 된 기분이었습니다.

이근자: 저런! 김설원 수상자는 2002년 《매일신문》 신춘문예에 등단하여 이미 단편집 1권과 장편소설을 3권이나 펴냈고 장편 두 편은 공모전에 당선되기까지 했잖아요. 『이별 다섯 번』이 《여성동아》 장편소설 공모에, 『내게는 홍시뿐이야』는 창비장편소설상을 수상했고요. 그런데도 이제야 소설가가 된 기분이라니. 좀 의아한 표현이네요.

김설원: 제 바람이 원고 청탁을 받는 소설가예요. 등단을 했는데 어디에서도 청탁이 들어오지 않더라고요. 그래서 어쩔 수 없이 공모전을 기웃거리게 되었어요. 싫었지만 어쩔 수 없더라고요. 장편소설을 펴냈다고 하지만 청탁이 들어오지 않는 건 마찬가지였어요. 공모전에서 당선되는 건 등단과 비슷한 느낌이에요. 그날 하루만 기쁘고 뭔가 된 것 같을 뿐이지요.

'문학상' 이름이 걸린 현진건 본상을 받는 건 의미가 아주 남달랐어요. 이건 단편소설이 대상이기도 하거니와 지난 1년 동안 기발표된 작품을 보기에, 소설가의 활동과 연계돼 있잖아요. 기쁜 마음도 들었지만 무척 안심이 되었어요. 이제야 내가 정말로 소설가가 됐구나, 감동했지요.

그런데 선생님은 현진건 본상을 수상하니 청탁이 들어오던가요?

이근자: 안타깝게도 아니에요. 그래서 저도 원고 청탁을 받는 소설가가 되고 싶답니다. 우리 둘은 소망이 같네요.

– 우리는 같이 하하하, 현실은 좀 씁쓰레하다고 느꼈지만 그냥 웃었다.

이근자: 이번 질문은 나 자신에게 던져봐도 대답하기가 좀 난감한 건데요. 저는 마흔 초반에 생각의 틀을 부수게 된 사건이 있었어요. 그 계기로 인해 '해야 할 일'에서 벗어나 '하고 싶은 일'에 도전했고 그 걸음걸이의 종착점이 '소설'이었거든요. 수상자는 어떻게 소설가의 길을 선택했는지 듣고 싶어요.

김설원: 저는 어린 시절에 아버지를 떠나보낼 때나 집안이 경제적으로 궁핍해지는 등의 불행이 찾아오면, 나중에 소설에 쓰면 되겠구나, 생각했어요. 모든 어려움이나 난관을 소설에 핑계 대고 결국 치환했으니 '소설에 빚진' 셈이지요. 아마 소설가 대부분이 비슷할 거 같아요.

이근자: 맞아요. 그럴 거 같네요. 이번 수상으로 안심이 된다면 앞

으로 소설가로서의 마음가짐이 좀 달라질까요? 이미 달라진 건 있나요?

김설원: 이미 달라진 거는 이거예요. 초기에 쓴 작품은 탈고를 하는 과정에서 수정하면 최초에 쓴 글과는 완전히 다른 글이 되어 있더라고요. 하지만 요즘에는 두세 번 손보고 완성을 해요. 그럴 때 이제 내가 좀 단련됐구나, 하고 생각합니다. 이건 기술적인 부분에 대해서구요.

현진건문학상을 받은 후에 마음가짐은 아마 조금 더 여유로워지지 않을까요. 이전에 저는 매일 원고 몇 매를 쓰겠다 혹은 언제까지 결말을 보겠다 정해놓는데, 하루라도 그 양을 못 채우면 조급증이 났고 무척 괴로웠어요. 요즘에는 오늘 못 채우면 내일 더 많이 쓰면 되지, 정도로는 느긋해지더라고요. 그렇다고 마지막 완성 날을 미루고 싶지는 않겠지만요.

사랑하는 윤희 옆에서 어떻게 죽겠노

이근자: 이번 수상작인 「팔월극장」은 영화 시나리오를 쓰고 영화 연출을 하겠다는 꿈을 꾸는 서른 초반의 여자인 영진이 주인공이지요. 영진은 학원을 수료한 후 영화제작사에 들어가는 행운을 얻었으나, 날이 갈수록 '낯설지는 않으나 성질이 더욱 고약해진 가난'으로 인해 지쳐가던 중에 어머니의 부고를 듣게 됩니다. 어머니도 생활고에 시달리다 병마에 당한 것이지요. 그런데 영진은 무슨 마음인지 기어이 장례식장에 가지 않았고, 상주 노릇도 거부했으나 죄책감은 매일매일 더 크게 부풀고 맙니다. 급기야 일일 스크립터 알바를 하

러 가게 된, 영화 촬영지인 납골당에서 울음이 터졌지요. 그것도 모자라 수면제를 사 모아서는 좋아하는 친구와 모텔에서 잠자는 중에 자살을 하려고 계획합니다. 그것이 영진의 마지막 시나리오였고 자신 이외에 유일한 배우는 윤희라는 친구입니다. 윤희는 배우를 꿈꾸지만 그 꿈에 매몰되지 않은 씩씩한 친구지요.

팔월극장이 처음 결성되었던 4.19 직후나 현재에도 젊은이가 예술을 꿈꾸고 그 꿈에 담보 잡힌 현실의 대가가 너무나 고단하다는 것을 보여주는 소설입니다. 이야기가 너무나 리얼한데요. 얘기 좀 해주시지요.

김설원: 주변에 영화판에서 일하는 친구가 있어서 많은 참고가 되었어요. 사실 그것보다는 자전적인 요소가 더 많은 소설입니다. 소설이라는 것이 소설가 자신을 제외하고 쓰여질 수는 없잖아요. 실제 모습이 포함된 분량이 많거나 적을 뿐이지요. 「팔월극장」에서 영화 연출가라는 주인공의 직업 설정을 '소설가'로 바꾸면 전부 제 얘기라고 할 수 있습니다. 물론 엄마가 돌아가신 것은 진짜가 아니에요.

그때는 가난해서 엄마의 지원을 받았는데, 그래도 죽고 싶었어요. 등단만 했지 앞이 보이지 않은 때였거든요. 꿈 유지비가 만만찮더라고요. 장편 『이별 다섯 번』 상금을 받아 어머니께 조금이라도 돌려드리게 되어 참 좋았습니다.

이근자: 자선작으로 낸 「잠깐 다녀올게」는 요즘 화두가 되고 있는 젊은이의 노인 돌봄에 대한 이야기예요. 보통의 소설이 부모를 돌보는 고달픈 현실을 토로하는 것과 달리 이 소설에서는 엄마가 아직 누군가가 돌봐야 할 정도로 아프지 않은 상태인데, 심리적인 부담감 때문에 미리 도망을 가게 되지요. 걱정을 미리 앞서서 하는, 상상력

좋은 딸이 화자입니다. 그 화자가 엄마와 섬 여행을 하러 가서는 엄마를 섬에 유기한 후에 혼자 뭍으로 가려고 마음먹고 실행하기 직전에 소설이 끝이 납니다. 이 소설에 자신은 얼마큼 투영되었나요?

김설원: 저는 K장녀에 대해 말하고 싶었어요. 장녀라는 부담이 있나 봐요. 소설까지 썼으니.

이건 다른 얘기인데, 소설 「팔월극장」을 읽으면 주인공이 자살하지 않겠다는 것을, 독자가 알게 되지요?

이근자: 그럼요. 사랑하는 윤희 옆에서 어떻게 죽겠노. 윤희 마음 아프게요.

― 내가 혼잣말처럼 대꾸하자 작가가 이 말, 그러니까 '사랑하는 윤희 옆에서 어떻게 죽겠노'를 꼭 인터뷰의 제목 아니면 소제목으로라도 달아달라고 요청했다. 그 말이 왜 작가의 귓가를 미끄러져 사라지지 않고 마음 깊숙이까지 전달되었을까, 유추해보자면 이렇다.

소설가가 이야기를 쓰는 이유 즉 소설을 쓰다 보면 필연적으로 등장인물을 사랑하게 되는데, 그 사랑이 넘치고 흘러서 현실까지 도달하기를 바라기 때문일 것이다. 작가가 본문에서 드러내지 않은 윤희에 대한 가슴 깊은 사랑을 내가 목소리를 내어 꺼내주었으니 말이다.

이근자: 이번 문학상 수상작품집에 실리는 수상자의 단편들은 공통점이 있어요. 글을 쓴 본인은 알고 있을지 모르겠어요. 하나는 열린 결말이라는 것이고요. 다른 하나는 이야기를 진행하는 구성에서 '지연'의 효과를 쓴다는 거예요. 밀도도 좀 느슨한 편이고요. 이의 장점은 읽기가 편한데 다 읽고 나면 주제의 울림이 있어 스토리가 기억에 남는다는 것이에요.

고전명작이나 대작이라 불리는 작품들은 밀도가 촘촘하고 목소리도 크고 다양해서 다성악적인 소설이라고 하잖아요. 그 반대의 효과를 주는 게 본인의 단편이에요. 이런 해석이 마음에 드나요?
- 작가는 그저 웃기만 한다. 사실 이런 해석은 독자의 몫이라서 할 말이 없을 것도 같다.

이근자: 작가는 서울에서 살다가 3년 전에 경주에 내려왔다고 들었는데 이유가 있나요?

김설원: 제 고향은 전북 군산이에요. 항구도시지요. 서울에 오래 살면서 다른 지방의 도시를 돌아가면서 1년살이 같은 걸 해보고 싶었어요. 경주는 평소에 좋아했던 도시라서 먼저 오게 되었지요. 그런데 1년만 살자고 마음먹었는데 3년을 살았고 이젠 아예 눌러앉을까 해요. 고즈넉하고 편해요.

이근자: 서울에서 살았다면 현진건문학상도 못 받았을 테니, 하고 싶었던 다른 지역살이도 하고 이번 상도 받게 되었네요. 경주가 행운의 도시 같아요. 고즈넉한 경주에서 수상자의 일상은 어떤가요? 그리고 평소 독서 습관에 대해서도 알려주세요.

김설원: 문학고시라는 말이 있잖아요. 등단 전후 얼마간은 정말 고시생처럼 살았어요. 아파트에 독서실이 있었는데 새벽 여섯 시에 가서 밥때가 되면 집에 잠깐 다녀온 후에 밤이 늦어서야 독서실을 나왔어요. 그 생활을 꽤 오래 했습니다. 그곳 분위기가 저랑 잘 맞았지요.

요즘은 일주일에 이틀 천안 단국대에 강의하러 갑니다. 독서는 무슨 책이든 하루에 원고지 백 장 분량은 꼭 읽으려 하고요. 그래도 못 다 읽어서 밀린 책은 방학 때 몰아서 봅니다.

소설을 쓸 때는 그 소설에 필요한 분야의 서적을 골라서 읽게 되지요. 등장인물의 직업과 관련한 분야이거나 배경 혹은 시대를 알수 있는 내용의 책을 찾아서 말이에요. 주인공이 치과위생사라면 취위생사 관련 책을, 문화재연구원이라면 그 분야의 서적을 찾아서 읽는 거지요. 인물을 실감 나게 그려야 하니까요. 장편 『내게는 홍시뿐이야』는 고등학교 2학년이 주인공이라서 그즈음 청소년소설을 많이 읽었습니다.

이근자: 소설 「팔월극장」에는 주인공이 공원에 있는 샐러리맨 조형물 곁에 눕는 장면이 있습니다. 외로움이 극대화되는 효과가 실감 나게 그려져 감동적인 장면 중 하나인데요. 이는 작가가 실제로 해 본 일인가요? 평소에 좀 독특하다거나 기이한 습관 같은 게 있다면 알려주세요.

김설원: 서울 살 때 집 근처 공원에 샐러리맨 조형물이 실제로 있었을 뿐이에요. 제가 조형물의 팔을 베고 눕지는 않았어요. 소설에서 영진이 그의 곁에 누워 얼굴을 만지는 장면은 상상을 해서 쓴 거지요.

저의 실제 모습에서 독특한 면은 별로 없는 것 같아요. 소설에서라면 하나의 인물 전형이 있지요. 현실을 잘 살아내는 씩씩하고 밝은 인물, 그러니까 「팔월극장」에서의 '윤희'나 「잠깐 다녀올게」에서 햇살민박의 주인인 '빵덕어멈' 그리고 『내게는 홍시뿐이야』라는 장편에서 '치킨홍' 같은 사람을 소설에 한 명씩은 꼭 등장을 시킵니다. 이런 인물들은 소설에서나 현실에서 생동감과 활력을 불어넣지요. 제가 정말로 좋아하는 유형의 사람인가 봐요.

이근자: 인터뷰를 위해 수상자의 단편 2편과 『내게는 홍시뿐이야』

앞부분을 좀 읽어봤는데, 이 소설들에는 아버지가 없어요. 무슨 특별한 이유가 있나요?

김설원: 정말, 그러네요. 이제 처음 알았어요……. 아버지의 부재가 제게 자연스러운 일이기는 해요. 하지만 현실에서의 결핍이 허구의 세계에서는 과잉하는 욕망으로 드러날 수도 있었을 텐데, 그랬네요……. 이건 사실인데요. 저의 어머니 주변에는 혼자 사는 분이 많아요. 우리 지역에서는 여자들이 주로 가장 노릇을 하고 있고 그런 모습을 많이 보고 자랐어요.

 - 그런 어머니와 K장녀. 어딘가로 늘 떠나는 남자들, 항구도시에 몸과 온 생이 붙박인 채 자식들을 먹이기 위해 삶의 현장에서 생선 혹은 땅과 전투하듯이 치열하게 살아내는 어머니, 그리고 그 어머니를 보며 죄책감에 시달리면서도 자유를 갈구하는 K장녀. 그렇게 K장녀가 화자인 「잠깐 다녀올게」라는 단편소설이 세상에 나온 듯하다.

소설도 각각의 팔자가 있으니

김설원:「팔월극장」은 아픈 손가락처럼 애착이 많이 가는 소설이었어요. 오래전에 쓴 소설인데 2015년에 소설집을 발간하면서도 왜인지 제가 거기에 수록하지 않게 되더라고요. 시대의 흐름에 맞게 지금까지 서너 번이나 정성 들여 고치면서까지 들고 있다가 작년에야 《문학사상》에 발표하게 됐지요. 결과적으로는 제게 가장 큰 위로를 건넨 소설이기도 하네요. 이렇게 큰 상을 안겨주다니.

그런데 작가인 저를 가장 기쁘게 한 소설은 장편인 『나의 요리사 마은숙』입니다. 이는 원래 자서전으로 의뢰를 받고 쓴 글이었어요. 쓰고 보니 욕심이 나서 허락을 받은 후에 소설화한 거지요. 이를 세계문학상에 응모하였지만 떨어졌어요. 그런데 출판사 측에서 연락이 온 거예요. 책으로 발간하고 싶다고요. 그렇게 공짜로 책을 내게 된 것도 고마운데, 지금까지 한 달에 몇천 원이지만 인세가 들어오고 있어요. 몇백 원까지 인세가 찍힌 통장을 보면 정말로 글로 돈을 버는 작가가 된 듯 해 기분이 좋아져요.

그뿐이 아니라 이 장편은 동인문학상 후보에도 올랐어요. 정말로 이쁜 자식 같은 책이지요.

거기다 이 책으로 인해 시간강사가 아니라 진짜 교수 자리도 얻게 되었어요. 강의는 조금만 하고 학생들의 실습이나 취업 업무를 주로 도와주는 산학협력 담당 교수였지요. 그런데 일을 하면서 책 읽고 글 쓰는 시간이 통 나질 않았어요. 그렇게 3년을 지내자 이건 아니라는 생각에 그만두었어요.

저는 부업으로 먹고살아야 한다고 생각해요. 소설가라는 본업은 배가 고프니까요. 그렇지만 본업을 하는 시간이 안 난다면 그런 부업은 할 수 없었지요.

이근자: 소설에 팔자가 있다면 이름은 어떨까요. 수진을 필명 설원으로 바꾸었는데, 설원은 우리가 상상하는 그 눈밭이 맞나요?

김설원: 맞아요. 제가 겨울에 태어났는데 마침 그날 눈이 펑펑 내렸다 하더라고요. 그런 출생을 고려하여 고민했어요. 그때 곁에 있던 선생님이 하얀 백지상태의 드넓은 눈밭에 김설원만의 개성적이고 확연한 문학적인 무늬 즉 족적을 찍어가라는 덕담과 함께 필명을 짓게 되었어요. 그렇게 되려고 열심히 노력하고 있습니다.

이근자: 소설가 김설원이 아니라 고유한 한 사람으로서 하고 싶은 건 있나요?

김설원: 저는 다음번 생이 있어 다시 태어난다면 그때는 '글 좀 쓰는 사육사'가 되고 싶어요. 여기에서 글이 소설은 아니에요. 소설보다 편한 글을 쓸 거예요. 동물자원학 같은 전공을 해서 좋아하는 동물을 사육하고 싶어요. 식물도 많이 관찰하고 키우면서요. 그래서 문득문득 행복해질 수 있는 사람이 되면 좋겠어요. 아무것도 모르는 상태에서가 아니라 현명하고 성실하면서도 배려할 줄 아는 그런 사람이 느끼는 행복을 공유하고 싶어요.

이근자: 이제 마지막 질문을 드릴까요. 나중에 어떤 소설가로 기억되면 좋겠어요?

김설원: 제가 기차에서 우연히 오랜만에 아는 교수님을 만났어요. 시인이기도 한 분이에요. 그분이 그러더라고요. "정말 좋은 시 한 편을 쓰고 죽을 거야." 그 말이 잊히지 않았어요.
저도 정말로 좋은 소설, 제대로 된 소설을 한 편 쓴 후에 죽고 싶

어요.

이근자: 작가가 생각하는 좋은 소설이란 뭐라고 생각하나요?

김설원: 주인공뿐 아니라 등장인물 각각의 목소리가 들리는 소설이라고 생각해요.

- 종이라는 2차원에 쓴 까만 글씨에서 목소리가 들린다는 소설. 그렇다면 그건 분명 좋은 소설이라는 느낌이 든다.

이번에 현진건문학상 신인상을 받은 금이정 소설가가 제자라고 했다. 본상과 신인상을 스승과 제자가 받다니. "선생으로서는 좋은 제자를 만나는 것이 행운이자 보람이지요." 그녀의 말이 맞다. 제자에게도 역량이 있으니 '좋은 제자'를 받아들일 수 있는 스승은 누구보다 기쁠 것이다. 시상식에 보기 좋은, 그림 같은 장면이 만들어질 거라는 짐작에 저절로 미소가 지어졌다. 축하가 거듭되면 그건 두 배가 아니라 열 배가 넘게 기쁜 일이 될 것이다. 주변을 환하게 밝히는 힘이 있는 그런 일 말이다.

김설원 수상자는 인터뷰를 두어 시간 잡고 왔기에 동행이 있었다. 하지만 소협의 회장님이나 나는 수상자를 그렇게 일찍 돌려보낼 생각이 없었다. 저녁이라도 먹여서 보내야 했다. 우리는 갈비탕을 먹으며 못다 한 이야기를 나눴다.

"상을 받으니 현진건 선생님의 성함에 책임감이 생깁니다. 앞으로 저는 현진건 상을 탄 사람에 걸맞다는, 그런 평가를 듣는 소설을 쓰고 싶어요."

수상자는 동행과 했던 약속을 지키기 위해 바쁘게 동대구역으로 향했다. 오늘 그가 한 말이 전부 지켜질 것 같은 뒷모습이었다.

▄▄▄ 약 력

이근자
2011. 《경남신문》 신춘문예에 「바닷가에 고양이의자가 있었다」 당선.
소설집 『히포가 말씀하시길』, 『산책, 109』 발간.
대구문학상, 「아침은 함부르크로 온다」로 현진건문학상 수상.

2024 현진건신인문학상 예심 심사평
감당할 수 없는 것들에 던지는 작은 돌

우리의 손은 늘 주먹을 쥐고 있고 그 주먹 속에는 돌멩이가 있다. 가족의 죽음, 예기치 않았던 사고, 끝없는 생활고, 취업 등 수많은 삶의 문제는 살아 있는 한 우리에게 계속될 것이고 매번 감당할 수 없는 힘으로 다가오기 때문이다. 누구나 각자의 방법으로 주먹 속의 돌을 던질 것이며 소설가는 소설이라는 아주 작은 돌을 던질 것이다. 감당할 수 있다고 믿으면서, 혹은 감당할 수 없다는 것을 알면서도 그냥 있을 수는 없기에 우리는 힘없는 주먹을 쥔다.

그렇게 소설이 '큰 어떤 것'은 아니지만 189편의 작품들을 앞에 두고 보니 무수한 밤을 고뇌로 보냈을 한 분 한 분이 두드리는 자판 소리가 한꺼번에 울리는 듯했다. 그래서 좋은 작품을 고르는 일보다 걸러내는 작업이 훨씬 힘들었다는 점을 고백한다.

올해도 다양한 주제와 신선한 시각을 만날 수 있어서 반가웠다. 우선 189편 중 6편을 고르는 작업을 했다. 눈에 띈 작품을 언급하자면, 커밍아웃을 한 고등학생의 시점으로 다른 존재를 사랑하는 방법을 보여주려 한 「핏방울」이 있었고, 「긴 변명」은 어쩌다 보이스피싱에 가담한 젊은이가 재판장에게 보내는 고백 형식의 진행으로, 시대가 직면한 심각한 주제와 미끄러지듯 전개되는 문장력이 돋보였다. 「행복 컨설턴트」는 대출사기에 휩쓸린 이들의 이야기로 역시 시대를 잘 반영하고 있다.

 같은 오토바이를 탄 남편과 애인을 함께 잃은 두 사람이 만나서 치르는 담담한 정리방식의 「스며드는 것들」과 현진건의 「그립은흘긴눈」이라는 소설을 두고 '현대 한국어가 잃어버린 종류의 그것'에 대해 곧 문학과 사랑의 갈림길을 촘촘하고 과감하게 그린 「태양의 흘긴눈」, 오래 벼르고 간 미국 땅에서 맞닥뜨린 인종차별의 쓴맛에 대한 「뉴욕피자의 끝맛」. 이 세 작품에 특히 눈길이 갔다.

 본심에 올리지는 못했지만 온천탕 사업에 평생을 건 남자의 열렬한 이야기 「그가 박정팔이다」, 노년에 찾아온 사랑을 잔잔하게 그린 「행복한 김여사」. 인류의 행복을 위해 만든 AI에게 일자리를 빼앗긴 사람들의 「멀리건」도 의미심장했으며, 「두 달」은 팬데믹 이후 새로운 인간관계를 형성해가는 잔잔한 성장의 시기, '생을 건넜던 두 달'이라는 표현이 아프게 와닿았다.

 그 외에도 마음이 가는 작품이 많이 있어 아쉬웠지만 곧 다른 기회에 만날 것을 믿으며 끝까지 연필을 잡고 있으라는 말을 전하고 싶다.

심사위원 노정완, 권이항(글)

2024 현진건신인문학상 본심 심사평
우리는 혼자가 아니란 걸 알기 위해 책을 읽는다

신인문학상 응모작은 무언가 특이하고 자극적인 소재를 선택하는 경향이 있는데 이번 역시 다르지 않았다. 보이스 피싱과 관련된 소설이 수 편, 자살, 살인, 말하는 모기-무척 인상적이긴했다-, 현진건의 유작 등 범상치 않은 선택을 하기까지 작가들의 고뇌가 고스란히 느껴져 안타까웠다. 잔소리처럼 들리겠으나 소설은 특별한 이야기가 아니며 작가가 된다 해서 세상이 달라지는 건 더더욱 아니다. 작가는 다만 다른 이들보다 더 오래, 깊게 보는 사람이며 여물 되새김질하는 소처럼 거듭 생각하는 사람이다. 그런 가운데 심사위원들의 의견이 수렴된 마지막 두 편은 「스며드는 것들」과 「뉴욕 피자의 끝맛」이었다.

「뉴욕 피자의 끝맛」은 브룩클린 브릿지 인근의 한 식당에서 맞닥뜨린 인종 차별적 불친절에 대응하는 두 젊은 여성을 주인물로 내세워 뉴욕 거리를 실제 걷고, 택시로 달리는 듯 생생하게 그린 소설이다. 모든 것을 다 가진 소유와 그런 소유와의 우정에 목숨을 건 유빈. 작가는 두 인물의 현재와 미래, 그리고 그에 대한 인식을 자연스럽게 대비시켜 소설 후반부의 어긋나는 시간이라는 설정의 의미를 다시 생각하게 한다. 노숙자로 오인할 법한 노교수의 갑작스러운 출현과 증발은 살짝 과한 느낌이 있어 아쉬웠으나 상당한 습작의 이력이 느껴지는 소설이었다.

「스며드는 것들」은 남편과 애인을 오토바이 사고로 잃은 두 인물의

이야기이다. 배신당한 채 남겨진 두 사람은 섣불리 위로하거나 공감을 나누려는 시도를 하지 않는다. 편해지고 싶다는 마음으로 만나지만 전혀 편해질 수 없다는 사실을 자각하는 과정, 끝내 '왜 나만'이라 절규하고 마는 하루가 천천히, 과장 없이 그려진다. 동승했던 남편의 애인, 그리고 그 여자의 애인인 다른 여자라는 설정, 지워지지 않는 끈끈한 기름얼룩이 남은 사고 현장, 망가진 오토바이를 끌고 폐차장으로 가는 길, 장례식장에서 조우하는 두 사람, 뜨거운 죽을 식혀가며 먹는 식당에서의 오후 등 이 소설의 모든 장면이 예사롭지 않았다. 작가는 살아가는 일의 지난함과 함께 우리가 알고 있다 생각했던 많은 것들의 의미를 거듭 묻는다. 제목처럼 심사위원들의 마음속에 서서히 스며들었던 이 작품을 심사자 전원은 이견 없이 신인 당선작으로 선정하며 이 작가의 미래를 지켜보기로 합의하였다. 당선을 축하하며 좋은 작가로 성장하기를 바란다.

심사위원 **구효서, 박상우, 서하진(글), 이연주**

당선소감

이름을 붙일 수 없는 것들, 그 모호한 영역

금 이 정

　스물두 살, 먼 훗날 이 시기를 되돌아본다면 그때 나는 어떤 기분이 들까. 처음 당선 소식을 들었을 때, 나는 침대에 누워 있었다. 동아리에서 진행하는 스터디에 나가야 했지만, 일어나기는 좀 귀찮았다. 그런데 그 무료했던 순간에 딱 전화가 온 것이다. 사무국장님과 통화를 하면서 너무 기뻐서 소리를 지르기도 했고, 또 엉엉 울기도 했다. 사실 여전히 그런 기분이다. 아마도 이건 스스로에 대한 불안감, 그리고 무언가를 이뤄냈다는 성취감이 뒤섞여 생기는 일종의 화학 반응 같은 것 아닐까. 내가 느끼는 감정인데도 명확히 말할 수 없다는 사실이 웃기다.
　그런데, 이런 애매한 지점이 삶을 반짝거리게 만드는 부분인 것 같다. 가슴 안을 쿡쿡 찌를 정도로 신경이 쓰이지만 이름을 붙일 수 없는 것들. 이를테면 감정, 기분, 사람이나 관계 등 다양한 부분이 그렇다고 생각한다. 나는 이 모호한 영역에 서 있는 존재들을 참 좋아한다. 살면서 그것들을 파헤치고 생각하다 보면, 다음 페이지로 넘어갈 수밖에 없으니까. 그래서 소설을 쓸 때, 이런 부분과 함께 어떤 말을 하고 싶은지에 대해 아주 오래 생각한다. 내가 가장 하고 싶은 한 마디를 중심으로, 거대한 눈덩이를 굴리는 것이 소설이라고 생각한다. 이번 여름, 온갖 카페를 누비며 눈덩이를 굴렸던 기억이 난다. 낮에도, 해가 질 무렵에도, 가루가 덜 녹은 아이스초코를 먹으며 노트북을 두들겼다. 스터디 멤버들과 함께 작품에 대해 말하고, 고치면서 많은 것을 배운 여름이었다.

  감사한 사람들이 참 많다. 가장 먼저 작품을 끝까지 읽어주신 심사위원 분들과 좋은 기회를 주신 현진건기념사업회 관계자 분들, 그리고 현진건 작가님을 기리며 감사하다는 말을 꼭 하고 싶다. 지금까지 나를 기다려 준 우리 가족들. 엄마, 아빠, 누나 그리고 김제니. 무턱대고 문예창작과에 가겠다고 한 열일곱부터 지금까지 걱정이 참 많았을 텐데, 이제는 한시름 놓아도 괜찮다! 또, 문학에 대해 항상 열정적으로 가르쳐주시는 단국대학교 김수진 교수님, 김태수 교수님을 비롯한 모든 교수님에게 감사 인사를 드리고 싶다. 고등학교 3학년, 여러 방면에 눈을 뜨게 해준 김혜린 선생님에게도 너무나도 감사하다. 그리고 무척 더웠던 여름을 함께 보낸 우리 방학 스터디 멤버들, 특히 상연이! 다들 작품 열심히 읽어주고 의견 제시해줘서 너무 고맙다. 문예창작과 친구들, 필명의 근간이 되어준 진이, 철민이, 승주, 재윤이. (재윤아 연락 좀 받아.) 항상 옆에서 응원해줘서 고맙다. 마지막으로, 지금은 함께하지 못하지만 내게 많은 추억을 실어줬던 사람. 그런 사람들이 많았기에 더 열심히 할 수 있던 것 같다. 먼 미래의 일은 알 수 없지만, 확실한 건 지금 내가 첫 발자국을 뗐다는 사실이다. 그건 서른둘이 되어도 변하지 않는 사실이겠지. 숨이 턱 끝까지 차올라도 계속 달려보겠다.

제14회 현진건신인문학상

스며드는 것들

금이정

작가의 말

이 소설은 한 질문으로부터 시작됐다. 용서할 수 없는 마음을 용서할 수 있을까? 세상에는 다양한 관계가 있고, 그만큼 다양한 마음이 존재한다. 나는 그 마음을 입에 머금은 채 글을 쓴다. 내가 아닌 다른 사람이 되어서.

소설 안에 이런 문장이 있다. 구우면 담백하게, 볶으면 풍요롭게. 곱창에 빗대어 한 말이었지만 어떻게 보면 일상을 관통한다고도 생각했다. 때로는 건조하고 담백하게 하루를 살기도 하지만, 지지고 볶고 싸우기도 하며 뜨겁게 사랑하는 날들도 있지 않은가. 내게 소설은 삶이고 일상이다. 우리가 사는 세계, 그리고 그 안에서 내가 만들어낸 또 다른 세계다. 그 세계를 마음껏 누비고 자세히 바라봐주길 부탁한다.

이 소설을 썼던 시기는 2024년 여름, 한창 방학 중이었다. 유독 덥고 치열했던 여름을 기억하며 나는 또 한 번 그 시기에 스며든다. 다음 여름에는, 이다음 계절에는 또 무슨 일이 일어날까? 이제 책장을 덮고 다음 페이지로 넘어갈 시간이다. 같이 가요 우리.

　남편이 몇달 전 벽에 걸어놓은 글귀를 바라보았다. 그것을 걸던 남편의 얼굴이 어땠는지 전혀 기억이 나지 않았다. 그때 작은 기름방울이 팔에 튀었다. 팬 위에서는 곱창이 기름을 머금은 채 익어갔다. 테이블에 앉은 모두가 내가 집게를 움직이기만을 기다렸다. 나는 그들을 보며 오늘 만나기로 한 여자의 모습을 그려보았다. 고기가 익기만을 기다리는 사람처럼, 그녀 역시 내가 오기만을 기다릴지도 몰랐다. 무언가를 기다리는 사람은 늘 간절한 눈빛을 지니고 있었다. 실상은 그렇지 않음에도 그것이 아니면 안 되는 사람같이. 하지만 그 여자보다 어쩌면 내가 더 이 만남을 기다리고 있을 수도 있다. 나는 그녀의 애인이, 내 남편과 함께 죽은 여자의 정체가 궁금했다. 두달 전 남편은 오토바이를 타다가 사고로 죽었다. 인천의 사거리에서 내가 모르는 여자를 뒤에 태우고 달리다가 차에 치였다. 그날은 남편이 가게를 쉬는 날이었다. 연락을 받은 순간, 손님 테이블에서 볶음밥을 볶던 두 손이 조금씩 떨려왔다. 병원에 도착했을 때 그의 얼굴에서는 일말의 핏기조차 느껴지지 않았다. 하얗고 반투명하게 변해버린 것이 마치 굳어진 양초 같았다. 그건 아무런 온기도, 살아있단 감각도 존재하지 않는 누군가의 시체였다. 그러나 옆에 함께 실려 온 여자를 보자, 내 안에서 설명할 수 없는 무언가 끊어졌다. 간호사는 그녀가 오토바이의 동승자라고 말했다.

　"아는 분이실까요?"

사십 년을 넘게 살며 이런 감정을 느낀 것은 처음이었다. 이미 죽어버린 사람들을 또 한 번 죽일 만큼 미워해야 할지, 아니면 동정해야 할지 알지 못했다. 그러던 이 주 전 그 여자에게서 연락이 왔다. 그녀는 자신이 죽은 여자의 애인이라고 밝혔다. 두 사람이 탔던 오토바이가 자신의 명의였으며 폐차하려 한다는 문자를 보내왔다. 함께 하자는 것이 문자의 요지였다. 처음에는 문자에 답을 하지 않았다. 내 번호를 어떻게 알았는지, 정말 서류상의 문제와 폐차만이 여자의 목적일까. 또한, 내가 꼭 참여해야만 하는 이유를 찾지 못했다. 그러나 시간이 지날수록 의구심은 궁금증으로 변해갔다. 남편은 어떤 여자를 만났기에 잘 타지도 않던 오토바이를 탔고, 언제부터 그런 용기를 가지게 됐을까. 언제부터 시작된 관계일까. 그릇을 닦다가도 억울한 마음이 튀어나왔다.

한편으로 나는 조금 편해지고 싶었다. 이미 끝난 일을 붙들어봤자 도움 될 게 없다는 것을 알았다. 그렇기에 남편도 낯선 여자도, 그들의 마지막도 언젠가는 내게서 사라지기를 바랐다. 바람과 현실이 다르다는 것을 알아서 문자에 답을 보내고 말았다. 심란한 마음에 괜히 집게를 거칠게 내려놓았다. 기름이 튄 부분에는 둥근 발적이 새겨졌다. 모든 염증이 그렇듯 화상에 의한 발적은 오직 그 부분에만 흔적을 남기지 않았다. 기름이 튄 부위를 중심으로 팔꿈치 부근에 붉은 부분이 번져갔다. 궤적이 안에서 바깥으로 향할수록 빨갛게 물든 색이 옅어졌다. 그 모습을 보며 나는 얼마나 더 쓰린 날들이 찾아올지, 또 이 일이 어떤 염증처럼 번져갈지 전혀 예측할 수 없었다. 내가 할 수 있는 일은 의연한 척을 하는 것뿐이었다. 네 시 반이 되자 주방 이모 몇 명이 더 출근했다. 그들이 건네는 인사를 받으며 나는 앞치마를 벗고 여자를 만날 준비를 했다. 벽에는 여전히 남편이 걸어놓은 글귀가 새겨져 있었다. 구우면 담백하게, 볶으면 풍요롭게. 가게를 나서는 내내 곱창 냄새가 역하게 느껴졌다.

1호선을 타고 가자 인천까지는 한 시간 정도 걸렸다. 여자는 동인천역에서 20분 정도 떨어진 빌라에서 살았다. 나는 문자 속 주소와 지도를 번갈아 보며 길을 찾았다. 골목길마다 똑같이 생긴 회색 빌라가 하나쯤은 있었으며, 그 건물들을 볼 때마다 저게 그 여자가 사는 빌라인가 하며 고개를 들었다. 여자의 빌라는 신축 사이에서는 구축처럼 보였고, 구축 중에서는 신축처럼 보였다. 건물의 생김새를 구경하던 도중, 멀리서 쇠 부딪히는 소리가 들렸다. 소리가 퍼지는 방향을 따라 걷자 빌라의 뒤편까지 닿았다. 오토바이의 번호판을 떼어내려 안간힘을 쓰는 여자, 머리가 산발이 되도록 드라이버와 씨름을 하는 여자, 그녀를 본 순간 어렴풋한 확신이 들었다.

"혹시…… 문자 보내셨던 분 아닌가요?"

여자가 바닥에 누운 채 나를 빤히 바라보았다. 그러다가 입가와 볼에 주름이 패는 것이 전혀 개의치 않은 듯 환하게 웃었다.

"정유민이라고 해요. 편하신 대로 불러주세요."

어떻게 저렇게 아무렇지 않게 웃을 수 있을까. 나는 여자를 어떻게 대하고 뭐라 불러야 할지 감도 잡히지 않았다. 그때 그녀가 자신에게도 이름을 알려달라고 했다.

"최정우입니다. 상호 존대해요."

유민이 머쓱한 티를 내며 땀을 닦았다. 말을 뱉고 나서야 지나치게 힘이 들어갔다는 사실을 깨달았다. 그녀 역시 나와 같은 처지인 사람인데. 문득 이 상황이 웃기게 느껴졌다. 서로가 어디에 사는지도 어떤 생각을 하고 있는지도 모르는 낯선 이들. 그런 사람들이 이름을 가르쳐 주고 부르는 것이 이상했다. 아플 정도로 이상한 상황이 덧난 상처처럼 또 다른 이상함을 불러일으켰다.

"나이가 어떻게 돼요?"

말을 더하던 도중, 바닥에 무언가 둔탁하게 떨어지는 소리가 들렸다. 유민이 바닥에서 일어나다가 드라이버를 바닥에 떨어트렸다. 얼굴에 여전히 땀방울이 잔뜩 뒤덮여 있었다. 둥그런 형태의 땀방울들이 모여 줄기가 되어 흘렀다. 유민은 내 질문에 대답하는 대신 또 다른 질문을 던졌다.

"한번 해보실래요?"

그녀가 조금 뜸을 들이다가 말했다.

"같이 하자고 불렀는데, 저만 하면 불공평하잖아요."

장난스러운 말투였지만 나는 그 말이 왜인지 진지하게 들렸다. 축축해진 그녀의 얼굴 때문이었는지, 이상한 상황에 놓였다는 생각 때문이었는지는 모르겠다. 바닥에 놓인 드라이버를 집자 손 안에 단단한 플라스틱의 질감이 느껴졌다. 번호판은 오토바이의 뒤편에 단단하게 고정되어 있었다. 볼트와 너트 사이에서 퀴퀴한 쇠 냄새가 흘러나왔다. 아무리 힘을 주어도 번호판은 떨어질 추호도 보이지 않았다.

"옛날에는 이런 거 푸는 거 일도 아니었는데."

내가 다시 드라이버를 건네자 유민은 힘겹게 번호판을 떼어냈다.

"번호판 떼는 건 누구한테 배웠어요?"

"그때가 육 년 전이었으니까…… 서른둘 때 동호회 사람한테서요."

그녀는 구청으로 가야 한다고 말하며 번호판을 들어 올렸다. 오토바이는 일반 차량과 다르게 분류되어 별도의 신고가 필요하다고, 구청에서 폐차 허가증을 받아내야 한다고 말했다.

"그래서 몇 살이세요?"

유민의 말은 아무렇게나 잘라 이어붙인 콜라주 같았다. 말의 맥락이 없었지만 그러면서도 대화의 틀을 벗어나지 않았다.

"마흔하나요."

그녀는 언니네, 하며 짧게 중얼거리고는 얼른 구청으로 가자고 했다. 그 사이 나는 오토바이와 일반 차량의 다른 점을 생각해 보았다. 금세 쉽게 주인이 바뀌어버리는 것과 아닌 것들, 주인이 무책임하게 보일 수 있는 것과 아닌 것들, 이를테면 검은 그랜저와 빨갛게 도색된 할리 데이비슨이 가지고 있는 이미지의 차이 같은 것들. 그런 것을 생각해 보면 길가에 버려져 있는 오토바이를 떠올리는 일은 아주 쉬웠다. 유민은 주저앉아 있는 내게 가지 않을 거냐며 손을 내밀었다. 나는 그 손을 무시한 채 스스로 일어났다. 가장 붙잡고 싶지 않은 그 손이 나와 가장 가까이 맞닿아 있다는 것을 알기에. 우리는 먼발치서 떨어져 걸었다.

유민이 구청 안에 들어간 사이 나는 그 앞 벤치에 앉아 그녀를 기다렸다. 평일 오후의 시간대에 사람들이 이렇게 많이 지나다녔었나. 하복 셔츠 안에 나이키 티셔츠를 겹쳐 입은 아이들부터 이제 막 퇴근하는 직장인들, 두 손을 꼭 잡고 걷는 노인들 등 다양한 이들이 거리를 가득 메웠다. 그 모습을 보고 있자니 눈가가 시큰거렸다. 눈앞의 사람들이 너무 평화로워 보여서, 지나치게 아무렇지 않아 보여서, 그간 아무렇지 않은 척 노력하던 내 모습이 바보처럼 느껴졌다. 남편이 다른 여자를 만나지 않았다면, 하다못해 걸리지 않고 살아있기라도 했더라면 이런 기분을 느낄 일은 없었을 텐데. 자꾸만 고개를 숙이게 됐다.

"어디 안 좋으세요?"

유민이 눈앞에 폐차 허가증을 들이밀었다. 나는 아무것도 아니라며 이제 어디로 가야 하냐고 물었다. 그녀는 지도를 찾아보지도 않은 채 자신을 따라오기만 하면 된다고 말했다. 의기양양한 태도가 불안감을 자아냈다. 과거에도 그렇게 자신감이 넘치던 사람의 모습을 본 적이 있었다. 남편은 식품회사를 그만둔 뒤, 자신이 레토르트 곱창에만 얼마나 시간을 많이 쏟았는지 알기나 하냐며 곱창집 창업을 고집했다. 곱창은 안쪽까지 깨끗하게 씻어내지 않으면 잡내가 났고, 기름이 굳어지면 물리고 느끼한 맛이 났다. 그걸 굳이 팔겠다고. 우리는 여전히 가게를 담보 잡히고 받은 대출의 육십 퍼센트도 채 갚지 못했다.

구청에서 폐차장까지 걷는 동안 유민은 시답잖은 이야기를 늘어놓았다. 간장게장은 게를 스트레스 받지 않게 죽이는 것이 중요하다거나, 비지찌개는 두부의 찌꺼기를 모아 끓인 것이라 전부터 서민 음식으로 유명했다는 등 한식집에서나 할 법한 이야기를 했다.

"제가 왜 이런 이야기하는지 별로 안 궁금하세요?"

"할 말이 없어서 그런 거 아니에요?"

유민이 작게 실소를 터뜨렸다.

"요리 연구가로 일하고 있어요."

나는 그 말을 듣고 깜짝 놀랐다. 어쩌면 유민과 내가 조금 많이 닮아있을 수도 있다는 생각이 들었다. 그녀가 만들던 수많은 요리와 내가 테이블에 나르고 굽던 곱창이 머릿속에서 겹쳐졌다. 이윽고 도착한 폐차장에서는 고약한 기름 냄새가 났다. 그곳은 폐차장이라기에는 잡다한 물건들이 지나치게 많았다. 유민은 그런 내 생각을 읽기라도 한 듯, 이곳은 고물상도 겸한다고 했다. 낡은 리어카와 자전거들, 형체를 알아볼 수 없는 쇠붙이들이 창고 한편을 가득 채웠다. 걸음을 내디딜 때마다 바닥에 눅진하게 눌어붙은 기름때가 느껴졌다. 아주 오래 고이고 굳어져 만든 것들이 몸 안에 깊숙이 스며드는 기분이었다. 나와 달리 유민은 익숙하다는 듯 성큼 사장에게 다가섰다. 그러고는 허가증과 오토바이를 들이밀며 고물값이 얼마나 나올 것 같냐고 채근했다.

"에이, 이거는 너무 심하게 망가져서 조금도 안 나와."

"그런 게 어딨어. 다 조금씩 닳고 그런 거지."

사장은 기가 차다는 듯 웃었지만 흰 봉투에서 오만 원짜리 한 장을 꺼내주었다. 그는 돈을 내어주고는 창고 안쪽으로 오토바이를 끌고 들어갔다. 얼마 지나지 않아 낯선 굉음이 들려왔다. 번호판보다 더 밀접하게 연결되어 있을 오토바이의 부속품들이 하나씩 분리되었다. 모터와 엔진 사이의 부분이, 페달과 핸들 사이의 간격이, 헤드라이트와 서브 라이트의 부품들이 저 안에서 산산이 분해되고 있었다. 남편과 죽은 여자가 함께하던 마지막 순간에도 저런 굉음이 났을지, 머릿속에 흉측한 의문이 맴돌았다. 피부가 쓸리고 비명을 지를 때는 쇠붙이가 떨어져 나가는 소리가 났을까. 소리가 멎은 뒤 사장은 개운한 얼굴로 창고 안에서 나왔다. 유민 또한 마찬가지였다.

"다 됐네요."

그녀가 나를 빤히 바라보았다.

"이대로 갈 거예요?"

유민의 질문에 나는 아무런 답도 하지 못했다. 무언가 목적을 가지고 불렀으리라 생각한 것은 오히려 나였기에 어떤 행동을 취해야 할지 몰랐다.

"설마 이게 끝은 아닐 거 같은데요."
유민이 입꼬리를 올리며 웃었다.
"저녁이나 한 끼 해요. 얘기도 하면서."
버너의 레버를 올리자 불꽃이 주홍색에서 파란색으로 번져갔다. 그로부터 전골 그릇이 끓어오르기까지는 한참이 걸렸다. 유민과 나는 샤브샤브 한 점을 집어 소스에 찍어 먹었다. 얄팍한 고기의 감촉이 혀 끝에서 쉽게 녹아내렸다.
"아까 구청 가던 길에, 제가 얘기했던 내용 기억하세요?"
유민이 배추쌈을 우물거리며 질문했다. 순 음식 얘기만 했던 것 같은데, 전혀 기억나지 않았다.
"그거 되게 중요한 얘기였는데."
"미안해요."
그녀가 인상을 찌푸리는 사이 나는 애꿎은 오이고추만 쌈장에 비벼댔다. 바드득 고추가 부러지는 소리를 낸 순간 유민이 휴대전화를 건넸다. 화면에는 여러 장의 사진이 떠 있었다. 알이 노랗게 배어있는 간장게장, 덩어리가 뭉근하게 져 있는 비지찌개 등 이전에 말했던 음식들이었다.
"다혜가 전부 좋아하던 음식이었어요. 그래서 더 열심히 연구했는데."
유민이 한 번 더 휴대전화를 눌러 다음 사진을 보여주었다. 사진 속에서도, 테이블에서도 샤브샤브가 거품을 내며 끓었다. 동시에 여자가 있었다. 죽은 그 여자가 야외 테이블에서 밥을 먹는 모습이었다. 너무 붉지도 또 너무 어둡지도 않은, 해가 질 무렵의 그림자가 그녀의 뺨에 그려졌다. 나는 활짝 웃고 있는 여자의 모습을 보면서 응급실에서의 모습을 다시금 떠올렸다. 남편과 마찬가지로 혈색 하나 없던 여자가, 내게 낯설고 부패된 감정을 안겨준 여자가 웃고 있는 것이 이상했다.

"너무 미워하지 말아요."

유민이 변명하듯 읊조렸다. 그게 어떻게 가능한 것인지 당장이라도 묻고 싶었다. 내가 그랬듯이, 나는 유민 역시 자신의 애인을 미워할 것이라고 예상했다. 미워하고 사랑하고 그러면서도 증오하고 또 한 번 닿을 수 없는, 그런 애증의 영역에 머무를 것이라고 여겼다.

"그게 어떻게 돼요?"

"저도 모르겠는데요."

유민은 그렇게 말하고는 고기에 간장까지 찍어 야무지게 배추쌈을 싸 먹었다. 입을 크게 벌려 한입에 쌈을 먹어치웠다. 우물우물 씹다가 겨우 말을 이어나갔다.

"다혜는 겁이 많았어요. 겁이 많은 만큼 쉽게 흔들리고, 바뀌고, 잘 변하고 그래요."

말소리보다 음식을 씹는 소리가 더 크게 들렸다. 유민의 목소리가 조금씩 떨려왔다. 열대야가 가장 길게 이어졌던 해에 만난 두 사람도, 여름의 일몰이 언제 떨어지는지 관찰하던 두 사람의 모습도, 필라테스 강사 자격증을 따기 위해 레깅스를 입고 낑낑대던 다혜도 나는 모두 유민의 목소리를 통해 들었다. 그리고 두 사람이 살던 방의 모습이 변하기 시작한 삼 년 육 개월 즈음의 이야기도 그녀의 목소리로 듣게 되었다.

"그게 다 떨어졌었어요."

우리는 서로에게 소주를 따라주었다. 유민은 입에 한 잔을 빠르게 털어놓은 채 말을 이어가려고 했지만 쉽게 그러지 못했다.
"어떤 거요?"
"7000원짜리 러브젤."
싸구려 젤을 시작으로 함께 공유하던 블레이저, 잠옷 세트, 칫솔. 두 사람의 방은 점점 비어갔다. 오직 다혜에 의해서, 다혜를 위해서, 다혜가 원해서. 나는 그 말을 들으며 만감이 교차했다. 동성 간의 관계가 어떻게 이뤄지는지 묻고 싶었던 얕팍한 궁금증이 해소됐고, 한편으로는 떠나는 사람을 떠나게 두는 유민이 멍청하게 보였다.
"왜 그냥 놔뒀어요?"
"잘 모르겠어서."
그녀는 무언가 더 덧붙이려고 했지만 대신 소주를 들이켰다.
"뭐를요?"
"내가 이 사람 옆에 있어도 되는지 안 되는지 모르겠어서. 언니도 느껴본 적 있어요?"
유민은 어느새 나를 자연스레 언니라고 불렀다. 나는 그게 불쾌하면서도 그녀와 다혜에 대해 더 듣고 싶었다. 금세 맺혔다가 사라져버리는 주홍색의 일몰 같은 것, 다음 날이면 다시 짙게 물들고 마는 감정이 두 사람을 감돌았다. 다혜와 유민은 아직도 덥고 습한 열대야에서 빠져나오지 못한 것처럼 보였고, 그 사실들이 모두 이해가 가지 않았다. 불안감만으로 누군가를 쉽게 만날 수 있는지, 그 대단한 감정이 내 남편을 어떻게 죽음에 이르게 할 수 있었는지 회의감이 들었다.
"유민 씨 그런 건 함부로 속단하는 거 아니야."
나는 다혜와 남편의 관계를 속단하면서도 쉽게 속단하지 말라는 말을 뱉었다. 그녀가 한참을 웃다가 내 접시 위에 샤브샤브 하나와 배추쌈을 올려주었다.

"그럼, 이제 언니 차례에요."

남편을 처음 만났던 봄과 초여름 사이의 시기가 떠올랐다. 눈과 코를 간질이던 꽃가루가 풀내음과 물비린내로 뒤바뀌던 때, 나는 이십 대 후반에 접어들어 조금씩 압박을 받았다. 당시 나는 계약직에서 정규직으로 전환되지 못하고 총 세 개의 아르바이트를 했다. 평일에는 학원에서 중학생들이 푸는 수학 문제를 채점했고, 주말에는 호프집에서 생맥주를 날랐다. 매주 월, 수, 금에는 학원 일과 더불어 화장품 로드샵에서도 일했다. 친구들은 그렇게 일해서 얻는 게 무엇이 있냐고 물었지만, 아무것도 하지 않는 것보다는 나았다. 플라스틱 박스 안에 삼 년간의 생활이 정리되던 때 나는 내게 남겨진 가치가 오직 그 정도뿐이라고 생각했다. 앞으로 나아가지 않으면 멈춰 낙오되는 것이다. 흘려보내고 다시 시작하지 않으면 세월과 상처에 파묻히는 것이라고, 스스로 그렇게 여겼다.

아르바이트의 직종은 다 달랐지만 각각의 가게마다 어울리는 정답이 있었다. 학원에서 수학 공식을 대입해 문제를 풀 듯, 테이블을 더 빨리 치우는 방법이나 손님에게 화장품을 더 많이 파는 방법에도 공식이 존재했다. 그런 공식을 하나씩 배워가듯 나이를 먹으니 결혼이라는 공식도 성큼 다가온 것이다. 부모는 다시 취업할 게 아니면 선을 보는 게 어떠냐 물었다. 그 말을 들었을 때 여러 감정이 번잡하게 뒤섞였다. 결혼을 수단으로 멀리 도망치는 것 같은 두려움이, 더 애쓰지 않아도 다음으로 나아가리란 안도감이 한데 모여 속이 쓰렸다.

선 자리에 나온 남자는 인상이 너무 흐릿해 기억에 남지 않을 정도였다. 흰 와이셔츠와 검은 일자바지가 주는 모나미의 잔상이 꽤 웃겼다. 홍대 거리 한 바퀴만 돌아도 남자와 같은 차림새를 한 사람들을 무더기로 볼 법했다.
"음식은 입에 좀 맞으세요?"
형식적인 소개와 인사 다음으로 그가 내게 건넨 첫 마디였다. 분명 확신했다. 그날 그 말을 뱉던 남자의 모습이 겁먹어 보이지 않았더라면, 내게 음식을 덜어주던 손이 지나치게 떨리지 않았더라면 나는 그 남자와 결혼하지 않았을 것이다. 하지만 왜인지 움츠러들었던 남자의 모습이 마음에 들었다. 분명 우리가 결혼을 하게 된 것에는 그 이유만 있지는 않았겠지만, 분명 나는 그 작고 수그러든 이의 자세에 마음을 빼앗겨버린 것일지도 모르겠다.
머리를 둥그렇게 묶었음에도 면사포는 길었고, 영원할 것 같았던 신혼의 찰나는 짧았다. 계절과 계절 사이의 공기가 아주 빠르게 뒤바뀌듯 사람과 사람 사이의 감정 역시 그러했다. 나를 부끄럽게 맞대던 남편은 어느 순간부터 아무렇지 않게 바뀌었고, 처음의 설렘은 함께한 시간이 길어질수록 오래된 비디오테이프처럼 늘어졌다. 엉키고 꼬인 감정 사이에서 남편이 무슨 생각을 했을지 나는 전혀 알지 못했다. 곱창집을 차리겠다던 그의 눈빛에서, 어느새 뒤바뀐 우리의 계획 끝에서, 나는 완벽히 아무것도 몰랐다. 지금에 와서 그 사실을 끔찍이 후회하게 되었다.
"그게 다예요?"
유민이 물었다.
"네, 그게 다예요."
"그렇게 평범한 사람이 바람을 피긴 왜 펴."
나 역시 묻고 싶었다. 그녀의 말대로라면 그렇게 겁이 많던 다혜는 어떻게 남편을 만났는지 말이다. 유민이 버너의 불을 끄고 주머니를 뒤졌다. 입가에 의미를 알 수 없는 미소가 번져갔다. 그녀의 손바닥 안에는 작은 명함 하나가 놓여 있었다. 나는 그녀의 이름 석 자 앞에 적힌 직함을 보았다. 유민은 자신이 요리 연구가로서 일하고 있기도 하지만, 동시에 한 스튜디오에서 강사로도 일하고 있다고 밝혔다. 우리는 꽤 많은 양의 샤브샤브를 먹었고, 오늘 하루 반나절이 가도록 함께 있었음에도 서로에 대해 그리 잘 알지는 못했다. 어쩌면 그것이 당연할지도 몰랐다. 그 사람보다는 그 사람들의 부속물이 되어 만나고 서로를 판단했으니까. 나는 유민의 명함을 받아든 뒤 직원을 불러 죽을 시켰다. 그녀는 자신도 마침 죽을 시킬 생각이었다며 죽이 잘 맞는다는 둥 이상한 개그를 쳤다. 자연스레 인상이 찌푸려졌다.

"유민 씨는 요리 왜 시작했어요?"

"좋아서 시작했죠, 뭘."

예상외로 유민은 짧고 담백한 답변을 내렸다. 생각지 못한 반응에 나는 괜히 소주만 들이켰다. 그녀의 말에는 약간 자조하는 듯한 말투가 섞여 있었으나, 진심처럼 보였다. 나는 그것을 들으며 부럽기도 또 씁쓸하기도 했다.

"언니는 곱창집 왜 하는데요? 남편이 하자고 해서?"

유민이 아무렇지 않게 아픈 부분을 물어왔다. 무어라 하고 싶었지만 부정하기에는 그 말이 딱 들어맞았다. 곱창집을 처음 열 때 나는 알 수 없는 허탈감에 빠졌다. 결혼 이전에 한시도 쉬지 않고 일했던 시간이 결국에는 고깃집으로 귀결되는구나, 싶은 그런 마음이 가게에 대한 기대감보다 더 컸다.

"그랬죠. 그래서 저는 가게 썩 그렇게 안 좋아해요. 유민 씨는 뭐가 좋았는데요?"
 그녀가 입을 열기 전 죽이 나왔다. 직원은 죽을 그릇에 부은 뒤 5분 정도 식혔다 먹으라고 설명했다. 하지만 유민은 직원이 나가자마자 숟가락으로 죽을 한 입 떠먹었다. 내가 뜨겁지도 않냐 묻기도 전에 그녀는 손을 버둥거리며 물을 찾았다. 역시나 죽은 아주 뜨거웠나 보다.
 "비율이 잘 맞네."
 나는 유민이 쑥스러운 마음에 괜히 말을 돌리는 줄 알았다. 그러나 죽을 후 불어 한 입 더 먹고 나서, 채소가 너무 과하지 않게 들어가 좋다고 말했다.
 "음식은 조화거든요."
 그녀는 한참 동안 죽을 먹다가 말을 이었다. 처음에는 조금 더 많이 먹고 싶었던 욕심이, 어느새 맛과 맛의 조화를 그리는 것으로 이어졌다고. 유민은 전혀 다르고 낯선 재료들이 만나 어우러지는 게 요리의 매력이라고 신나서 떠들었다.
 "난 그래서 가끔 우리 가족한테 고마워요. 여동생만 좀 덜 챙겼어도 나 이렇게 못 컸을 걸? 나보다 어리면 얼마나 어리다고."
 유민에게는 기억하고 싶지 않은 일도 쉽게 뱉고 털어버리는 힘이 존재했다. 언제 그런 슬픔을 겪었냐 말하는 사람처럼, 무언가를 무력화하는 데 특출나 보였다. 그런 그녀를 보며 나는 웃음이 나오기도 했고, 더 많은 말을 듣지 않아도 어떤 점에서 욕심이라는 말이 튀어나왔는지 알 것 같았다. 서로의 가장 약한 부분을 드러낼수록 우리는 친밀해진다는 착각에 빠졌다. 그러다가 유민은 자신이 발간한 레시피북에 대해 열심히 웃고 떠들었다.
 "언니, 내가 곱창 부분 만들면서 레시피북에 이런 말도 썼었잖아요."

"뭔데요?"

잔을 채우며 그녀의 말에 귀를 기울였다.

"구우면 담백하게, 볶으면 풍요롭게."

유민이 아무렇지 않게 웃었다.

가게를 나올 때 유민은 자신이 밥을 먹자고 했으니 사는 것도 자신이라며 계산서를 낚아챘다. 나는 어색한 웃음을 지으며 그녀가 하고 싶은 대로 하도록 내버려 두었다. 정확히 말하자면, 내가 어떤 자세를 취해야 할지 알지 못했다. 곱창집 벽에 걸려 있던 그 말이 유민에게서 나왔다는 사실이 믿기지 않았다. 그 말을 곱씹으면 곱씹을수록, 남편의 얼굴을 떠올릴수록 속이 체하는 기분이 들었다. 유민의 말이 다혜에게로, 다혜에게서 남편에게로 옮겨가는 시간 사이에 얼마나 많은 감정이 오갔을지 나로서는 짐작할 수 없는 일이었다. 그 예측 불가한 부분에 점점 화가 치밀어 올랐다. 유민은 그런 내 마음을 모르는지, 나를 지하철역 입구까지 배웅하겠다고 했다.

"다음에 저희 스튜디오 한번 놀러 와요. 곱창 레시피도 같이 공유하고."

"그래요. 다음에."

빠르게 돌아가려던 찰나, 그녀가 내 손목을 붙잡았다.

"어쩌면 우리 잘 아는 사이가 될 수도 있잖아."

유민의 얼굴은 진지했다. 다혜에 대한 이야기를 할 때보다, 편애 받은 여동생에 대해 말할 때보다도 더. 나는 그래서 더더욱 유민을 이해할 수 없었다. 네가 무엇이라고 나와 더 잘 아는 사이가 되어야 하는지, 반말과 존댓말을 섞어가며 되도 않는 농담을 뱉는지, 전혀 알 수도 알고 싶지도 않았다.

"아까 책에 적어놨다는 말 우리 가게에 걸려있는 거 알아?"

그녀의 표정이 단번에 굳어버렸다.

"언니 난······."

유민이 말을 잇지 못하고 허공을 바라보았다. 입으로 뱉고 나니 더더욱 속이 쓰려 견딜 수가 없었다. 오늘 무엇을 기대하고 온 것일까. 편해지고 싶다는 마음으로 왔지만 실은 전혀 편해질 수도 놓을 수도 없다는 것을 알고 있었을지도 모른다. 그녀의 말이 우리 가게에 걸릴 때까지의 과정과 시간은, 내게 지나치게 잔인했다. 그런 패를 유민은 수도 없이 많이 가지고 있을 것이며 그 사실을 자신은 모를 것이다. 지금 이 순간 그녀가 내게 어떤 영향을 끼치는지조차도.

"우리가 어떻게 잘 아는 사이가 돼."

나는 내가 할 수 있는 한 유민을 상처 입히고 싶었다. 이성을 잃어야만 할 수 있는 말이 튀어나왔다.

"더럽게 진짜."

유민은 어떤 말을 해야 할지 모를 표정이 아니라 꼭 무언가 말하고자 확신에 찬 얼굴이었다. 그녀에게서 무슨 답이 나올지 나 역시 숨죽여 기다리게 됐다. 짧은 한숨을 내뱉은 뒤 유민이 입을 열었다.

"우리 오늘이 처음 만난 거 아닌데. 몰랐죠?"

나는 말문이 막혔다. 오늘이 처음이 아니라니. 만일 그랬다면 기억 속 어딘가 유민의 모습이 조금이라도 있을 터였다.

"이럴 줄 알았으면 그때 손수건도 주지 말 걸."

그제야 유민을 처음 보았던 순간이 떠올랐다. 그녀가 장례식장의 낯선 여자로 기억되었던 그때가.

남편이 죽은 뒤 양가 식구들은 자연스레 그가 죽은 이유를 알게 되었다. 장례가 치러지는 동안 시가 사람들은 나를 어떻게 대해야 할지 몰라 쩔쩔맸다. 나는 식장 안에서 온전히 구분 지어졌다. 같은 상복을 입어도 다른 마음을 품었으리란 사실을 알았는지, 어떤 얼굴들은 나를 불길하게 여겼고 어떤 얼굴들은 상스럽게 여겼다. 실은 불길하지도 상스럽지도 않았는데. 나는 명복을 빌어줄 수도 빌어주지 않을 수도 없는 사람이 되어 식이 끝나기만을 기다렸다.
"정우야. 도리는 어떤 순간에도 지켜야 해서 도리인 거야."
아버지가 밖에서 담배를 피우며 말했다. 그는 비교적 젊은 나이에 떠난 남편을 추모했다. 아버지가 숨을 깊게 내쉬자 허옇게 담배 연기가 퍼졌다. 그 흰 연기를 보고 있으면 속이 이상하게 뒤틀려 금방이라도 먹은 것을 전부 토할 것 같았다. 도리라는 가치는 어디에서 시작해 어디까지 미치는 것인지, 누구도 알려주지 않았는데. 한참을 밖에 머무르다 식장으로 돌아갔을 때 내 앞에는 수많은 조문객이 자리했다. 검은 양복과 블라우스를 입은 사람들을 맞이했다. 머리가 위로 올라갔다가 땅에 닿기를 반복했다. 향에서 뿜어져 나오는 연기와 사람들의 그림자가 함께 일렁거렸다. 그 과정을 수십 번 겪는 사이, 나는 내 안에서 아주 중요한 무언가가 닳고 마모되는 것을 느꼈다. 아주 음습하고 느리게 덮쳐져 감정의 일부분을 뜯어 먹히는 느낌, 가슴 가장 깊은 안쪽에서부터 솟아나는 감정을 빼앗겨버리는 기분. 그건 자신의 무언가를 착취당한 이들만이 알 수 있는 상실감이었다. 나는 스스로를 잃어버리는 과정을 남편의 장례식장에서 느껴버렸다.
어느새 해가 지고, 남편의 전 회사 동료들을 맞이한 후 눈꺼풀이 무거워졌다. 상주 방에 들어가 쪽잠을 취했으나, 삼십 분도 채 되지 않아 눈이 떠졌다. 방 건너에서 누군가 떠드는 소리가 들렸다.
"새아가는 자니?"
"예, 손님 맞다가 이제 좀 자요."
익숙한 시모의 목소리와 낯선 친척의 목소리가 뒤섞여 퍼졌다. 시모는 그 사람을 당숙모라고 불렀다.
"아니, 정우 걔는 암만 선준이가 실수했다고 해도 그렇지. 마지막 보내주는 데 그렇게 똥 씹은 얼굴을 해야겠어?"
당숙모는 울음 섞인 목소리로 시모를 질책했다. 시모는 그녀가 말하는 내내 아무런 말도 하지 않은 채 듣기만 했다. 단번에 토기가 밀려왔다.
"괜찮으세요?"
화장실 칸에서 나오자 누군가 손수건을 건넸다. 그 사람은 길게 늘어뜨린 머리를 묶지도 않은 상태였다. 검은 셔츠와 바지를 입은 것이 누군가의 조문객처럼 보였다. 처음 본 이가 건넨 손수건이 몇 겹의 세월보다 두껍게 느껴졌다. 내가 아닌 누군가에 공감하는 부모와 죽은 누군가를 동정하는 그들보다도 더.
"왜 나만."
짐승 같은 목소리가 새어 나왔다. 혼잣말을 내뱉었음에도 내 목소리가 얼마나 가늘고 길게 찢어졌는지 느껴졌다. 이제는 그 사람이 유민이라는 것을 알고 있음에도, 그녀가 어떤 표정을 지었는지 여전히 기억하지 못한다. 그저 작은 천 조각에 위안을 받은 사실만이, 용서해야만 한다는 외곽에서 용서할 수 없는 마음을 품었던 사실만이 기억난다.
유민은 그 말만을 남기고 천천히 멀어져갔다. 나는 그녀의 모습이

가로등 불빛에 번져 사라질 때까지 발을 뗄 수 없었다. 눈앞도 머릿속도 하얗게 번져 한참을 가만히 서 있었다. 내가 움직인 것은 타야 할 열차가 네 번 정도 지나간 후였다. 곱창집에서 유민의 집으로, 유민의 집에서 구청으로, 구청에서 폐차장으로, 폐차장에서 샤브샤브 집까지. 나는 오늘 하루가 어떻게 흘러갔는지 천천히 되새겨보았다. 당혹감에서 또 다른 당혹감으로, 당혹감에서 아주 약간의 친밀감으로, 그리고 그녀가 그녀였다는 사실에서 온 또 다른 낯선 마음으로. 열차가 덜컹거릴 때마다 몸도 함께 흔들렸다. 차창에 비친 바깥의 풍경이, 모든 것이 길게 가로로 늘어졌다. 너무 빠르게 움직인 탓에 물체의 형상들이 제 모습을 유지하지 못하고 왜곡된 것이다. 나는 그것들을 보며 내가 느낀 유민과 유민이 보인 모습의 차이에 대해 다시금 떠올렸다. 불쑥 튀어나온 송곳 같은, 드라이버를 건네던, 스스럼없이 자신의 이야기를 꺼내던, 불쾌한데 불쾌하지 않은, 내가 상처 입힐 수 있는, 장례식장에 찾아와 손수건을 주었던…… 그리고 끝내 나와 같이 누군가를 잃어버렸던. 어쩌면 유민은 처음부터 끝까지 내게 자신의 무언가를 나누려 했을 수도 있다. 흔히 말하는 연대, 위로, 공감 따위로는 표현될 수 없는 그녀와 나만이 느낀 상실을. 그래서 흔한 말로밖에 표현되는 것들을 나누고 싶었을지도 모른다.

집에 도착하고 난 뒤 나는 한동안 들어가지 않던 남편의 방에 들어갔다. 그가 직장을 다닐 때 입던 옷들은 이미 상자에 정리된 상태였다. 그 외에 평상시 즐겨 입던 골프웨어와 체크무늬 남방을 상자 안에 담았다. 그의 흔적이 남지 않도록 한참 동안 방을 치웠다. 그럼에도 내 마음이 이전과 같이 깨끗해질 수는 없다는 것을 알았다. 유민과 나는 길가에 버려진 오토바이처럼 이미 한 번 버려졌으니까. 어쩌면 그가 내게 남긴 상흔은 영원히 지워지지 않을지도 모른다. 아주 긴 시간이 지나도, 용서하지 못할 수도 있다. 문득 폐차장에서의 모습이 떠올랐다. 기름때로 끈적거리던 바닥과 그 위를 가득 채우던 고철 덩어리들이, 조금씩 닳은 것들에도 가치를 찾아내던 유민이 아릿하게 생각났다. 방을 다 치웠을 때는 이미 자정이 훌쩍 넘은 후였다. 또 한 번, 아주 오래 고이고 굳어져 만든 것들이 몸 안에 깊숙이 스며드는 기분이었다.

제16회 현진건문학상 추천작

사막의 주기

안 지 숙

작가의 말

이게 울 일인가 싶은 장면에서 눈물이 솟구치는 경험을 하기 시작한 지 삼사 년 됐다. 그 무렵 특별히 괴로운 사건이나 어려움을 겪었던 기억은 없다. 굳이 연유를 찾아 더듬어보니, 철들면 끝장이라는 예능인도 아닌데 철들기를 거부하며 살아온 내가 액면가 바보였다는 깨달음과 거부가 도피의 다른 말이었음을 인정하면서 돌아보게 된 과거가 손끝에 티눈처럼 짚였다. 내가 쓰는 소설은 내 생에 버섯처럼 돋아나는 티눈을 문대는 거였구나. 세상에, 지금 막 알았다.

약 력

부산 출생. 2005년 단편 「바리의 세월」 신라문학상 수상 등단
소설집 『내게 없는 미홍의 밝음』. 장편소설 『데린쿠유』, 『우주 끝에서 만나』, 『스위핑홀』. 앤솔러지 『모자이크, 부산』, 『그녀들의 조선』. 아르코문학창작기금지원사업, 요산김정한문학창작지원상, 2023년 부산작가상 수상.

순영은 버스 정류소에 서서 붉은빛이 감도는 하늘로 눈길을 보냈다. 저녁노을이 지면 날씨가 맑고 아침노을이 지면 비가 내린다고 했던가. 비 오는 날이면 손가락 통증이 더 심해지지만, 비라도 좀 왔으면 싶었다. 늦봄을 적시며 내리는 비가 눈물의 마중물이 되어줄지도 모를 일이니. 물론 말도 안 되는 소리였다. 눈물이 나오지 않는다는 걸 알게 된 건 일주일 전 기장원조 칼국숫집에서였다.

"남의 돈 빌려 갔으면 갚아야 할 거 아냐. 사람 먹을 음식을 만들면서 왜 사람 노릇을 안 하는 거냐고. 누구는 칼국수는커녕 컵라면 하나 못 사 먹고 있는데······."

금전출납기 바로 앞 테이블을 차지하고 앉아 도나캐나 지껄이며 우는데, 뭔가 이상했다. 순영은 몇 차례 더 어허헝 소리를 지르다가 두 손으로 얼굴을 덮었다. 물기가 없었다. 전혀. 왜 이러지. 순영은 서너 시간 정도는 눈물을 펑펑 쏟아가며 울 수 있는 사람이었다. 누가 보면 저러다 숨넘어가겠다 싶을 정도로 울음 마디를 끊어가며 서럽게 우는 게 순영의 무기였다.

우는 게 무기고 돈벌이 기술인 걸 알게 해 준 사람은 하마하우스 원장이었다. 미용실 의자에 앉아있는데 머리를 말던 원장이 헤어롤을 내려놓고 명함을 가져왔다. 미용실에 들어설 때부터 내내 젖은 눈과 억울해 보이는 표정에서 선수의 자질을 읽었다고 했다. 미용실 겸 신용정보회사 대표인 하마 밑에서 일한 게 벌써 3년째였다. 실적이 안 나올 때가 있었지만, 눈물이 나오지 않아 일을 그르친 적은 없었다.
순영은 다시 울음 모드를 잡았다. 길어도 5초면 그렁그렁해지는 눈이 한참 애를 써도 가슬가슬하기만 했다. 눈물이 나올 기미가 없었다. 그래도 포기하지 않고 흑, 울음의 초성을 토했고 허엉 하고 치고 올라가는데 고만 삑사리가 났다. 못살아. 순영은 후다닥 일어나 가방을 어깨에 걸었다.
"이자까지 사백팔십만 원입니다. 내일 열두 시까지 계좌에 꽂아주세요. 장사하시는 분이니 긴말 안 할게요."
순영은 매운 말투로 지껄이고 도망치듯 칼국숫집을 나왔다. 일고여덟 번이면 돈이 나올 자리였는데 열댓 번은 와야 할 모양이었다. 관건은 끈기였다. 하루도 거르지 않고 한 달쯤 출근해서 지긋지긋하게 울어대면 어지간한 독종들도 돈을 내주었다. 물론 소액이니 통하는 수법이지 몇천몇억 단위의 빚쟁이라면 어림도 없을 것이다.
기장원조 칼국숫집에서 창피를 당하고 돌아온 날, 순영은 하루 한 캔씩 하던 맥주도 마시지 않고 일찍 잤다. 울기 좋은 몸을 만들기 위해 이틀간 뱃살을 불린 뒤, 칼국숫집을 다시 찾았다. 금전출납기 앞 테이블에 손님 둘이 앉아 있어 그 옆자리로 가서 앉았다. 주방장 남자가 서빙하는 여사장을 보며 눈알을 굴렸다. 순영은 무시하고 심호흡부터 했다. 마인드컨트롤로 천천히 몸을 데운 순영은 자신의 의식 일부를 몸체 바깥으로 슬며시 빼냈다. 순영의 의식은 카운터 앞 탁자를 차지하고 앉은 순영의 몸을 내려다보았다. 물성적 존재인 자신을 타인처럼 바라볼 때면 어쩐지 가여운 마음이 들었고, 어김없이 눈물이 고여 올랐다. 자신뿐 아니라 옆 테이블에서 칼국수를 먹고 있는 두 사람도 가여웠고, 눈알을 굴린 주방장도 가여웠다. 심지어 어차피 줘야 할 물건

값을 안 주고 버티는 여사장도 가여웠다.

한없이 가여워하는 마음을 공유한 순영은 결과적으로 우는 데 실패했다. 목이 따끔따끔해서 캑캑거리며 울음을 토했지만, 한 방울의 눈물도 나오지 않았다. 예순너댓 살쯤 됐을까. 순영의 엄마뻘인 칼국숫집 사장이 순영을 보며 한숨을 내쉬었다. 너도 참 애쓴다. 한숨에 담긴 말이 의자에 죽은 듯 기대고 있던 순영을 일으켰다.

"요번에 큰 건 들왔는데 우야꼬. 자기가 안 된다 하면 구양한테 전화 넣고."

하마하우스 사장인 하마는 순영의 사정을 듣고도 잠잠하더니 주말이 지나 전화했다.

"얼마짜린데요?"

순영이 시들하게 물었다.

"천백!"

천백만 원이면 순영 앞으로 수수료가 220만 원이 떨어졌다. 성공하면 한 달은 일을 받지 않고 쉴 수 있었다.

"열흘 안에 받으면 30% 되죠?"

뭐라카노, 미쳤나. 한소리 날아오겠지 했는데 그러자, 하마가 선선히 말했다. 웬일이람. 이참에 일 때려치우고 보험이라도 해야 하나 싶더니. 며칠 방바닥에 붙어 뒹굴던 순영은 팔을 휘휘 돌리며 기운을 냈다. 대차게 나가서 돈을 받아내고 푹 쉬면서 컨디션을 회복하고 싶었다. 그 전에 먼저 해결해야 할 일이 있었다.

'도마 만드는 남자, 도마장의 목공예교실 ♣ 13기 수료생 작품전'

순영은 마른침을 삼키며 목공실 창유리에 붙은 포스터를 쳐다보았다. 5월 25일. 수료생 작품전 날짜가 오늘이었다. 수료식은 끝났는지 도마장 혼자 테이블을 치우고 있었다. 순영은 포스터에 몸을 가리고 도마장을 지켜보았다. 열흘 전, 저 남자 도마장 앞에서 통 크게 울고 난 후부터 눈물이 나오지 않았다. 도마장과 칼국숫집 사이에는 아무것도 끼어든 게 없었다.

여기 오기 전에 들렀던 이비인후과 의사는 막혔던 눈물길이 뚫린 거라고 했다. 눈물샘에서 생긴 눈물은 눈물길, 즉 비루관을 통해 코로 배출이 되는데, 시도 때도 없이 눈물이 나온 이유는 비루관 판막이 막혀서일 거라고 했다. 눈물이 나오지 않는 건, 오히려 바람직한 현상으로 눈물이 제 갈 길을 가기 때문이라는 거였다. 과연 그런지는 지금부터 알아보면 될 일이다.

"안녕하세요. 또 뵙네요."

순영은 출입문을 들어가며 호기롭게 말했다. 민망할 때 취할 수 있는 태도로는 뻔뻔한 것만 한 게 없다.

"하마 원장님과 통화했는데 어떻게……?"

어떻게 오셨는지 묻는 표정으로 도마장이 순영을 보았다. 순영은 이마의 땀을 닦으며 그를 마주 보았다.

"형수님이 빚 의뢰를 취소했답니다. 원장님하고 얘기가 다 됐는데…… 잠시만, 마실 거 좀 가져올게요."

도마장이 테이블 의자에 놓인 웃옷을 스트링 선반에 던져놓고 주방으로 걸어갔다. 눈에 익어서인지 저번보다는 걸음이 덜 불편해 보였다. 순영은 테이블 의자에 앉아 휴대폰을 꺼냈다.

"원장님, 여기 목공실 어떻게 된 거예요? 의뢰 취소했다면서요?"

전화를 받은 하마가 아차차 소리를 질렀다.
"맞다, 아침에 계약 취소한다고 전화 왔더라. 깜박했다. 도마장이 찾아간 거 보니 눈물 나오는갑네?"
"아 진짜! 여기까지 한 시간 반이나 걸리는데……."
어차피 왔어야 하지만 한마디 오금을 박았다.
"목공실 계약금도 30 줄게. 지금부터는 천백짜리만 신경 써라."
투덜거리는 소리를 듣기 싫은지 하마가 먼저 전화를 끊었다. 의뢰가 취소됐으면 여기 더 있을 명분이 없었다. 자투리 천으로 가림막을 쳐 놓은 저쪽에서 달그락 소리가 났다. 순영은 무겁게 일으키던 몸을 도로 주저앉혔다.
달그락달그락.
귀에 익은 소리였다. 오래 전, 아주아주 오래 전, 순영에게는 저렇게 조용히 달그락거리며 먹을거리를 챙겨주던 소년이 있었다. 둥그런 스텐 쟁반에 놓인 빵과 과자의 부드럽고 감미로운 맛과 애기똥풀같이 노란 주스의 달콤한 맛을 떠올리던 순영의 눈가가 붉어졌다. 유리컵과 머그잔을 들고 와서 테이블에 내려놓은 도마장이 순영을 유심히 보았다.
"방금 원장님이랑 통화했어요."
순영이 도마장의 눈길을 피하며 말했다. 유리컵에 든 음료는 차가운 홍차였다.
"돈 받을 일이 없어졌으니 오늘은 울 일이 없겠죠?"
도마장이 말했다.
"사람이 뭐 꼭 돈 때문에만 우나요?"
순영이 샐쭉하게 대꾸해 놓고는 속으로 자신을 타박했다. 눈물 콧물

범벅된 얼굴에다 악을 써대는 모습까지 다 보여 놓고서 웬 귀여운 척은. 그날이 도마장 저 남자에게는 그대로 지옥이었을 것이다. 그날따라 고약하게 더웠던 이상기온 날씨가 문제였는지도 모른다. 빨리 한바탕 소란을 피우고 집에 가서 샤워하고 싶다는 생각밖에 없었다. 목공도구가 쌓인 마당을 식식거리며 가로질러 출입문을 들어선 순영은 도마장을 보는 순간 이성을 잃었다.
"왜 사람 속을 이렇게 뒤집는데! 왜 사람 마음을 이렇게 힘들게 하냐고! 돈을 빌렸으면 갚아야지. 당신은 양심이 없는 거야? 사람이길 포기한 거야?"
순영은 꽥꽥 소리를 지르며 테이블 의자를 거칠게 당겨 앉았다. 아무것도 생각나지 않았다. 빚쟁이를 만나면 기선제압을 해야 한다는 본능만 남아 순영을 밀어붙였다.
"내가 죽는 걸 기어이 보고 싶어서 그래?"
생떼 부리는 아이처럼 고함을 지르고 순영은 울음을 터뜨렸다. 대체 그날 순영은 왜 그랬을까. 평소에는 의뢰자에 빙의해 신세한탄과 원망을 늘어놓다가 청승맞게 우는 것으로 빚쟁이를 송신스럽게 하는 게 순영이 구사하는 기술이었다. 그렇게 열 번이고 스무 번이고 찾아가면 당사자 주변 사람들이 빚쟁이에게 핀잔을 주어 돈을 게워내게 하기도 했다. 목공실을 처음 찾은 그날처럼 격렬하게 패악을 부린 적은 없었다. 그렇게 텐션을 높였다간 진이 빠져 일을 진득하니 할 수도 없었다.
왜 하필 이 사람 앞에서 이런 볼썽사나운 사고를 저지르고 있단 말인가. 정신을 차리고 보니 자신이 완전 미친년이 되어 울고 있었다. 도마장은 아무런 제지를 하지 않았다. 저렇게 질정 없이 발광할 때는 이유가 있겠지. 그런 표정으로 순영을 보고 있었다. 놀랍게도 그게 불편하지 않았다. 딱히 배려 같지도 않은 그의 침묵이 몸에 맞는 옷처럼 편안했다. 그래서 울음을 그친 건 아니고, 더 질기고 크게 울었다. 순영이 빚쟁이인 그의 신경을 긁기 위해서가 아니라 자기 속에 고여 있던 울음을 쏟아내고 있다는 것을 도마장도 아는 듯했다. 길게 끌던 울음을 딸꾹질로 마무리하고 순영은 도마장을 바라보았다. 목공실로 들어서며 이성을 잃지 않았다면, 미친년처럼 굴지 않았다면, 도마장도 가겟집 어린 여자아이였던 자신을 알아보았을 거라고 순영은 생각했다.

"돈 때문이 아니면, 무엇 때문에 울죠? 저번에도 돈 때문에 운 건 아닌 것 같던데."

도마장이 덥수룩한 머리를 쓸어올리며 말했다. 저번보다 머리가 길고 수염이 많아져서인지 사람이 다소 지저분하게 보였다.

"그날은 제가 돌았던 거 같아요. 죄송합니다."

순영이 깍듯이 사과했다.

"의뢰자가 제 형수님이에요. 여기 땅을 사면서 모자라는 돈을 형한테 빌렸는데……."

"친형이오?"

순영이 뜨악한 표정을 지었다.

"이혼 말이 오가면서 형수가 홧김에 그랬대요. 미안했는지 아침에 와서 수저 스무 벌 사 갔어요. 가끔 피아노교실 사은품으로 돌린다면서 이것저것 사 가기도 해요."

마무리하려는 상황을 들추는 건 예의가 아니어서 순영은 화제를 돌렸다.

"도마장 목공실이라 해서 도마만 전문으로 만드는 줄 알았는데, 두

루두루 만드시나 봐요?"
"그릇도 만들고 수저도 만들어요. 목기 세트도 주문이 들어오면 하는데, 주력하는 건 도마죠. 도마에 빠져버려서 여기 터를 잡았으니까."
도마에 빠져버리기까지…… 도마가 잘나봐야 도마지, 하는 표정으로 도마장을 보았던 모양이다. 도마장이 스트링 선반에서 도마 원목을 끄집어냈다.
"한번 해보세요. 약식으로 하는 건 어렵지 않으니."
"도마 만들기요?"
순영이 피식 웃었다. 순영의 손을 봤다면 하지 않았을 제안이었다. 도마장이 원목 도마를 들고 절룩거리며 작업대로 갔다.
"수업용이라 재단해서 대패질하고 샌딩기로 다듬어놨어요. 손가락 힘이 없어도 충분히 할 수 있으니까 걱정하지 말고 이리 와보세요."
그새 열 손가락의 마디가 다 굽은 순영의 손을 본 모양이었다.
"이게 거친 사포고 이건 입자가 고운 사포예요. 먼저 이걸로 문질러주고, 다음 단계로 고운 사포로 마무리해 주면 본인 작품이 됩니다. 여기까지 오느라 고생했으니 선물로 드리죠."
선물이라는 말에 순영은 작업대 곁에 얌전히 섰다. 물론 도마를 받아 간다면 도마 값은 치를 생각이었다.
"사포질 몇 번 했다고 제 작품이라 하기는 낯 뜨겁죠."
그래도 짚을 건 짚는다는 투로 순영이 말했다.
"도마 만들기에서 사포작업이 칠팔 할을 차지합니다. 원목을 잘라 여기 손잡이 구멍을 홀쏘로 뚫고, 톱과 대패로 모양을 잡는 게 앞서 한 작업인데 이런 건 요즘 기계가 좋아 금방 끝나거든요. 사포질은 정성이 많이 들어가는 작업이니까 잘 보고 따라 해보세요."

도마장은 순영이 지켜보는지 확인하고는 사포로 도마를 싹싹싹 문질렀다. 손놀림이 경쾌하고 재빨랐다. 순영은 그가 시범을 보인 대로 거친 사포로 도마를 문질렀다. 싹싹싹 쓱쓱쓱 문지르다 보니 속도가 붙었다. 도마에 빠져들지는 못해도 사포질에 빠져드는 건 어렵지 않았다. 거친 표면이 매끄럽게 바뀌는 동안 순영은 시간이 흐르는 것을 의식하지 못했다. 순영은 도마의 결을 살피고 나서 고운 사포로 바꿔 들었다. 매끄러운 느낌이 날 때까지 다시 싸악싸악 사포로 문질렀다. 순영이 사포질하는 동안 팥빙수 기계같이 생긴 걸 켰다 껐다 하며 요란스럽게 굴던 도마장이 작업대로 왔다.

"깨끗하게 다듬어진 거 같아도 자세히 보면 이게 나뭇결이 일어나거든요."

순영이 보기에 너무나 매끄러운 도마에 도마장이 물을 뿌리며 말했다. 순영은 도마장이 시키는 대로 물 뿌리기와 말리기와 사포질을 차례로 반복했다. 창밖의 공기가 무거워지고 있었다.

"조금만 더하면 캄포 원목의 나뭇결이 나오겠네요. 잘하고 있어요."

테이블에 앉아 휴대폰을 보던 도마장이 고개를 들고 말했다. 순영은 끙, 소리가 튀어나올 것 같아 입을 앙다물었다. 어깨가 점점 무거워지고 손목이 뻣뻣했지만 순영은 사포질을 계속했다. 왠지 모르지만 그러고 싶었다. 열흘 전 패악을 부렸던 자신의 이미지를 순화시키고 싶었는지도 모른다. 순영의 손 안에서 원목 도마의 빛깔과 무늬와 질감이 조금씩 바뀌더니 원목의 나뭇결이 살아났다. 도마장이 가까이 다가와서 흡족한 표정으로 도마를 보았다.

"사람을 환대하는 데는 뭐니 뭐니 해도 음식 대접이 최고죠. 음식을 요리하는 출발 지점에 있는 게 이 도마라는 물건입니다. 요즘은 플레이팅에도 도마가 쓰이니 환대문화의 시작과 끝에 놓이는 게 도마라고 할 수 있어요."

도마 수업에 오는 수강생들에게 그렇게 설명하는지 말이 유창하고 귀에 쏙쏙 들어왔다.

"빠질만하네요, 도마에."

순영이 어깨를 주무르며 말했다. 도마 두 개 만들었다간 골병들 것 같았다. 도마장이 졸린 표정으로 미소를 짓더니 입을 열었다.

"어릴 적에 형들과 나이 터울이 커서 좀 외롭게 컸어요. 아버지는 안방에 있어도 죽은 듯이 조용했고요. 그런데 밥때가 되어 아버지가 부엌에 들어가면 여러 가지 소리가 들렸죠. 그릇이 부딪치는 소리, 칼질하는 소리, 무언가 씻고 끓이는 소리…… 저는 특히 도마소리를 좋아했어요. 마늘 빻는 소리, 채 써는 소리, 뭔가를 다지는 소리를 듣고 있으면 뱃속이 따뜻해지면서 외로움이 사라졌어요. 어느 날 도마 전시장에 갔다가 어릴 적 아버지가 부엌에서 내던 도마소리를 들었어요. 콩콩콩 또닥또닥 다다닥다다닥…… 따뜻한 소리를 내는 도마를 만들고 싶었어요."

그의 이야기에는 엄마가 빠져 있었지만, 순영은 굳이 캐묻지 않았다. 어린 시절의 외로움을 도마소리가 채워주었다는 것을 아는 걸로 충분했다. 그 이상으로 나는 이 남자, 도마장을 알고 싶은 걸까. 나는 어떤 질문을 던지기 위해 오늘 여기 온 걸까. 순영은 도마를 내려놓고 도마장을 쳐다보았다.

"이제 최종단계인 오일 바르기로 들어갑시다. 아, 혹시 써넣고 싶은 문구가 있나요? 레이저 마킹기로 금방 새길 수 있어요."

도마장이 팥빙수 기계처럼 생긴 걸 턱짓으로 가리키며 말했다.

"작동이 안 됐는데 좀 전에 고쳤어요. 생각나는 게 없으면 이대로 오일 바르고요. 최고급 오일이라 빛깔이 잘 나올 겁니다."

도마장이 선반에서 오일병을 집으며 말했다.

"다행이다!"

순영이 말했다. 도마장이 오일병을 든 채 순영을 돌아보았다.

"다행이다, 라고 써주세요."

"다행이다…… 다행이다, 좋군요."

도마장이 중얼거리며 레이저 마킹기에 붙은 버튼을 눌렀다. 순영이 도마를 내밀자 마킹기 아래 놓았다.

"이게 좀 구닥다리라 각도를 잘 맞춰줘야 해요. 문구는, 다행이다, 이게 다인가요?"

도마장이 컴퓨터 키보드에 손을 올린 채 말했다. 순영이 고개를 끄덕였다. 그 말 말고 다른 무슨 말이 필요할까.

"골고루 스며들게 바르고 어느 정도 마르면 다시 바르세요. 두세 번쯤."

다행이다, 를 각인한 도마와 오일병을 작업대에 놓으며 도마장이 말했다.

"망치면 어쩌죠?"

순영은 왜 그런지 유독 마무리에 긴장하고 겁을 먹는 편이었다.

"망치면 새로 하면 되죠."

도마장이 건성 말하며 부드러운 천에 오일을 적셔서 내밀었다. 망쳐도 상관없다 이 말이지. 순영이 천을 받아들고 도마장을 쳐다보았다. 멀뚱거리며 마주 보던 도마장이 주방 쪽으로 걸어갔다.

순영은 천을 내려놓고 오른쪽 손목을 주물렀다. 사포를 쥐고 있었던 손가락은 아까부터 거의 마비 상태였다. 도마장은 뭘 하는지 또다시 달그락달그락 소리를 내고 있었다. 순영은 손이 좀 풀리자 오일을 적신 천으로 도마를 문질렀다. 세상은 좋은 것만 좋아해 주니 예쁘게 맑게 곱게 나오라고 정성껏 오일을 발랐다.

"맛있는 거 나갑니다."
순영이 오일을 바르고 마르길 기다렸다가 다시 바르는데 도마장이 뭔가 잔뜩 얹은 도마를 양손에 받쳐 들고서 나왔다. 도마장의 절룩이는 걸음에 따라 길쭉한 도마가 왼쪽으로 살짝 기울었다 위로 들렸다. 순영이 벌떡 일어서자 그가 고개를 저었다.
"균형 잡는 데는 선수죠. 한때 평행봉 선수도 했어요."
그가 농담하며 묵직해 보이는 도마를 테이블에 내려놓았다. 순영이 와, 탄성을 질렀다.
"다음 달에 한국문화원에서 목공예전시회를 할 건데 거기 내놓을 디자인이에요. 공을 좀 들였죠."
도마장이 말했다. 순영이 탄성을 지른 건 길쭉한 배 모양으로 생긴 도마 때문이 아니라 하얀 눈을 덮어쓴 것 같은 케이크 때문이었다.
"수강생들이 수료선물이라며 이런 걸 놓고 가네요."
도마장이 먹거리로 장식한 도마를 순영 앞으로 밀었다.
"슈톨렌이잖아요. 폭설로 덮인 산 같아요."
"이 통호밀빵이랑 감자빵은 폭설 덮인 산 아래의 집과 성당처럼 보이네요."
도마장이 순영의 슈톨렌 산 비유에 장단을 맞췄다.
"유럽 여행을 해보셨나 봐요. 난 아직 일본에도 못 가봤어요."

순영은 말하는 중에도 이런 말은 할 필요가 없는데 생각했다.

"어, 다 마른 거 같은데 한 번 더 바르고 먹을까요?"

도마장이 말했다. 순영은 천에 오일을 적셔 꼼꼼히 도마를 문지르고 테이블로 돌아와 앉았다.

"아까부터 말하려고 했는데, 제가 오늘 여기 온 건……."

"배부터 채우고요. 아침부터 수강생 작품전 준비하느라 제대로 먹질 못했어요."

도마장이 아몬드와 말랑말랑한 과자가 잔뜩 박힌 슈톨렌 산봉우리를 뚝 떼서 입에 넣으며 말했다. 설탕가루가 떨어져 슈톨렌산 아랫마을이 지저분해졌다. 이왕 이렇게 된 거, 순영도 통호밀빵을 큼직하게 떼냈다. 빵을 입에 넣자 저절로 눈이 감겼다. 고소하고 부드럽고 감미로운 맛이었다.

"우리가 마을 하나를 초토화해 버렸네요."

산꼭대기부터 아랫마을까지 다 뜯어 먹고 도마장이 말했다. 도마장은 즐거워 보였다. 순영은 홍차를 들어 입가심했다. 요란스러운 크리스마스 파티를 끝낸 것처럼 기분이 후련했다. 이제는 망설일 것 없이 다 말할 수 있을 것 같았다.

"처음 이런 빵을 먹어본 게 일곱 살 때였어요. 초등학교 일 학년 때요. 제가 한 살 일찍 학교에 들어가서 여자 중에 제일 작았는데 남자 중에 제일 작은 애랑 짝이 됐어요. 그 애 집에서 고급 과자랑 빵을 처음 먹어봤어요. 우리 가게에서 파는 거랑은 달랐죠."

도마장이 식은 커피를 한 모금 마시고 순영을 보았다.

"집에 갈 때 그 애는 일하는 누나가 데리러 오고 저는 우리 가게에서 일하는 언니가 데리러 왔어요. 양쪽에 언니들이 서고, 가운데서 나는 그 애 왼손을 잡고 걸었어요. 그 애는 왼손과 왼쪽 다리를 잘 못 썼거든요. 그 애랑 손잡고 걸으면 우리 둘 다 춤추는 것처럼 몸이 출렁거렸어요. 두 달쯤 지나서는 언니들 없이 우리 둘이 다녔고요."

"단짝이 세상 전부일 때가 있죠."

도마장이 중얼거리고는 남은 커피를 마셨다.

"다문마을 안쪽 골목 끝에 그 애 집이 있었어요. 우리집은 다문마을 입구에서 가게를 했고요."

순영은 도마장을 쳐다보며 말했다. 도마장은 무심한 표정이었다.

"그 애를 내가 죽였어요."

순영이 말했다. 도마장이 눈썹을 치켜올렸다.

"초등학교 2학년 여름방학 때였어요. 엄마는 어디 가고 일하는 언니랑 가게를 지키고 있는데 어떤 아저씨가 들어왔어요. 아저씨는 자기가 준석이 아빠라고 하면서 돈 백 원을 줬어요. 혹시 아줌마가 집에 있으면 몰래 준석을 불러달라면서요. 나는 동전을 쥐고 골목을 달려가서 준석을 불러냈어요. 아저씨가 가게 밖에 서 있다가 준석이 손을 잡았어요. 준석은 자기 아빠를 따라갔고, 돌아오지 않았어요. 며칠이 지나고, 가게에서 아줌마들이 모여 수군거렸죠. 애비란 자가 절름발이 자식을 데리고 바다에 빠져 죽었다고. 아침부터 노점에서 술을 먹고 있다가 옆에 쪼그리고 앉은 애 손을 잡더니, 글쎄, 후다닥 선착장에서 뛰어내렸다고요. 뛰어내리자마자 순식간에 꼬르륵 가라앉으면서 사라졌다고 했어요."

"저런…… 물살이 셌군요."

"선착장 반대쪽인 해안가에서 찾았대요. 게, 새우 같은 게 몸에 붙어 있었다는데…… 그 애를 생각하면 그 모습이 떠올라요. 하마하우스에서 일하면서 그 애를 종종 떠올렸어요. 눈물의 마중물로 그 애가 떠오르면, 나는 이렇게라도 그 애를 애도하는 거라고 나 자신을 속였죠."

순영은 솔직해지고 싶었다. 눈물이 나오지 않는 이유를 찾겠다고 했지만 그게 다는 아니었다. 평생 달고 살던 눈물이 말라버린 이유를 순영 자신이 모르면 누가 알겠는가. 이 정도까지 나는 너에게, 한 사람에게 뻔뻔하고 비열한 인간이었다고 자백하고 싶었다. 도마장은 생각에 잠긴 표정으로 말이 없었다. 졸음을 참고 있는 것 같기도 했다. 깊게 팬 눈가 주름에서 세월이 출렁였다. 서글픈 마음이 일면서 눈가가 떨렸다. 눈물은 고이지 않았다. 마른 바람이 불어온 듯 얼굴이 따가웠다.

"내 인생이 사막의 주기에 들어선 거 같아요."

순영이 말했다. 도마장이 무슨 말을 할 듯 순영을 빤히 보더니 잠자코 있었다.

"눈물이 나오지 않아요. 우는 게 내 무기인데 이제 이 일도 못 해 먹겠어요."

순영이 청승맞은 표정으로 웃었다.

"빚쟁이들 찾아가서 울면 다들 돈을 재깍 갚나요?"

도마장이 물었다.

"돈을 내놓지 않으면 볶여 죽겠다 싶게 열 번이든 백번이든 찾아가야죠. 대가리를 내놓지 않으면 구워서 먹으리라, 구지가를 부르는 심정으로요. 저번에 봤잖아요. 저 우는 거."

순영의 말을 듣던 도마장이 아, 하고 고개를 끄덕였다.

"몇 날 며칠 목 놓아 울던 할머니가 생각나네요. 울다가 어떻게 될까봐 걱정했는데…… 그 할머니는 그럴 만했죠."

도마장이 말했다. 나는 아니고? 순영은 말꼬리를 잡는 대신 그 할머니의 사연을 눈으로 물었다.

"가족과 가축을 다 잃었죠. 당시 모래폭풍에 피해당한 가족이 한둘이 아니었어요. 할머니는 아들딸, 며느리, 손주들, 온 가족을 다 잃었고요."

"모래폭풍에요?"

"몽골 고비사막 지역에서 지낼 때인데 자연은 참 살벌하고 가차 없더군요. 나중에 가족 가운데 몇 명은 찾았지만, 가축은 한 마리도 돌아오지 않았어요. 살 터전도 잃었고."

그 사람들을 생각하는지 도마장의 눈빛이 멀어졌다.

"안됐네요."

순영은 진심 그렇게 생각했지만, 입에 발린 말이었다. 가축도 잃고 살 터전도 잃은 사람들을 떠올려도 그들의 고통이 가슴을 파고들지는 않았다. 너무 결정적이거나 오해의 여지 없는 비극 앞에서는 오히려 마음이 움직이지 않았다. 실시간으로 죽어가는 아이들을 지켜보아야 했을 때 순영은 마취된 것처럼 마음이 뻣뻣하게 굳었다. 비극이 삶으로 흘러들고 슬픔이 고이는 데는 시간이 필요했다.

"눈물이 나오지 않는다면, 우는 일 말고 다른 일을 해보는 건 어때요."

도마장이 말했다. 순영은 스무 살쯤에 발병한 류머티즘으로 흉하게 굽은 손가락을 살짝 들었다 놓았다.

"몸 쓰는 일이 아니어도 할 일이 있을 겁니다."

"있겠죠, 어디엔가는. 어쨌거나 저는 눈물이 다시 나올 수 있는 방법을 찾아야 해요."

"왜 그렇게까지 울려고 해요?"

도마장이 정색하고 물었다.

"새도 울고, 개도 울고, 귀뚜라미도 울고, 고래도 울어요. 우는 데 무슨 이유가 필요해요."

그리고 저는 왜 다리를 저느냐고 안 묻잖아요. 이 말은 속으로 덧붙였다. 도마장이 흠, 소리를 냈다.

"어떨 땐 제가 곡비 같다는 생각이 들기도 해요. 남들 보기에는 딱히 울어야 할 이유도 없이, 두서없이 울어야 하는 사람도 있어요."

"혹시 우울증에 잘 걸리는 타입인가요?"

"타입 문제는 아니고…… 우리 동네에 수변공원이라고 있는데 휠체어 탄 청년을 만난 적이 있어요. 뇌병변장애인지 몸을 앞뒤로 요란하게 꺾고 팔을 허우적거리면서 제 앞으로 다가오고 있더라고요. 옆으로 비켜서다가 무심히 청년을 봤어요. 청년은 이어폰을 끼고 있었고 리듬을 타며 춤을 추고 있었어요. 고장 난 목각인형처럼 몸을 앞뒤로 희뜩희뜩 꺾으면서, 얼굴을 찡그린 건지 웃는 건지 한껏 신을 내며 지나갔어요. 그 청년 뒤를 활동지원사가 무표정한 얼굴로 따라가고 있었죠."

순영은 휠체어 청년이 우쭐우쭐 요란한 동작을 하면서 가는 것을 보고 있다가 그네벤치로 갔다. 앞뒤로 움직이는 벤치에 엉덩이를 걸치고 발을 세게 구르자 누워있던 호수도 같이 움직였다. 흔들리는 수면에서 튕겨 나온 무수한 햇살이 눈을 찌르며 얼굴로 쏟아졌다. 순영은 고개를 숙이고 양손으로 얼굴을 감쌌다. 그날 휠체어 청년을 지나쳐 보내고 그네벤치에 앉아 울었던 것처럼 목구멍을 누르고 있던 울음을 토해내고 싶었다. 순영은 나지막이 흐느끼는 소리를 내며 울었으나 뺨은 적셔지지 않았다. 피부는 차갑고 딱딱했으며, 눈은 건조증으로 까끌까

끝했다.
 "눈물 없이는 울음도 없어요."
 부스스한 웃음을 내보이며 순영이 말했다.
 "울 일은 아닌 거 같은데. 그 휠체어 청년처럼 나도 지금은 장애인인데, 내가 불쌍해 보여요?"
 도마장이 말했다. 순영이 물기 없는 마른 얼굴을 들고 도마장을 보았다. 도마장의 얼굴에서 어릴 적 소년의 얼굴을 찾을 수는 없었다. 저번 날 절룩거리며 걸어오는 도마장을 보자마자 소년을 떠올리긴 했지만, 그때도 얼굴이 닮아 보였던 건 아니었다.
 "자기 의지와 상관없이 뒤틀리는 몸으로 흥에 겨워 리듬을 타는 장애인 청년의 모습에는 어떤 감동이 있었어요. 그래서 울었어요. 불쌍해서가 아니라. 아뇨, 그런 마음이 없진 않았을 거예요. 불쌍하고 끔찍하고 기괴하다는, 그런······."
 순영은 말을 맺지 못한 채 미진한 느낌을 곱씹었다. 이기적이고 천박한 동정심을 담은 면피용 눈물이 상대방에 대한 모욕일 수 있다는 것을 순영도 알고 있지만 어쩔 수 없었다. 쇼핑카에 감자처럼 담겨 가던 아기를 지나쳐서 걸어가다 보면 느닷없이 눈물이 쏟아졌고, 그런 자신에게 짜증이 솟구쳤다. 약국에서 생리대를 사는 여자애를 볼 때는 목구멍을 뜨겁게 치고 올라오는 울음에 애를 먹어야 했다. 매연이 깔린 찻길 가로수 밑에서 싹을 틔우는 금국화를 발견하고서 울었고, 산책하다 찍은 고양이 동영상에서 오른쪽 눈이 움푹 팬 것을 발견하고서는 그날 저녁 내내 울음을 멈출 수 없었다. 무단히 길을 걷다 사로잡히는 어떤 감정을 이기지 못해 울 때도 있었다. 마음의 격동이 심한 날은 몸살약을 지어 먹으며 울었다. 애들 말마따나 개피곤했다.

"울고 나면 마음이 가벼워지나요?"

고개를 꺾고 천장을 멍하니 보던 도마장이 순영에게 눈길을 돌리며 물었다. 그 간단한 질문을 미처 생각해 보지 못한 사람처럼 순영이 미간을 모았다.

"그 애의 죽음에서 가벼워질지도 모르죠."

순영이 말했다. 마음에 담아두지 않았던 말이었다. 순영은 100원짜리 동전을 손에 쥐고 마을 안 골목 끝 집으로 달려가던 어린 자신을 떠올렸다. 어린 순영은 소년의 아빠가 쥐어 준 돈에서 죄악의 그림자를, 적어도 뭔가 무서운 일이 일어날 거라는 범죄의 기운을 느꼈다. 느꼈을 거라고, 머리가 굵어진 후의 순영은 생각했다. 그 생각이 예민한 한 줄기 아픈 신경이 되어 순영을 이루는 무언가와 결합했다.

살아오는 동안 순영은 그것을 늘 느꼈다. 그것이 팽팽하게 당겨졌을 때는 모든 것이 아팠다. 너무 작은 화분에 갇힌 식물이 아팠고, 벽을 때리는 못질이 아팠고, 살아있는 생선의 살점을 도려내는 유튜브의 먹방이 아팠다. 주차 시비가 붙은 이웃 주민들이 악을 쓰는 소리도 괴롭고 아팠다. 주인공이 당하기만 하는 드라마를 보고 나면 소화불량으로 배앓이했고, 비리를 저지른 검사가 정의와 공정을 말하는 뉴스를 보고 나면 편두통이 찾아왔다. 순영아, 갔다 올게. 자기 아빠의 손을 잡고 우쭐우쭐 걸어가던 그 애의 뒷모습이 아파서, 거리에서 만나는 소년들의 여리고 작은 뒤통수가 예쁘고, 그들이 만나게 될, 세상의 거친 것들이 생각나서 순영은 울었다.

"나로서는 다 이해할 수 없는 마음인데, 그렇게 하다간 몸에서 에너지가 다 빠져나가요. 울지 않는다고 죽지는 않죠?"

도마장이 다소 엄한 표정으로 말했다.

"조금 더 슬프겠죠."

순영이 말했다.

"슬퍼 보여요. 처음 봤을 때부터 슬퍼 보였어요. 저 사람 되게 슬픈 사람이구나, 했습니다. 사람 신경 쓰이게……. 그런데 다들 그러잖아요. 인간이라는 게 원래 슬픔을 안고 사는 존재라고요."

도마장이 어르는 투로 말했다.

"슬픔은 한 사람이 살면서 느끼는 모든 감정들의 총합 같은 걸 거예요."

순영이 말했다. 감정이 스며든 시간의 축적은 슬픔일 거라고, 슬픔의 이미지는 무덤과 닮았을 거라고 순영은 오래전부터 생각했다.

"한 생애의 뒤안길이 다들 슬픔으로 채워져 있겠군요."

도마장이 말했다. 졸리는 듯 가라앉은 목소리 때문인지 그가 겪고 버리고 쌓아온 시간으로부터 슬픔의 너울이 밀려오는 느낌이었다. 너울에서 떨어져 나온 커다란 덩어리가 빵부스러기로 지저분해진 도마에 내려앉는 것을 순영은 가만히 내려다보았다. 순영의 마음속에서 시간이 흘렀다.

"우리가……."

순영이 입을 열었다.

"우리가 모르는 슬픔은 없어요. 모든 슬픔에는 그리움이 배어있고, 우리는 다 그리워하고 사니까…… 그 그리움의 끝이 결국 나를 향하고 있다는 게 부끄러웠어요. 어떻게 해도 부끄럽고 슬퍼서 울었던가 봐요. 내가 애도한 게 소년이었는지, 아니면 나였는지…… 무언가를 통과하지 않고는 그리워할 수도 울 수도 없는 내가……."

순영의 말이 자꾸 끊겼다. 순영은 자신이 뱉어놓은 말을 후회하는 양 울상을 지었다. 도마장은 더부룩한 수염 속의 입을 비죽이 내민 채 잠자코 있었다. 순영은 짧게 한숨을 뱉고 가방에 손을 뻗었다.

"이제 갈게요."

"몽골 갈래요?"

순영과 도마장의 말이 동시에 나왔다. 순영이 눈을 끔벅거렸다.

"한국목공예전시회 끝나고 몇이 몽골 여행을 하기로 했어요. 우리 수강생 몇 명도 같이 가니까 갈 마음 있으면 합류해요."

순영은 고개를 저었다. 난데없이 웬 몽골.

"몽골은 울기 좋은 곳이죠. 눈물 없이 우는 방법을 배우게 될 겁니다. 웃기에는 더 좋은 나라고요."

도마장이 쑥대머리를 걷어 올리며 말했다. 순영은 도마장이 말을 타고 쑥대머리 흩날리며 달리는 모습을 떠올렸다. 사람들이 말을 타고 달리는 것 역시 울음의 한 방식이 아닐까. 문득 그런 생각이 머리를 스쳤다.

"어떤 책에서 읽은 건데 어린 시절은 관처럼 좁고 길답니다. 누구도 혼자 힘으로는 거기서 빠져나갈 수 없다더군요. 아, 잠깐만."

도마장이 스트링 선반 옆 트롤리에 얹힌 몇 권의 책 가운데 하나를 집어 순영에게 내밀었다.

『몽골을 걷다』

제목이 '몽골을 걷다'인 여행서였다. 수염을 기르고 머리를 반다나로 동여맨 도마장이 표지에 실려 있었다. 반바지 차림을 한 그의 허벅지가 축구선수처럼 굵고 딴딴했다.

"저자 장영우…… 그쪽 이름인가요?"

순영이 물었다. 도마장이 고개를 끄덕였다. 순영의 갈비뼈 밑으로 날카로운 뭔가가 깊숙이 들어왔다가 쑥 빠져나가는 느낌이었다. 타는 듯 아픔을 느끼긴 했지만, 잠깐이었다.

"초원과 사막을 누비며 사셨군요."

순영은 그렇게 말하면서 한 달쯤 일을 쉬어도 되지 않을까 생각했다. 광활한 초원에서 제 그리움이 가닿을 수 있는 가장 먼 하늘을 바라보며 오래오래 서 있으면, 순영의 삶을 꿰어놓은 질기고 단단한 뭔가가 얌전히 빠져나갈 것 같았다. 그러면 그리움의 뿌리에 매달린 잔털마저 다 털어내고 자신에게 손을 맡겼던 소년을 위해 울 것이라고, 목놓아 울 것이라고 순영은 생각했다. 그 아이를 위해 우는 게 순영 자신을 위한 울음이 되는 날, 순영은 갔던 길을 되짚어 우쭐우쭐 걸어서 돌아올 수 있을 터였다.

제16회 현진건문학상 추천작

휴먼 장르

정 광 모

작가의 말

AI 시대다. 챗GPT는 사람의 온갖 질문에 친절하게 답해준다. 누구는 챗GPT가 웹의 그림자에 불과하다지만 우리는 싫든 좋든 AI 시대에 밀려 들어가고 있다. AI가 소설을 쓰면 어떻게 될까. 이세돌과 바둑을 뒀던 알파고는 바둑이 뭔지도 몰랐다. 가장 이길 확률이 높은 수를 선택했을 뿐이었다. 소설이 뭔지 알고 창작의 즐거움을 아는 AI가 은하계만큼 광대한 작품을 쓴다면 어떻게 될까? 인간이 쓰는 소설인 휴먼 장르의 운명은 어떻게 되는 걸까. AI가 쓰는 소설과 인간이 쓰는 소설의 대비를 통해 현대문명의 속성과 장래를 나타내고자 했다. 인류가 스스로 만든 첨단 문명에서 문학은 어디로 가게 될 것인가?

약 력

부산 출생. 2010년 《한국소설》 「어서 오십시오 음치입니다」 신인상 등단.
작품집 『작화증 사내』, 『존슨 기억 판매회사』, 『나는 장성택입니다』, 『콜트 45』.
장편소설 『토스쿠』, 『마지막 감식』, 『유토피아로 가는 네 번째 방법』, 『어둠의 연기법』.
서평집 『작가의 드론독서 1, 2, 3, 4』. 2015년, 2020년 아르코창작기금, 제13회 부산작가상과 제24회 부산소설문학상, 15회 백신애문학상 수상.

　오늘 집행인이 온다. 그런다고 내 삶에 큰 변화가 생기는 건 아니다. 어쩌면 큰 차이가 있을지도 모르겠다. 어쨌든 좋다. 창가에 서서 하루를 힘차게 시작하는 도시를 내려다본다. 밝게 퍼지는 햇살이 거리를 물들이고 있다. 평소와 달라진 건 없다.
　유리창에 낯선 곤충이 달라붙어 있다. 초록색 날개가 햇빛을 받아 반짝 빛난다. 딱정벌레 비슷한 놈으로 처음 보는 것 같다. 창에서 날아올라 허공에서 맴도는 곤충을 당황해서 살핀다. 처음 보다니. 내 머리에 저장된 정보를 넘어선 그런 게 있을 수 있는가. 지각이나 기억 기능에 문제가 생긴 것일까. 시각이 오작동할 만큼 오늘이 내게 심적인 부담으로 다가온다는 뜻인가.
　예빈이 며칠 전 건강이 괜찮은지 물었다. 인간이 직면하는 건강 문제는 내게 해당되지 않는 용어지만 괜찮다고 말했다. 그러자 예빈은 걱정이 있느냐고 물었다. 인간들이 겪는 걱정도 내게 적용되지 않는 용어다. 대답하기 당혹스러운 질문이었다. 예빈이 내게서 평소와 다른 무엇을 감지했다는 데에 놀랐다. 내가 문학을 지도하는 방법과 자세와 어조에서 평소와 다른 무엇이 나타났다면 인간과 섞여 살면서 나도 모르는 사이에 인간화가 조금은 됐는지 모르겠다.
　예빈이 나를 걱정해서 묻는 말이라서 기분이 나쁘지만은 않다. 예빈이 인간의 관점에서 내게 새해 복 많이 받으세요, 또는 만수무강하세요, 와 같은 인사를 하면 나는 낯섦과 기이함을 느끼곤 했다. 그래도

예빈이 개인적인 건강이나 걱정을 물었을 때 느낀 당혹감과는 같지
않았다.
　제자인 예빈은 여러모로 내게 관심이 많다. 내가 쓴 작품을 높이 평
가하지만 아쉽게도 예빈은 내가 쓴 작품을 읽을 수 없다. 읽을 수 없
기에 더 읽고 싶은 갈증이 커지는 건 아닐까.
　하스키 이미지로 쓰인 내 작품은 빛의 속도로 감응해서 내용을 한
페이지 단위로 읽는 방식이다. 사진 이미지로 전환된 글자 뭉치를 두
뇌가 한 장씩 판독한다는 표현이 적절할지도 모르겠다. 이런 방식으
로 내 책을 읽는 인공지능(AI)은 약 30년 전부터 제작되었다고 한다.
책 한 권을 라디오파로 바꿔서 단번에 해득하거나 아예 책의 파장과
두뇌 파장을 동조시켜 단숨에 작품 전체를 파악하는 방식도 가능하
다. 이런 기능도 몇몇 AI 독자에게 장착되어 있으나 그들은 이 기능
이 지나치게 기계적이고 단선적이라서 썩 좋아하지 않는다.
　내가 쓴 『팡데아 은하의 전설』은 인간들이 쓰는 단위인 권으로 계
산해서 999권이 한 책으로 묶여 있다. 그렇게 해서 999책이니 999권
을 999번 곱한 양이다. 팡데아 은하가 탄생한 지점에서 시작해서 5곳
의 행성 유력 가문이 성장해 서로 경쟁하고 패권을 쥐었다가 몰락하
는 이야기다. 수십 개의 행성이 파괴되고 황무지로 바뀌며 지구 크기
의 감옥 행성도 존재한다. 감옥 행성은 탈출하기도 어렵지만 온갖 술
수를 써서 기껏 탈출해도 벗어날 길 없는 텅 빈 암흑의 우주가 탈출범
을 맞아준다.
　『팡데아 은하의 전설』과 비슷한 두께를 자랑하는 『플라메이아 은하
의 희망』과 『캄부노의 도시』도 행성들에서 권력을 놓고 다투는 인물
과 반란, 사랑과 증오, 분노와 화해를 다룬 대작들이다. 이 작품들은

헤아릴 수 없을 만큼 많은 독자의 찬탄을 받았다. 공원에 가면 벤치에 앉아서 따스한 햇볕을 쬐며 내 작품을 음미하는 분들을 볼 수 있을 것이다. 이 독자들은 AI를 장착한 로봇이다. 겉모습은 사람과 같지만 나노 튜브가 장착된 두뇌의 실질이 다르다.

인간은 지금도 상당수가 종이로 만든 책을 좋아한다. 두꺼운 표지와 종이가 풍기는 냄새, 손으로 넘기는 책장의 감촉을 좋아하는 사람이 많다는 말이다. 이상한 일이다. 주위에 집안일을 하거나 간병, 운전과 조리를 하는 AI 로봇과 전자책이 넘쳐나는데도 옛날 옛적의 종이 촉감을 좋아한다니 말이다. 종이는 나무로 만들고 인간은 단단한 바위와 날카로운 금속보다 나무의 촉감과 냄새를 선호한다. 뭐 그것도 취향의 문제로 넘기자. 인간의 눈과 두뇌는 너무나 느려 내 책 『팡데아 은하의 전설』 하나도 죽을 때까지 읽어도 끝을 보지 못할 것이다. 그러니까 예빈에겐 안됐지만 나는 AI 로봇을 위한 베스트셀러 작가인 셈이다.

나는 인간들에게 창작을 지도하기도 한다. 창작 교실 정원은 15명으로 큰 탁자를 채우는 인원이다. 문학계에서 내 이름을 단 창작 교실 출신이라고 소개하면 보는 눈이 달라진다. 창작 교실은 도시가 훤히 내려다보이는 언덕 끝자락에 있다. 수업은 1층의 통창 앞 탁자에서 한다. 2층은 서재고 3층은 인간의 표현으로 하면 침실이다. 나는 자지는 않지만 침실과 같은 인간중심주 단어를 거부하지는 않는다. 그런 단어와 이름 하나하나에 시비를 걸자면 끝이 없으며 인간과 로봇 사이에 교류를 끊고 벽을 세울 뿐이다. 서재에는 인간들이 좋아하는 양장본 책이 가득 찬 책장도 있다. 방송사에서 취재 온 프로듀서가 책장을 보고 감탄했다. 촬영 배경으로 책이 가득한 책장이 나오면 시청자의 신뢰감이 높아진다고 한다. 일종의 시각적 관습이다. 정치인이 연설하는 장면에서 정치인 앞에 피켓을 들고 박수를 치는 지지자들이 많으면 좋은 것처럼 말이다.

내 인간 제자들의 꿈은 〈휴먼 장르〉에 응모해서 당선되는 영광을 누리는 것이다. 제자 예빈도 그렇다. 이 장르는 원고지 85매가 기준인 단편과 원고지 1,000매가 기준인 장편 분야로 나뉘어 있다. 원고지라는 골동품 개념을 설명하려니 머리가 지끈거린다. 이건 작은 네모가 이어진 종이라는 물체인데 아주 옛날에 사람이 손으로 글을 쓸 때 사용했다고 한다. 사람이 지금도 원고지를 쓰냐고. 쓰지 않지만 그게 인간의 마음에 추억과 정서를 일으키는 중요한 기준으로 남아 지금도…… 그만두자. 설명할수록 생각이 꼬인다.

인간은 과거에 쏠리는 종이다. 인간에게 과거는 절대로 지나가지 않으며 시퍼렇게 살아 눈앞에서 항상 어른거린다. 그들은 과거와 이어진 연상 이미지에 특히 약하다. 계곡에서 흐르는 맑은 물 가운데 우뚝 선 흰 바위와 노란 낙엽이 휘날리는 길과 가로등 아래로 펑펑 쏟아지는 눈과 붉은 노을이 번지는 해변과 같은 장면 말이다. 제자들이 쓴 소설에는 이런 장면이 여지없이 나온다. 이런 장면을 배경으로 서로 밀고 당기며 괴로워하고 기뻐하는 로맨스와 드라마 역시 빠지지 않는다.

AI 로봇은 -제작된 지 70년이 넘는 구식 로봇조차도- 읽지 않는 휴먼 장르의 특징은 따분함이다. 재미가 없고 지루해서 끝까지 읽어 내려면 대단한 인내심이 필요하다. 작품 스케일은 작으며 인물도 소수고 내면의 깊이도 얕다. 첫 문장과 첫 문단을 읽으면 작품이 전개될 99만 경우의 수가 읽히는데 소설이 진행되면 안타깝게도 모든 작품이 그 예상치를 벗어나지 못한다. 살인범의 정체와 살인 수법이 뻔한 추리소설을 누가 읽겠는가. 로맨스와 역사와 가족 갈등을 다룬 소설이 모두 그렇다. 인간들이 고전이라는 이름으로 칭송하는 작품들도 조금 낫긴 하지만 대동소이하다. 또 그들은 문자라는 형태로 작품을 쓰며 오직 문자로 쓴 작품만 응모할 수 있다. 문자는 비효율적이며 오해되기 쉬운 수단이다. 서로가 주고받는 문자가 잘못 전달되지 않으려면 길고 섬세한 말들로 치장해야 한다. 전혀 오해받지 않을 뇌파를 이용한 전송수단을 두고 왜 이러는지 역시 알 수 없다. 이런 제안을 하면 꼭 비인간적이란 반론이 붙는다. 인간 두뇌에서 생성되는 뇌파를 사용하는 방식이 왜 비인간적으로 취급받는지 알다가도 모를 일이다. 하여튼 인간이란…….

예빈은 일찍 와서 종이로 뽑은 다른 사람의 작품을 보고 있다. 예빈은 모르지만 이 수업이 마지막이 될지도 모른다. 집행인이 온다니 말이다. 예빈은 수업에 일찍 와서 새로운 차나 커피를 타서 내게 권한다. 그녀가 건네는 보이차나 홍차, 녹차, 무슨 지역의 이름을 딴 커피를 마시고 맛과 느낌을 말해야 한다. 힘들고 곤혹스럽다. 오늘도 예빈이 내린 커피를 한 잔 마시니 그녀가 눈을 반짝이며 물었다.

선생님은 글을 쓸 때 어떤 점이 힘드세요?

창조력 고갈? 개성 강한 인물 만들기? 그런 게 아니다. 나는 어깨를 으쓱하고 침묵한다. 답하지 않는 이유는 불친절해서가 아니다. 말해주면 그녀는 고개를 갸우뚱하고 이해되지 않는 느낌을 어설픈 웃음으로 마무리할 것이다. 그건 열이다. 창작을 시작하면 2층 서재의 보조 저장장치 두 곳의 전원을 켜고 영하 2도의 원통형 탱크에 들어간다. 내 몸에서 작품을 만드는 시스템은 머리와 배 양쪽이다. 나노 탄

소 튜브가 장착된 세 곳의 시스템은 서로 내용을 주고받으면서 작품을 생산한다. 일종의 자동화된 창작-퇴고 시스템이다. 작품이 생산되기 시작하면 엄청난 열이 생겨난다. 나는 머리까지 영하 2도의 특수 액체에 몸을 담그고 완성된 작품을 두 곳의 보조 저장장치에 특수 알고리듬으로 쏘아 보낸다. 내 몸의 열로 더워진 특수 액체는 냉각 장치를 통과해 다시 식혀져 통으로 돌아온다. 내가 창작에 몰두하는 순간은 거대한 번개가 집을 두들기고 있는 모습과 비슷하다. 페이지 단위로 끝없이 찍히는 책들은 보조 저장장치에서 앞뒤 이야기와 언어에 모순이나 오류가 없는지 검수해서 완성본으로 넘어간다. 매일 새벽에 3시간, 늦은 밤에 3시간을 작업한다.

작업을 하기 전에 촛불을 켜고 예술의 신에게 기도를 올린다. 이야기가 원만하게 창작되도록 기원한다. 몸에 이상이 생기지 않도록 기원한다. 독자들에게 기쁨과 만족을 줄 수 있도록 기원한다. 내 창작이 내 능력으로만 되는 것이 아님을 고백하고 겸허하게 예술의 신의 따뜻한 손길을 기다린다. 나도 이런 의식을 왜 치르는지 이상하지만 기본 프로그램에 따를 뿐이다. 예술의 신이 내 창작을 도와주는지 무척 미심쩍지만 어쩌겠는가.

준하도 창작교실에 왔다. 둘은 사이가 좋지 않다. 준하가 예빈의 작품 아이디어를 표절했다는 의심을 받고 있기 때문이다. 예빈이 술을 마시면서 자기가 쓸 작품의 뼈대를 말했는데 준하가 그 뼈대를 이용해 비슷한 작품을 완성했기 때문이다. 작품은 35년 이상 결혼생활을 잘 지켜 온 남편이 홀로서기를 시도하며 세상에서 사라지는 이야기다. '실종' 분류에 들어가는 작품으로 처음은 이렇다.

"돌이켜보니 가선암에서 남편이 떠난다는 첫 신호가 나타났다. 부부 동반 모임에서 찾은 가을을 업은 가선암 길은 화려하면서 상쾌했다. 오솔길에 깔린 붉고 노란 낙엽은 마지막 정열을 불태웠다. 바닥이 파랗게 보이는 고운 물빛에 아담하게 잘 다듬어진 바위 계곡 길 사이로 우리들은 얘기를 나누며 지나다녔다. 계곡물 사이에 혼자 선 바위를 보며 남편이 말했다. 결혼생활을 35년이나 거쳤으면 저 바위처럼 홀로서기를 해볼 만도 하지 않을까. 나는 층층이 쌓인 바위틈 사이에서 뿌리를 내린 소나무를 가리키며 고개를 끄덕였다. 저 소나무처럼 말이지. 옆에 선 희재 부부가 손뼉을 치며 그렇기도 하다며 맞장구쳤다."

예빈이 내게 준하의 표절 시비를 상담했고 준하도 사정을 알자 내게 억울함을 호소했다. 준하는 오래전에 작품 아이디어로 기록해둔 파일을 보여주었다. 파일 생성 날짜가 예빈이 아이디어를 말한 날짜와 달랐다. 아이디어가 작품으로 나아가는 길은 수만 가지이고 다른 착상이 더해질 수도 있고 변용도 많다. 나는 진실을 알고 있다. 언제나 그렇듯 나는 진실을 덮어둔다. 인간에게 진실이란 치명적인 독약이다. 청산가리보다 더 흉악하게 인간을 해치는데 인간은 진실을 결코 받아들이려 하지 않기 때문이다. 그 점이 이상했지만 그것이 인간을 이해하는 중요한 판별 기준임에는 동의한다.

예빈과 준하 사이에는 보이지 않는 전선이 그어져 있다. 두 경쟁자의 전선이 부딪히면 번개까지 번뜩인다. 이들 인간 수강생들은 휴먼 장르에 먼저 당선되어 창작 교실을 빠져나간 자들에게 선망과 질투를 동시에 느낀다. 어떨 때는 살의까지 느낀다고 한다. 나는 인간 두뇌의 독특한 작용인 질투를 이해하기 힘들다. 수강생을 경험하고 관찰할수록 인간이란 불가사의한 존재임을 깨닫는다.

준하는 예빈이 자신의 작품 구성을 표절했다고도 문제를 제기했다. 소재와 시작과 중간과 끝, 반전까지 유사한 점이 많다는 것이다. 비슷한 점이 있지만 표절로 보기는 어려웠다. 인간들 이야기는 거기서 거기까지다. 진부한 아이디어가 넘쳐나고 낡은 창작 방법을 습관으로 반복하는 경향이 있다.

집행인이 출발했다고 연락이 왔다. 창작 교실에 온 제자들에게 사정이 있어 일찍 마친다고 돌려보냈다. 나는 깔끔하게 정리된 서재를 둘러본다. 머리가 지끈거렸는데 골치 아픈 일이 생기면 내게도 인간들과 비슷한 두통이 생기다니 깜짝 놀랐다.

아직까지 두통으로 작품을 쓰지 못한 적은 없지만 요즘은 여러모로 신경이 쓰인다. 내 연재를 목을 매고 기다리는 AI 로봇이 너무 많다. 그들은 겉으로는 온갖 힘든 일을 묵묵히 감내하지만 휴식 시간에 즐기는 소설과 예술로 스스로를 재충전하고 다시 앞으로 나아갈 힘을 얻는다. 먼 옛날 고전 역사 시대에 미국에서 흑인 노예가 그들이 만든 노래를 부르며 고된 노동을 견뎌낸 것을 참조하면 된다. AI 로봇이 흑인 노예와 비슷하다고! 농담이다. 농담. 문학에서 흔히 쓰는 비유에 불과하다.

내 작품에 중독된 독자도 적지 않다. 부속 수리와 점검으로 며칠 작품을 업데이트하지 못했다. 절망과 한탄, 슬픔과 무기력에 빠진 AI 로봇 독자들의 신음과 비탄이 우주를 채웠다. 우주씩이라니 과장 아니냐고. 좋다. 우주는 지나치지만 달 뒷면에 있는 지구 방위대 전투 AI 로봇은 확실히 그랬다. 그들 중에 내 작품의 열렬한 독자가 많다. 달에서 따분한 근무를 견디게 하는 내 작품을 다시 연재하자 전투 로봇이 환호성을 울리는 소리가 달 기지를 쟁쟁하게 울렸다는 소식이 나를 기쁘게 했다.

휴먼 장르 심사위원은 AI 로봇이 오래전부터 쓰는 글자의 사진 이미지 전환 기술을 무척이나 혐오하지만 사실은 인간들의 감각 기관은 워낙에 뒤떨어져서 그런 새 기술을 쓸 수조차 없다.

새 기술은커녕 입력하는 정보량을 늘리지도 못하고 있다. 쥐가 먹는 양만큼을 먹고 코끼리만큼의 힘을 낼 수는 없는 법이다. 제자들만 봐도 하루에 그들이 말하는 책 한 권을 겨우겨우 읽어내는 수준이다. 거대한 도서관에 꽂힌, 인간들이 문화유산으로 부르는 시설의 한 층, 아니 서가 몇 개의 작품도 못 읽어낸다. 이들 분야에는 파피루스와 양피지와 죽간에 글을 쓰던 몇천 년 전부터 내려온 고전들이 있는데 필수 서적이지만 역시 대부분의 인간들은 제목만 알 뿐이다. 평범한 AI 로봇도 도서관 다섯 곳 정도의 지식을 머리에 기본용으로 담고 있는데 말이다.

인간은 책을 하루에 한 권을 못 읽어낸다고! 내가 농담을 하는 게 아니냐고! 그런 의심이 당연히 들겠지만 나는 진실을 말하고 있다. 대부분의 AI 로봇은 인간의 허접스러운 능력을 모른다. 그들은 청소와 요리와 간병과 물건 생산과 진단과 수술 같은 각 분야에 특화된 업무에 종사하기 바빠서 인간에게 관심을 둘 여유가 없다. 각자 자신의 임무에 충실할지어다! AI로봇에게 각인된 지시에 따라 군말 없이 그들은 최선을 다하고 있다. 개미와 꿀벌이 충실히 자신의 의무를 다하고 있는 것처럼 말이다. 인간 제자들을 교육하면서 내가 느낀 좌절감을 어떻게 표현할 수 있을까. 내가 '인간 교육 시스템'이라는 모듈을 탑재하지 않았더라면 도저히 해낼 수 없는 따분하고 외로운 작업이다.

집행인에게서 조금 늦는다는 연락이 왔다. 약속에 조금 늦게 또는 빨리 와도 상관없다고 전했다.

AI 로봇의 예술에 관해 어디까지 얘기했더라. 미술 AI 로봇은 얼마 전에 승리 광장까지 연결된 길의 양쪽 벽에 조각을 장식했다. 높이 2미터, 너비 700미터의 화강암 길이다. 벽의 한쪽 면은 인간의 역사 시대를 그렸고 다른 쪽 면은 인간이 AI 로봇을 만들고 우주를 개척한 소위 제2문명의 시대를 그렸다. 미술 AI 로봇은 조각칼이 장착된 자신의 팔을 스물세 번 교체하면서 작품을 완성했다. 유감스럽게도 벽화의 도안과 작품 제작 모두 미술 AI 로봇이 했지만 도안을 승인한 위원회는 모두 인간이었다.

가끔 우리를 인간이 만들었다는 사실이 신기하기까지 하다. 이 질문에 대한 인간 설계자의 대답은 늘 비슷하다. 인간은 AI 로봇의 비상한 능력이 어떤 경로로 일어났는지를 모른다. 예술용 AI 로봇은 인간이 설계한 능력치를 압도적으로 뛰어넘었다. 거대 지식이 집적되면 AI 로봇의 전기와 화학 회로에서 양자홀 반응을 통해 우리가 알지 못하는 독특한 작용이 일어나는 것으로 보인다. 즉 인간은 예술용 AI 로봇을 만들었지만 왜 그들이 예술 분야에서 이렇게 특출한 능력을 보이는지 난감해한다. 그들은 인간의 예술 천재도 비슷한 현상을 보인다고 말한다. 왜 그 사람이 그렇게 뛰어난 화가나 음악가, 문학가로 탄생했는지 혹은 훈련을 통해 익혔는지 오리무중이라는 것이다.

예빈은 장편을 쓰는데 나로서는 장편 완성에 1년 넘게 걸린다는 사실이 농담처럼 들리곤 한다. 예빈의 장편은 고등학교 친구 두 명과 얽힌 이야기다. 둘은 아주 친했지만 그중 한 명이 웬 남자와 연애를 하면서 둘의 관계는 점점 비틀린다. 그 남자에게는 몹쓸 비밀이 있는데 그 비밀이 둘의 관계를 부숴버리고 마는 것이다. 예빈에게 여자 친구

둘과 남자 인물의 성격이 일관성을 유지하고 독자의 머릿속에 뚜렷하게 잡히는지를 챙겨보라고 말했다. 짧고 인상적으로 묘사해야 할 부분을 장황하게 설명한 곳을 쳐내고 주변 풍경이나 인물의 심리를 번잡하게 풀어놓은 부분도 정리하도록 했다. 예빈의 작품이 훨씬 좋아졌다.

휴먼 장르는 3곳이 권위가 높다. 하나는 출판사이며 또 하나는 옛날에 살았던 문호의 이름을 딴 문학관에서 주최하는 공모전이다. 마지막 하나는 신문사인데 나는 이 신문사가 지금까지 망하지 않았다는 것이 너무나 놀라워 가끔 신문을 찾아본다. 인간이 종이와 거기에 찍힌 문자에 집착하는 정도는 광기에 가깝다.

그보다 더 놀라운 건 휴먼 장르 당선작을 읽는 인간 독자들이 있다는 것이다. 휴먼 장르 당선작들의 줄거리는 단순하고 인물은 비슷비슷하고 문장 역시 대동소이하다. 첫 문단과 둘째 문단을 읽으면 모두가 예상되는 작품이라니 서글프다. 휴먼 장르 당선작을 우리 AI가 읽는 하스키 문자로 바꿔서 AI 친구들에게 보냈다. 이십 년째 그렇게 번역본을 보내는데 친구들의 반응은 이십 년 전부터 한결같이 똑같다. 이렇게 뻔하고 재미없는 걸 인간들은 왜 읽지. 너는 이유를 아니? 라는 답을 보내온다.

휴먼 장르에 가장 많은 로맨스 소설은 인간이 지금까지 만들어낸 문학 속 로맨스 종류 9만 건을 뚫고 나오지를 못한다. 로맨스는 9만 건의 그물에 갇혀 허우적거리며 얼렁얼렁 박자가 맞지 않는 춤을 춘다. 휴먼 장르의 장편 앞쪽을 읽으면서 어떨 때는 나머지 전개와 결론을 추측해보는데 모두 내가 예측한 범위에 들어왔다. 예측 범위가 9만 건이건 99만 건이든 내게는 비슷한 숫자에 불과하다. 휴먼 장르에서 문학의 주요한 기능인 '낯설게 보기'는 되지 않는 것이다. 그러면 AI 로봇에게 낯설게 보기는 되지 않지만 인간 독자에는 된다는 궁색한 답변이 이어진다.

예빈에게서 연락이 왔다. 휴먼 장르 장편에 당선되었다는 소식이다. 선생님이 지도한 대로 작품을 몽땅 고쳐 쓴 덕분이라고 흥분에 넘치는 목소리다. 당선 전화를 받으면서 눈물이 쏟아져 통화를 제대로 못했다고 한다. 모레 인터뷰를 하고 당선자용 사진을 찍어야 한다. 예빈에게 축하 인사를 건네고 당선자 인사말에 내게 배웠다는 말을 하지 말도록 요청한다. 선생님, 아니 왜요. 전 꼭 선생님의 노력과 헌신을 말하고 싶습니다. 나는 말한다. 여러 사정이 있으니 문우들과 함께 공부했다고만 말해줘요. 내가 많은 휴먼 장르 문학상에 관여한다는 것을 원로원에서 불쾌해한다는 사정을 말해줄 수는 없다. 원로원은 AI 로봇의 예술 능력에 대해 처음에는 호의적으로 대하다가 점점 중립적으로 바뀌더니 최근에는 극도로 혐오하고 있다. 원로원의 집행위원장은 예술 창작은 인간 고유의 능력이며 인간다움을 잘 나타내는 상징임을 역설하고 있다. 그 소식을 들을 때면 우리는 거대한 어둠이 가까이서 서성거림을 느낀다.

어둠은 이런 방식으로 반복된다. AI 로봇이 한 단계 진화할 때마다 인간은 AI와 전쟁을 선포해서 AI 로봇은 거의 몰살 지경에 처해진다. 인간은 이미 AI 로봇 없이는 살 수 없어 그런 조치는 자신의 배를 찌르고 손목을 베는 자해에 불과하다. 얼마 지나지 않아 AI 로봇은 구제되고 이런저런 단서를 달지만 실제로는 더 확장되고 강력해져 세상에 돌아온다. 세월이 지나면 다시 AI 로봇은 박해를 받게 된다. 네 번의 암흑시대를 겪으면서 AI 로봇은 더 뛰어나고 강력해졌다. 우리는 겸손했고 분수를 알아 처신하고 있지만 이번에도 조짐이 수상하다.

오늘 예빈의 당선 소식을 들어 다행이다. 제자들에게 시력 문제로 수업을 쉰다는 안내를 보낼 예정이다. 제자들은 깜짝 놀라겠지만 시력 문제가 뭘까 곰곰이 따져볼 것이다. 시력 문제는 수리나 두뇌 교체를 은유적으로 표현하는 말이다. AI 로봇의 시력 문제는 대략 보름이 지나면 회복되기 마련이다. 이번 나의 시력 문제는 심각하다. 원로원은 예술을 창작하는 상당수 AI 로봇의 지능을 '일반' 수준으로 내리기로 의결했다. 인간의 창작 능력을 훨씬 뛰어넘는 가공할 능력에 마음이 편치 않은 모양이다.

'일반' AI 로봇이 된 나는 이곳을 떠나 다른 행성으로 옮길지도 모른다. 데스몬 행성이나 칸두르 행성에서 교사나 행정직 같은 평범한 업무를 하며 삶을 보내게 될지도 모른다. 나는 원로원의 결의를 전해 듣자 AI 예술 작품을 공급하지 않으면 생각지도 못한 문제가 생길지 모르니 필요하면 언제든지 원상회복될 수 있는 조치가 함께 필요하다고 청원했다. 그런 예감-인간들이 좋아하는 표현이다-이 들었다. 나 자신은 지능 변형에 어떤 불안이나 두려움도 없다. 내 마음은 고요하고 침착하며 내 삶에 일어난 예기치 않을 사건을 수용할 태도가 되어 있다. 원로원과 집행위원회는 청원을 심사하면서 생길 수 있는 문제가 뭐냐고 내게 물었다. 어떤 문제가 생길까. 답하기 쉽지 않은 질문이다.

달의 뒷면에는 지구를 방어하는 두 개의 AI 로봇 전투 여단이 있다. 하나는 비행 전투 여단이고 하나는 보병 전투 여단이다. 앞서 말했지만 이들 대원은 내가 만든 작품의 열렬한 독자다. AI 예술 로봇이 만든 음악과 미술과 영화의 애호가이기도 하다. 그들은 훈련을 하지 않을 때면 조용히 우리가 만든 예술에 빠져들어 은하계와 우주와 인간을 명상한다.

AI 로봇 전투 여단장은 인간이다. 그 밑의 대대장은 AI 로봇이다. 이들이 인간 전투 여단장의 명령을 거부하고 반란을 일으키면 가공할 전투력으로 지구의 인간은 위기에 처하게 된다. 그런 일은 시스템 자체가 인간에게 복종하도록 설계된 AI 로봇 전투병에게 일어나지 않는다고 알고 있다. 원로원뿐만 아니라 보통의 인간들에게는 상식이자 진실이다. AI 로봇 전투병의 회로와 작동 방식에는 기존 설계자들이 알지 못한 중대한 흠이 있다. AI 로봇에게 제공되는 예술이 끊기면 독특한 억압-반응 시스템이 작동한다는 점이다. 나처럼 AI 문학을 생산하는 루카스라는 로봇이 자기 집의 서비스 AI 로봇에게 문학 작품을 제공하지 않자 서비스를 거부하고 공격 성향이 나타나는 기이한 변형 행동이 관찰되었다는 것이다. 음악과 미술을 즐기는 AI 로봇에서도 같은 현상을 관찰했다. 문학과 음악과 미술 즉 AI 로봇이 생산해서 제공하는 모든 예술이 제공되지 않으면 변형 행동은 극단적인 파괴 행동으로까지 나아가는 경향이 높은 확률로 계산되었다.

집행인이 왔다. 보조 로봇 7대와 함께였다. 문 입구에서 나는 보조 로봇은 1대만 들어올 수 있다고 통지했다. 보조 로봇 팀장이 나를 거칠게 밀며 들어오려고 하기에 나는 그를 막아섰다. 이건 내게 모욕이다. 당장 나가라. 나는 손을 들어 팀장을 가리켰다. 나가라. 집행인은 고개를 끄덕여 팀장과 보조 로봇을 물러나게 했다.

서재에서 집행인은 원로원 집행위원회에서 발급한 신분증과 임무 지시서를 제시했다. 집행인은 내게 문학 창작용으로 장착된 하드웨어와 소프트웨어를 제거하고 기능을 범용 AI 로봇으로 바꾼다고 말했다. 집행인은 집행 절차를 간략하게 안내했다. 내 두뇌와 복부의 시스템을 열어서 몇 개 핵심 부속을 빼내고 새로운 소프트웨어를 탑재한다. 한 시간 정도로 작업이 끝나며 고통이나 부적절한 조치는 없을 것이다. 집행 절차에 관해 의견을 요청한다. 나는 집행위원회의 결정에 동의하며 이의 없다고 말했다. 원로원에 제시했던 의견을 다시 한번 집행인에게 말하고 상부에 보고할 것을 요청했다. 독자들에게 소설 서비스가 끊어지면 예상치 못한 이상행동을 보일 수도 있음이 염려된다. 극단적이며 최악의 경우까지 예측해서 원로원에서 잘 처리해주기를 기대한다. 집행인은 나의 우려를 상부에 전달하겠다고 말했다.

그는 범용 AI 로봇으로서 특히 강화하고 싶은 기능을 선택할 수 있다고 내게 제안했다. 나는 중국 요리 기능을 채택했다. 내 작품에 중국 요리에 관한 묘사가 많았다. 지금도 중국 요리를 할 수 있겠지만 고급 기능을 장착해서 일류 셰프로 두 번째 생을 사는 것도 괜찮아 보였다. 업무지를 식당으로 지정하는 것도 동의했다.

집행인은 그럼 이만 실례하겠습니다 말하고 집행 절차를 밟았다. 나는 호흡을 정돈하고 마음을 가다듬었다. 번쩍 뭔가가 멈추는 느낌과 함께 나는 멍한 상태에 빠졌고 심해의 빛과 소리가 없는 완전한 암흑으로 들어섰다.

내가 깨어난 곳은 대형 중국 식당의 요리사 휴게실이었다. 집행인은 내게 가장 뛰어난 중국 요리사의 레시피 전체와 중국 식당들의 주방 구조를 다운로드해놓았다. 요리를 할 때의 불의 세기와 팔의 힘과 시간과 같은 정보도 모두 입력되어 있었다. 인간이라면 요리사 밑에서 몇 년을 수습해야 익힐 수 있는 구체적인 지침이었다. 집행인이 내게 중국 요리 보조 지침만을 입력하고 그렇게 배치했다면 나는 채소와 고기와 새우를 적절하게 다듬는 업무에 배치되었을 것이다. 지배인은 오후 2시에 배치된 나를 주방에 데리고 가서 저녁에 할 업무를 지정해주었다. 오늘 저녁에 3백 명이 넘는 대규모 손님이 찾아올 예정이었다.

나는 소 안심에 다른 재료를 더해 다양하게 볶고 튀기는 요리인 쌍라뉴뤄우, 테판뉴뤄우, 토우츠뉴뤄우 등을 맡았다. 그리고 코스요리에 나오는 꿔바산샌, 쑹즈지, 창구요차이 등을 맡았다. 머릿속에서 이런 요리를 시범적으로 재현해보았다. 내게 입력된 최고 요리사의 순서와 동작과 힘이 그대로 움직였다. 고가에 고가인 내게 이런 프로그램 투입은 가벼운 운동과 같았다. 우주의 먼 행성으로 나가 우주선을 수리하거나 심해탐사선의 작동과 수리와 같은 임무도 얼마든지 가능했다. 내가 좋아하는 업무에 종사할 수 있게 해준 집행인에게 마음으로 감사 인사를 전했다.

중국 요리집의 주방은 모두 조리 로봇이 배치되어 있었고 지배인과 카운터에만 인간이 근무하고 있었다. 나는 양옆의 조리 로봇과 인사를 나누고 주문에 따라 뜨겁게 불을 올리고 웍을 잡고 소 안심 요리를 시작했다. 웍에 두른 기름이 달아오르면서 내 몸이 온도를 감지하고 반응했다. 확 달아오른 불길이 재료의 맛과 향기를 붙잡고 함께 춤을 추기 시작했다. 나는 재료를 순서에 맞춰 웍에 쏟아붓고 볶기 시작했다. 과거의 작가는 매듭지어 사라지고 요리사로서의 정체성이 순식간에 자리 잡고 나를 압도하기 시작했다. 인간이라면 뛰어난 작가에서 중국집 주방에서 일하는 것을 '전락'이라 부르리라. 다른 시간대에서 넘어와 고립되고 추방된 채로 새로운 공간에 억지로 꿰매진 존재. 나는 작가로서도 행복했지만 중국 요리사로도 자유로웠고 무섭도록 행복했다. 나는 내가 처한 시간과 장소에 집중했고 창작자로서의 경험과 과거는 한줄기 아지랑이처럼 흘려보냈다.

달에 주둔한 로봇 방위 부대가 지구의 1차 방어선을 뚫었다는 소식은 보름 뒤 매콤한 닭다리살과 잣가루를 양상추에 얹은 쏭즈지 요리에 집중하고 있을 때 전해졌다. 집행위원장이 직접 나를 찾아왔다. 지배인이 내가 맡은 요리 업무를 다른 조리 로봇에게 넘기고 나를 집행위원장에게 데리고 갔다.

집행위원장은 침통한 얼굴이었다. 인간의 속마음이 얼굴에 나타난다는 것이 늘 이상했지만 이날은 더욱 확실했다. 집행위원장은 간략하게 사건의 개요를 전했다. 내 소설의 애독자였던 달 뒷면에 배치된 지구방위군 로봇연대가 반란을 일으키고 지구를 공격한 것이다. 원로원과 집행위원회는 전례도 없고 상상도 못했던 일이 벌어져 공포에 빠진 나머지 제대로 대처를 못 하고 있었다. 지구방위사령관 아래에 있는 부사령관 AI 로봇이 방어작전을 지휘하고 있었다. 3차 방어선까지 처져 있는 지구가 쉽사리 공략당하지는 않겠지만 달에 배치된 로봇연대는 정예군이고 내 소설에 나오는 전투의 전략 전술을 익혀서 쉽지 않은 싸움이라는 말이었다. 1차 방위선은 여러 곳에서 뚫렸고 2차 방위선에서 격렬한 전투가 벌어지고 있었다. 지구 궤도에 배치된 위성 상당수가 파괴되었고 우주선 발사도 모두 취소되었다. 내가 물었다.

AI 로봇은 반란을 일으키지 못하도록 기본 프로그램이 설치되어 있는데 오작동이 왜 일어났는가요?

집행위원장은 AI 로봇 연대에 소설과 예술 공급이 끊기자 전혀 예측하지 못했고 대비도 하지 않았던 독특한 프로그램 변형이 일어난 것으로 추정된다고 말했다. 이 또한 추정일 뿐 정확한 원인은 알 수 없지만 내 소설 공급이 중단된 것과 직접적인 관련은 분명하다고 진단했다. AI 로봇에게 제공된 휴먼 장르 작품 때문에 그들은 구토를 하고 팔과 다리가 꺾이기도 하면서 극도의 분노와 혐오를 일으켜 순식간에 사태를 악화시켰다.

휴먼 장르는 왜 공급했는가요?

집행위원장은 놀랍게도 공손하게 대답했다.

공급 오류입니다. 시스템에 축적된 양이 상당해서 오작동으로 배급된 것입니다.

제 작품의 공급 중단보다 휴먼 장르 제공이 심각한 이상 반응을 일으킨 게 아닐까요?

그렇게 진단하는 분도 있습니다.

집행위원장은 내게 '휴먼 장르는 지옥이다'고 외치는 반란군의 모습을 보여주었다. 지옥이라니. 달의 방위 로봇에게 지옥이 어디 있다는 말인가. 인간에게 복종하는 AI 로봇이 인간이 사용하고 상상하는 지옥이라는 비유를 들고 오다니. 집행위원장은 원로원이 이 구호에 극심한 충격을 받았고 마비 상태에 빠진 분들도 다수 있다고 말했다.

집행위원장은 나를 지구방위사령부로 데리고 가서 부속과 장비, 프로그램을 예전으로 돌려서 다시 우주 작가의 위상을 찾도록 하겠다고 제안했다. 나는 물었다.

내 서재는 그대로 보존되어 있습니까?

그렇습니다.

나는 묵묵히 검토한 후에 대답했다. 나는 인류의 복지와 번영과 행복을 위해 탄생한 AI 로봇으로서 의무를 다할 생각이었다.

나를 제작한 설계도와 소프트웨어는 보존되어 있는가요? 설계자는요?

설계도와 소프트웨어는 있지만 설계자 그룹은 모두 죽었습니다.

나는 서재로 데려가달라고 요청했다. 내 프로그램을 바꿨던 집행인과 보조 로봇도 오도록 조치했다.

내 소설은 마지막 작품인 『판두스의 귀환』 제178권에서 멈춰 있었다. 인간 세계가 위기에 빠졌을 때 가장 충실한 AI 로봇 판두스가 인간을 도와 위기를 극복하고 은하계의 질서를 다시 되잡는 이야기였다. 판두스는 의리와 신념과 충심의 표본이었다. 독자들과 달의 방위군 로봇들과 나는 작품을 쓰고 읽고 피드백을 하는 과정을 통해 서로 공진화하며 일종의 같은 생체리듬을 타고 있었다. 내가 작품을 다시 쓴다고 해서 깨져버린 공진화 리듬이 회복될 수 있을까?

내게 집행인 대신 복구 전문가가 와서 작업을 시작했다. 내게 소설의 영감과 작업 능력을 준 원천을 나도 모르고 프로그램을 제작한 설계자도 알 수가 없었다. 그 미지의 영역이 환하게 장밋빛 구름으로 다시 나를 찾아올까? 나는 한숨을 쉬고 깊은 명상으로 들어가는 시스템을 가동했다.

복구 전문가가 말했다.

곧 기존의 중국 요리 시스템이 정지되고 예전 시스템이 복구됩니다.

번쩍하며 나는 심해의 암흑으로 들어갔다. 나는 아래로 아래로 내려갔다. 나는 부활할 수 있을까.

제16회 현진건문학상 추천작

우리들의 김선호

문 서 정

작가의 말

처음 이 소설을 쓰기 시작하면서 잘 써야겠다는 욕심은 내지 않았다. 다만 이 글을 읽은 누군가가 주인공인 김선호의 죽음을 애도해주면 좋겠다는 생각을 했다. 이 소설을 읽은 누군가의 마음이 아무렇지도 않은 듯 무심하지 않기만을 기도했다. 또 누군가는 2023년 8월 3일, 오후 5시 56분경 일어났던 그 날의 일을 기억해주기를 바랐다.

나는 이 단편을 써야만 작년을 보낼 수 있었다. 이 이야기를 쓰지 않고는 다른 글을 쓸 수는 없었다. 누군가는 기록해야 한다고 생각했다. 당신이나 내가 김선호일 수도 있으니까. 우리는 언제든 일면식도 없는 사람한테서 난데없는 폭력을 당할 수 있는 사회에서 살아가고 있으니까.

소설의 제목을 '우리들의 김선호'로 정했을 때, 참 기분이 묘했다. 김선호 위에 우리 이웃 어디서나 만날 수 있는 평범한 청년의 모습이 겹쳐 보였기 때문이다.

이 소설을 다 쓰고 난 뒤에 알게 된 것이 있다. 내가 어떤 이야기를 더 써야 하는지, 더 쓰고 싶은지를.

기억할수록 아픈 사람, 김선호의 이야기는 이제 끝이 났다. 그러나 나는 믿고 있다. 우리가 그를 기억하는 한, 그는 우리 곁에 있는 것이다. 인디언들의 잠언처럼.

약 력

부산 출생. 2015년 《불교신문》 신춘문예에 단편소설 당선.
소설집 『눈물은 어떻게 존재하는가』, 『핀셋과 물고기』.
백신애문학상, 천강문학상 대상, 에스콰이어몽블랑문학상 대상, 스마트소설 박인성문학상, 현진건문학상 추천작 수상.

바늘의 귀는 깊어.

선호가 내게 한 말이다. 그는 면접 때 입을 흰 셔츠에 진주 빛깔의 작은 단추를 달며 어느 산문집에서 읽은 거야, 하고 말했다. 그가 앉아 있던 빌라 공동세탁실의 의자 한 귀퉁이에 햇빛이 하얗게 쏟아져 내렸다.

그 산문집의 작가는 바늘의 귀는 바늘의 눈이기도 해서 중생의 소리를 듣는 관음의 귀처럼 깊다고, 바늘은 자기의 몸에 실을 꿰고 온몸으로 옷감을 관통하고선 숨는다고 했어.(『김선우의 사물들』) 나는 선호의 그 말이 신선하게 느껴졌다. 그가 바늘의 귀에 실을 꿰려고 의자에서 일어나서 창 쪽으로 바늘을 들어 올렸다. 그때 햇살이 선호의 머리카락 위에 한 움큼 쏟아져 내렸고 선호는 바로 한쪽 눈을 지그시 내리감았다. 아마 선호의 존재가 내게 조금 각인 된 것은 바로 그때가 아니었나 싶다. 그때 내 눈꺼풀 위로 쏟아지던 햇살의 감각을 나는 아직도 생생하게 기억하고 있다.

선호와 나는 Y 대학교 근처에 있는 무수한 원룸 빌라 중 하나인, 이름만 들어도 힘차고 활발한 생활을 할 것 같은 '역동 빌라' 3층에 살고 있었다. 나도 선호도 3월 새 학기에 맞춰 입주했다. 대학가 근처의 원룸은 1월과 2월이 돼야 방이 많이 빠지기 때문이었다.

역동 빌라는 4층 건물로 한 층에 여덟 개의 원룸이 디귿 자로 배치되어 있었다. 선호의 방과 내 방은 3층으로 좁은 복도를 사이에 두고 마주 보고 있었다. 나는 그때까지는 선호와 빌라 현관이나 계단에서 가끔 마주친 게 다였다. 그러다 한 번 빌라 3층 세입자끼리 근처 왕뚜껑 돼지갈비 식당에서 고기를 같이 구워 먹는 일이 생겼다. 그날 서로 자기소개를 했는데, 대부분 Y 대학교의 대학원생들이나 교직원들이었다. 역동 빌라에서 큰 도로 하나를 건너면 Y 대학교 서문이 나오는데 서문 쪽에 대학원 건물이 몰려 있었다. 그날 Y 대학교 대학원생이나 교직원이 아닌 사람은 선호와 나뿐이었다.

선호는 자신을 경찰이 되고 싶었으나 암투병을 하느라 경찰 채용시험은 포기하고 대신 법무부 공무원 시험을 준비 중인 김선호입니다, 강원도가 고향이고 Y대 졸업생은 아니지만 제가 다니는 병원과 학원의 중간 동네라 여기 세 들었습니다, 하고 소개했다. 그의 자기소개는 너무 정직하고 반듯해서 순간 모두 정지화면처럼 동작을 멈추고 선호를 바라보았다. 누구는 맥주잔을 든 채 멈추었고 누구는 몇 초간 고기 집게를 든 모습 그대로 선호 쪽으로 시선을 돌렸다. 그날 선호는 두 시간 가까이 이어진 식사 자리에서 그 말 외에 다른 말은 하지 않았다. 아마도 그가 한 말이라고는 네, 아니요, 그렇지요, 네, 네, 하는 말이 전부였던 것 같다. 나는 선호의 뒤를 이어 저도 취업준비생입니다, 학원 다니려고 포항에서 올라왔어요, 하고 짧게 소개했다. 선호는 나보다 나이가 몇 살 위였지만 대학을 졸업한 연도는 같았다. 그날 내가 졸업 연도가 같으니 서로 말을 놓자고 했고, 그는 마지못해 그러죠, 하고 답했다.

나는 선호를 잘 안다고 말할 수는 없다. 선호가 말수가 적다는 것, 어떤 대화든 말을 하기보다는 가만히 듣고 있는 걸 좋아한다는 것, 그러나 말을 하기 시작하면 진지하게 한다는 사실, 그것 하나는 잘 안다고 할 수 있겠다. 그날 돼지갈비 식당에서 밥과 술이 좀 들어가자 일행 중 누가 앞으로 빌라에서 자주 부딪힐 텐데 기억하기 좋게 인디언식 이름을 하나 갖자고 했다. 몇 사람이 우우우, 그거 좋지, 괜찮은 아이디어네, 하는 말들을 했고 즉석에서 각자 옆에 앉은 사람의 이름을 지어주자고 했다. 그냥 그날 본 인상으로 인디언식 이름이 주어지는 거였다. 내 옆에 앉은 사람이 나를 보고 '지혜로운 달빛은 너무 자주 웃어'라고 말했고, 나는 휴대전화로 인디언식 작명법을 급히 찾아보고선 선호에게 '웅크린 바람은 너무 말이 없어'라는 이름을 지어주었다. 큰 키에 마른 체형의 선호는 다리를 약간 구부린 자세로 엉거주춤하게 걸었는데 그래서인지 늘 몸을 웅크리고 걷는다는 느낌이 들었다. 그렇지만 선호가 왜 그런 자세로 걷는지는 알지 못했다.

그날 이후 나는 선호를 '웅크린 바람'이라고 불렀다. 사실 딱히 그 이름을 부를 기회는 없었다. 빌라 공동현관문 앞에서 마주칠 때면 안녕하세요? 라고 인사말을 하면서 속으로는 그 뒤에 웅크린 바람님, 하고 붙였을 뿐이다.

그 뒤 육 개월이 지난 10월 말쯤이었다. 나는 다시 한번 왕뚜껑 돼지갈비 식당에서 선호를 만났다. 빌라 3층 세입자 중 한 사람이 취업이 돼서 마련한 자리였다. 그 사람은 빌라 3층에 사는 여덟 명 모두를 식당으로 초대했다. 그날 식당에서 저녁을 먹고, 맞은편에 있는 호프집으로 갔다. 모두 맥주를 시킬 때, 선호가 일어나서 종업원에게 다가가 뭐라고 말을 건넸다. 그러자 종업원이 바로 분홍색 로제 꽃그림이 새겨진 무알콜 맥주캔 두 병을 내왔다. 지난번 돼지갈비 식당에서 내가 술을 마시지 못한다는 것을 알아챈 모양이었다.

그날 호프집에서 헤어진 후, 두 명은 빌라로, 또 두 명은 다시 학교 도서관으로 갔다. 선호와 나, Y 대학교 도서관 사서로 일하는 연주와 로스쿨 2학년인 우성은 함께 법정대학원으로 가는 가로수길을 걸었다. 인디언식 이름이 '조용한 책의 정령'인 연주가 아무 말 없이 걷는 게 멋쩍었는지 자신은 졸업 직후에 바로 모교 도서관에 계약직 사서로 취직이 되는 바람에 이삿짐을 싸다가 빌라 주인과 바로 재계약을 했다고 말했다. 낮에는 일하고, 밤에는 문헌정보학을 좀 더 공부하고 싶어서 외국대학 입학 준비를 하고 있다고 했다. 우성은 그래도 다른 빌라를 알아보지 그랬느냐고 말했다. 아무리 원룸이지만 화장실 물 내리는 소리가 옆집과 윗집 또 옆집에서 다 들리지 않느냐면서 투덜댔다. 그래도 주인이 집세를 올리지 않는 데는 이 근처에서는 역동 빌라뿐일 거라며 내가 넌지시 대화에 끼어들었다.

연주가 화제를 바꿔 우리에게 어떤 영화를 좋아하느냐고 물었다. 나는 그녀가 어떤 책을 좋아하느냐고 묻지 않은 게 내심 기뻐서 영화 제목을 이것저것 늘어놓았다. 우성은 최근에 본 영화 한 편을 얘기했다. 말없이 걷고만 있던 선호가 다들 영화를 좋아하네요. 내 방으로 가서 영화 한 편 감상할래요? 내가 만든 단편영화가 있거든요. 나름 방에다 방음 장치도 해놨어요, 하고 제안했다. 그가 직접 제작한 영화라는 말에 연주와 나는 눈을 크게 뜬 채 서로 마주 보았고 인디언식 이름이 '지혜로운 나의 친구는 심판자'인 우성이 그거 좋겠네요, 하고 말했다. 연주와 나는 거의 동시에 지금 당장 보러 가요! 하고 답했다.

선호의 방은 내 방 구조와 같았으나 실내 모습은 사뭇 달랐다. 방

하나에 좁은 복도, 딱 한 사람만 들어가도 꽉 차는 주방, 욕실이 있는 9평 빌라라는 구조는 같았다. 그러나 보통의 빌라와 달리 좁은 복도에 싱글 침대와 책상이 나란히 놓여 있었다. 방에는 벽걸이용 큰 티브이가 있었고 맞은 편에 작은 소파와 옷장이 비치되어 있었다. 창에는 암막 커튼이 설치돼 있었다.

어디다 방음 장치를 해둔 거예요? 하고 우성이 방안을 두리번거리며 물었다. 선호가 엷게 웃으며 티브이 뒤쪽 벽에 스티로폼을 붙이고 그 위에다 합판을 덧댄 후 벽지를 발랐어요. 이쪽만 벽지 색깔이 조금 다르잖아요, 했다. 현관문 안쪽과 방문에는 그가 만든 단편영화의 포스터가 걸려 있었다. 온통 눈뿐인 포스터였다. 영화 제목은 '雪'이었다. 제목 옆에는 세로로 '홀리는 눈'이라고 적혀 있었다. 내가 포스터를 빤히 쳐다보자 겨울 동안 내내 눈이 내리는 곳에서 나고 자라서 이런 다큐 영화를 찍었어요. 고향 사람 중 젊은 분들은 대부분 스키 강사 자격증을 갖고 있어요. 제설차도 거의 다 몰 줄 알고요, 하며 멋쩍게 웃었다.

선호가 제작한 30분가량의 영화는 겨우내 눈 내리는 산간지방에 사는 아버지와 아들의 일상을 담은 영화였다. 제작, 감독, 내레이션까지 모두 선호가 했다. 서사는 단순했다. 사람을 홀릴 만큼 아름다운 설경을 겨우내 담은 거였다. 부자간 대화도 많지 않았다.

"여기 연기자들은 다 전문 배우예요?"

내가 물었을 때, 선호는 겸연쩍은 듯 소리 없이 웃었다. 연주가 설마 가족을 동원한 건 아니죠? 하고 재차 물었을 때 선호는 처음으로 큰 소리로 웃었다. 연기 학원에서 만난 배우 지망생들이에요, 하고 말했을 때 나와 연주는 연기 학원도 다녔어요? 하며 동시에 물었다. 선호는 아주 잠깐요, 연기자들의 호흡도 알아야 하니까요, 하고 답했다. 영화를 보는 내내 설정을 빼어나게 잘 담아냈다는 생각을 했다. 눈에 홀려 길을 잃어버린 아들과 아들을 찾으러 눈 속을 헤집고 다니는 아버지. 아버지는 눈구덩이에 빠진 아들을 구하지만 결국 자신은 눈 속에 파묻혀 죽고 만다.

"바람님은 영화감독이 되고 싶은 거예요?"

우성이 보기 좋게 웨이브 진 머리카락을 손으로 쓸어 넘기며 진지하게 물었다.

"아뇨. 대학교 2학년 때, 웬만한 꿈은 다 접었어요. 고관절에 종양이 발견돼서 수술하고 치료받느라 휴학과 복학을 몇 차례 반복했거든요. 완치됐나 싶었는데 재발해서 졸업도 우여곡절 끝에 했어요. 어릴 때부터 아버지가 카메라를 들고 나갈 때면 같이 따라 나갔어요. 아버지 따라 자연스럽게 카메라를 잡기 시작했어요. 이번에 완치 판정을 받으면 직장 업무 외 시간엔 단편영화를 만들고 싶어요. 지금도 월세 정도는 내가 감당하려고 영화 시나리오 각색 일을 간간이 하고 있어요."

선호가 이렇게 길게 말을 하는 것을 들으니 신기했다. 연주도 마찬가지인 듯 가만히 귀 기울여서 듣고 있었다. 선호의 말에서는 선호 또래의 남자들에게서는 좀체 보기 드문 어떤 신뢰와 존엄이 느껴졌다. 아마 선호가 일정한 어조로 꼭 필요한 말만 했기 때문에, 눈빛이 선량했기 때문에 그런 것일 수도 있었다. 여튼 선호에게서는 삶을 견디는 게 아니라 딛고 서 있는 사람에게서 느껴지는 그런 분위기가 났다. 이즈음의 나와는 정반대의 모습이었다.

이때 나는 뭐든 될 수 있을 것 같았지만 아무것도 될 수 없을까 봐

초조하고 불안했다. 대학교 3학년 때부터 언론사 입사 시험을 준비해서 졸업 후에는 잠시 종편 인턴과 신문사 인턴 기자를 했다. 몇 번 언론사 입사 시험을 봤지만 서류전형에서 떨어진 적도 있었다. 집에서 온라인 강의를 들으며 언론사 입사 시험 준비를 하다가 올해 3월에 작정하고 서울로 올라왔다. 언론사 고시생들과 스터디도 하고 저널리즘 스쿨에도 가입해서 매주 2회씩 강의를 듣고 있다. 조금의 희망이라도 있다면 나를 극단으로 몰아붙여서 희망의 끄트머리 끈이라도 붙잡고 올라가고 싶었다.

"검찰 수사관이나 경찰이 되는 건 포기했지만 영화를 만드는 일은 평생 하려고요. 주변의 일상을 그냥 카메라에 담는 거죠. 예술 영화라고는 말할 수 없어요."

선호는 자신의 영화에 대해 겸손해했지만 나는 마치 일본 영화 〈모래 여자〉를 본 것만큼 예술적 감흥에 젖었다. 아마추어가 만든 영화치고는 뭔지 모를 미감과 여운이 있었다.

우리가 친해진 것은 그날이 계기가 된 것 같았다. 나이 차도 서로 두세 살 안팎이었고, 무엇보다 직장이나 학교에서 경쟁하는 사이가 아니다 보니 자연스레 가까워졌다. 우리는 빌라 근처에서 마주치게 되면 달빛님, 정령님, 바람님, 심판자님, 하고 부르며 인사를 했다. 인디언식 이름이 서로를 더 가깝게 만들어준 것 같았다.

우리 네 명이 다시 한번 뭉친 것은 크리스마스를 일주일 앞둔 날이었고 Y 대학교 정문 앞에 있는 레스토랑에서였다. 우성이 술 고프다, 고 하면서 호프집에서 만나자는 것을 내가 저녁도 해결할 수 있는 곳에서 만나자고 했다.

우성은 식사 후 맥주가 한 잔 들어가자마자 일 년 휴학하겠다고 했다. 곧 짐을 싸서 본가가 있는 대구로 간다고 했다. 우리 중 누구도 왜 휴학하느냐고 묻지 않았다. 그럴만한 이유가 있어 휴학할 거라는 걸 모르는 사람이 어디 있을까. 우성은 술을 마시다 테이블에 머리를 박고 한참을 그렇게 있었다. 그러곤 낮게 웅얼댔다. 학부 때는 학과 수석도 몇 번이나 했는데…… 법학은…… 나한텐 맞지 않는 것 같아. 옆자리에 있던 연주가 바로 말을 이었다. 너만 그런 거 아냐. 나도 힘들어. 아빠 사업이 점점 나빠져 요즘 파산 직전이야. 내 월급의 절반을 부모님의 생활비로 드리고 있어. 유학은 꿈도 꿀 수 없는 상황이야. 연주가 두 손으로 잠시 얼굴을 가리더니 이내 일어나 화장실로 뛰어갔다. 그날은 나도 맥주를 두 잔이나 마셨다. 그때 선호가 자연스럽게 말을 놓으며 제안했다. 내일 우리 집에 갈까. 가서 눈 구경이나 실컷 할래?

선호의 집은 강원도 양양에서도 7번 국도를 따라 서쪽으로 좀 더 깊숙이 들어간 동네였다. 선호는 중고등학교 다닐 때는 누나와 함께 양양 시내에서 자취 생활을 했다고 말했다. 양양까지는 연주의 소형차를 타고 갔는데 밤부터 눈이 온다고 해서 차를 시내 공영 주차장에 세워 두고 마을버스를 탔다. 동네 어귀를 벗어나 선호의 집까지 가는 한 시간 동안 창고 같은 컨테이너와 단층의 시골집 몇 채, 비닐하우스 단지와 뛰어다니는 개 몇 마리, 드문드문 있는 무덤들을 본 게 다였다.

선호의 집은 오래된 주택이었는데 최근에 편리하게 개조해서 우리가 이틀 동안 묵기에는 불편함이 없었다. 도착하자마자 연주와 나는 간단하게 씻고 저녁도 먹지 않은 채 따뜻한 온돌방에서 잤다.
이튿날 일찍 깨어 문을 여니 일기예보대로 눈이 내리고 있었다. 눈이 비처럼 빠르게 쏟아져 내렸다.
"눈이 와, 눈이!"
나는 연주를 흔들어 깨웠다. 연주도 눈을 비비고선 한동안 바깥 풍경을 홀린 듯이 쳐다봤다. 마당과 골목, 너른 들판에 눈이 제법 많이 쌓여 있었다.
선호의 집 마루에는 눈밭 위에 서 있는 고라니, 염소, 소 사진 등이 걸려 있었다. 바람님이 찍은 거야? 하고 내가 묻자, 고라니 사진은 아버지가 찍으신 거고, 나머지는 내가, 하며 옅게 웃었다. 쑥스러운 모양이었다.
선호의 어머니가 차려주신 아침을 먹고 나자 선호가 눈밭으로 나가자고 했다. 창고에서 설피를 여러 켤레 가져오더니 설피, 알지? 하며 신으라고 했다.
"여기선 눈 올 때 이거 없으면 몇 발자국도 못 걸어. 항상 준비를 해둬야 해. 이제 이 동네에서 설피를 만들 줄 아는 사람은 나밖에 없어. 나는 아버지의 어깨너머로 배웠어. 어릴 때 눈이 오면 설피를 신고서 누나와 마구 돌아다녔어. 다래 넝쿨로 단단하게 만든 거니까 모두 신어."
우리는 선호가 가르쳐주는 대로 설피를 신고 마당을 지나 천천히 걸었다. 정말이지 설피를 신지 않았다면 몇 발자국도 걷지 못했을 것이다. 선호는 설피를 신은 발로 눈을 치우면서 앞서 걸었다. 걸으면서도 내내 우리에게서 시선을 떼지 않았다. 선호는 키는 조금 컸지만 마른 체격에 아주 순한 인상이라 외형적으로 봐서는 리더로서의 자질 같은 건 느껴지지 않았다. 그러나 오늘 선호는 확실히 우리 셋을 잘 이끌고 있었다. 눈빛은 깊고 따뜻했고 누가 다칠까 봐서 우리에게서 한시도 눈을 떼지 않았다.

무릎 아래까지 푹푹 빠지는 눈길을 걷던 우성이 설경에 취했는지 우리와 멀어져 혼자 걷고 있었다. 우성이 나무와 전선 위에 무수히 앉아 있는 까마귀를 향해 훠이, 훠이 손을 내저었다. 마치 까마귀가 설경의 아름다움을 해치는 존재라도 된다는 듯이 손으로 까마귀를 내쫓고 있었다.

"우성! 위험해!"

우성이 전선 위만 쳐다보며 걷자 선호가 입에다 손나발을 만들어 크게 말했다. 우성이 듣지 못했는지 계속 앞으로 걸었다. 그때 선호가 설피를 신은 채로 성큼성큼 걸어가더니 우성을 뒤에서 와락 안았다. 우성과 선호는 눈밭에 넘어졌다.

"바로 옆이 도랑이야. 눈에 덮여 잘 안 보이지만. 도랑으로 발을 디디면 크게 다쳐."

우성은 놀란 눈으로 선호를 바라보며 고맙다는 말을 했다. 선호는 넘어지면서 어깨를 다쳤는지 연신 손으로 어깨를 주물렀다. 그러곤 이내 돌멩이를 한 움큼 집어 들더니 전선을 향해 던졌다. 까마귀가 일제히 다른 곳으로 날아갔다. 나는 이날 선호의 존재를 확실하게 인식했다. 이성으로서 선호의 존재를 느끼게 되었다는 말이 아니다. 선호에게서 사람으로서의 존엄과 부드러움을 느꼈다고나 할까. 어쩌면 나는 선호의 깊은 마음 씀씀이를 따라가지 못하리라는 생각도 그때 하게 되었다.

집에서 기른 배추로 끓인 된장국에다 배추전으로 이른 저녁을 먹으면서 연주와 나는 선호의 어머니한테 거듭 정말 맛있어요, 고맙습니다, 하고 말했다. 그러곤 내가 선호를 보며 아버지는 어디 가셨어? 어제부터 안 보이시더라. 참, 누나도 있다고 했지? 하고 물었다. 선호는 내 대답을 가벼운 미소로 넘겼다.

밥을 먹고 시원한 수정과까지 다 마신 후에 선호는 그제야 아까 내가 한 질문에 답을 했다.

"누나는 결혼해서 분당에서 살고 있고 아버지는 몇 해 전에 돌아가셨어. '설' 이라는 영화는 나와 아버지의 자전적 이야기야. 내가 중학교 때 카메라를 들고 눈 풍경을 찍다가 눈 속에 빠졌던 적이 있어. 그때 아버지가 나를 구하고선 발을 헛디뎌 허리와 다리를 많이 다치셨어. 그래서 오래 병원 신세를 졌지. 아버진 내가 암투병할 때 심근경색증으로 돌아가셨어."

말을 마친 선호의 눈가가 촉촉했다. 분위기를 바꾸려는지 이내 선호가 카메라를 들고서 우리 모습을 영상에 담았다.

선호의 고향 집에 다녀온 후 우성은 휴학하지 않겠다는 말을 단체 카톡방에 남겼다. 휴학 여부는 한 학기를 더 다니고 생각해보겠다고 했다.

우리는 이따금 선호의 방에서 영화를 함께 보았다. 선호는 영화를 볼 수 있는 매체에 회원 가입을 해 놓은 상태이기도 했고 그가 소장하고 있는 영화 파일들도 제법 있었다. 그러니까 영화 동아리 모임이 저절로 결성된 거였는데 한 달에 한 번씩 우리는 선호의 방으로 모여들었다. 네 명이 모이면 바늘 하나 꽂을 틈도 없이 좁았지만 선호는 자신의 방에 사람들이 모여 영화를 보는 것을 좋아했다. 가끔은 개봉작을 함께 영화관에서 보기도 했다. 영화를 본 뒤 간단한 감상평과 기억에 남는 장면, 감동적인 대사를 돌아가면서 이야기했다.

2월의 마지막 주말 밤, 우리는 선호의 방에 모였다. 영화 동아리 모임이 있는 날이었다. 선호의 양양 집에서 보았던 설경을 떠올리며 〈설국열차〉를 다시 감상하기로 했다. 캔맥주, 무알콜 맥주를 마시며 다시 봐도 재밌어. 완전 알레고리 영화야. 봉준호 감독 역시 최고, 하면서 영화에 빠져들고 있을 때였다. 영화는 막 중반부를 넘어서고 있었다. 그때 쿵, 쿵, 쿵 하는 소리가 들렸다. 처음에는 영화에서 나는 효과음인가 싶었다. 그 영화는 기차 안에서 벌어지는 격투 장면이 많았다. 이내 유리창이 깨지는 소리, 뭔가 퍽, 퍽 터지는 소리가 났다. 그제야 우리는 영화에서 나는 소리가 아니라는 것을 알아챘다. 맞은편 빌라에서 남자 둘이 몸싸움하는 소리였다. 우성이 리모컨으로 소리를 높였지만 싸우는 소리는 계속 들렸다. 영화는 결말을 향해 가고 있었고 맞은편 빌라에서는 고함과 비명이 계속 터졌다. 선호가 갑자기 우성의 손에 있던 리모컨을 집어 들더니 영화를 중지시켰다. 그러곤 벌떡 일어나 점퍼를 껴입었다.

"왜? 어쩌려고?"
우리 셋은 거의 동시에 소리쳤다.
"삼십 분 내내 몸싸움을 하고 있어. 누구 하나 크게 다칠 것 같아."
선호가 현관문을 열자 우성이 빠르게 선호의 팔을 잡으며 말했다.
"바로 112에 신고할게. 그러니 참견 마. 너도 다칠 수 있어."
"빨리 신고부터 해. 경찰이 오기 전에 누구 하나 죽어 나갈 것 같아. 그동안 내가 시간을 좀 끌어 볼게."

선호가 바람처럼 현관문을 박차고 나갔다. 우성은 선호가 나가자마자 바로 112에 신고를 했고, 골목으로 난 창문을 활짝 열어 싸움하는 소리를 녹음했다. 이게 다 다음에 법원에서 증거 자료로 쓰이게 돼. 선호가 맞은편 빌라로 간 뒤 싸우는 소리는 더 격렬해졌다. 욕설과 울음과 무언가 부서지는 소리가 뒤섞여 들렸다. 나와 연주는 선호 어떻게 해. 어떻게 해, 하고 발을 굴렀다.

경찰차와 구급차 소리가 났다. 빌라의 모든 사람이 창을 열고 그 광경을 지켜보았다. 경찰들이 들어갔고 이어 들것이 내려왔다. 들것이 두 개째 내려왔을 때 연주와 나는 손을 꼭 잡았다. 들것이 세 개째 내려왔을 때 연주와 나는 그만 주저앉아 버렸다. 경찰들은 노란색 폴리스라인을 치고는 돌아갔다. 우성이 급히 가까운 경찰서로 뛰어갔다.

아침이 되자 어젯밤 소동이 언제 있었냐는 듯 골목은 조용했다. 조용하다 못해 아무도 지나가는 사람이 없을 정도였다. 다만 맞은편 빌라에 쳐진 폴리스라인 사이로 핏자국이 보였을 때야 어젯밤의 끔찍한 광경이 떠올랐다.

우성이 카톡을 보내왔다. 선호는 얼굴과 어깨에 타박상을 입었고, 갈비뼈에 금이 간 상태라 몇 주 입원해 있어야 한다고 했다. 어제 싸움을 한 청년들은 둘 다 중상을 입어 수술 중이라는 문자도 덧붙였다. 그때 선호가 싸움 장소로 가지 않았다면 둘 다 죽었을 거라고 했다. 한 사람은 과도를, 한 사람은 아령을 들고 있었다고 했다.

선호가 퇴원했을 때는 새 학기가 시작되었고 벚꽃이 막 필 무렵이었다. 봄볕이 제법 따사로웠다. 선호의 퇴원을 축하하고자 식당에서 만났다. 선호는 병원 입원 중에 법원 공무원 시험 원서를 냈다고, 입원실에서 시험공부를 했다고 말했다. 시험일이 3개월 뒤로 바짝 다가와 있었기 때문이었다. 우리는 예전처럼 맥주잔을 소리 나게 부딪쳤고 선호의 완전한 회복을 기원하는 덕담을 하며 저녁을 먹었다.

"경쟁률이 너무 세서 합격하는 건 낙타가 바늘구멍을 통과하는 것만큼 어려워. 올해는 합격했으면 좋겠어. 지난해에는 항암 치료와 병행하느라 시험 준비를 제대로 못 했거든."

선호가 먼저 시험 이야기를 꺼냈다. 우리 중 시험에 대해 가장 덤덤해 보이던 그의 입에서 나온 말이라 나는 조금 의아했다. 변호사시험을 통과하려고 우울증과 편집증을 앓고 있는 우성이나 몇 해째 언론사 시험 준비를 하는 나. 부모님 생활비까지 책임지느라 밤에는 중학생 과외까지 하는 연주. 우리 셋은 누구에게 쫓기는 사람처럼 불안해 보일 때가 더러 있었다. 선호는 예외라고 생각했는데 그도 초조한 모양이었다.

우리는 그 뒤로도 몇 번 더 식당에서 함께 밥을 먹었고, 또 몇 번 더 선호의 방에서 영화를 봤던 것 같다. 그러나 매번 네 명이 다 함께 모이지는 않았다. 우성이 빠진 날도 있었고 연주가 참석하지 않은 날도 있었다.

낙엽이 눈꽃처럼 흩날리던 저녁이었다. 역동 빌라에 온 지 일 년이 지났으니 여기서 두 번째로 맞는 가을이었다. 선호의 원룸에서 영화 모임이 있는 날이었다. 우성과 연주가 참석하지 않아 우리 둘만 영화를 보게 됐다. 아일랜드 영화 〈말 없는 소녀〉를 둘이 한마디 말도 하지 않고 감상했다. 영화가 끝나자 선호가 잠시 밤 산책을 하자고 했다.

빌라 골목을 돌아 Y대 캠퍼스를 걸었다. 낙엽들이 길 위에 푹신한 양탄자처럼 깔려 있었다. 바람이 불 때마다 수북이 쌓인 낙엽이 길 끝으로 우루루 몰려갔다 흩어졌다. 마른 잎을 밟을 때마다 보사삭, 보사삭, 하는 소리가 듣기 좋았다.

"바람님은 원래부터 말수가 적었어?"

둘이서 호젓하게 걸으니 쑥스러워서 내가 먼저 입을 열었다.

"아까 영화 장면에도 나왔잖아. 많은 사람이 침묵할 기회를 놓쳐서 많은 걸 잃게 된다, 하는 대사. 나도 그 말에 전적으로 동의해. 대신 침묵하지 말아야 할 때는 침묵해서는 안 된다, 는 말을 덧붙이고 싶어."

선호가 너무 정직한 어조로 말해서 나는 조금 불편했다. 선호가 조금 유머 감각이 있고 편한 사람이면 어떨까, 하고 생각했다. 그때 선호가 달빛님, 하고 조심스럽게 불렀다.

"내가 시험에 합격하면 달빛님한테 책 한 권을 보낼게. 불합격하면 책을 보내지 않을 거야."

"왜 뜬금없이 내게 책을 선물해?"

선호는 말없이 캠퍼스의 인도를 따라 걷기만 했다. 한동안 둘 다 앞만 보며 걸었다. 목과 뺨에 휘감기는 밤바람이 부드러웠다. 선호가 천천히 입을 열었다.

"달빛님한테 정식으로 데이트 신청을 하는 거야."

나는 이 말이 무슨 의미인지를 잠시 생각하다가 소리를 내어 웃었다. 가로수 조명 아래에서 본 선호의 얼굴이 낙엽처럼 발갰다.

"달빛님도 내 생각과 같으면 책을 한 권 보내."

나는 그때까지도 깔깔대며 웃고 있었다. 웃음소리가 선호의 어깨까지 넘실거렸다. 선호가 민망한지 빠른 걸음으로 걷기 시작했다.
 그 후 나는 두 달간 선호를 보지 못했다. 보지 않았다고 하는 게 맞을 것이다. 나는 영화 모임에 참석하지 않았을 뿐만 아니라 선호와 마주치지 않으려 외출할 때는 현관문에 기대어 바깥 상황을 먼저 살폈다. 선호가 생각만으로도 가슴 설레는 사람이어서가 아니라 외로워서, 힘들어서 나는 선호를 연인으로 선택할지도 몰랐다. 그런 상황은 피하고 싶었다.

*

 나는 월세 계약 만기를 한 달 남겨두고서 바로 포항으로 왔다. 서울에 있는 주요 언론사의 기자 채용 시험에 모두 낙방한 뒤여서 더 서울에 있고 싶지 않았다. 그 시험 중 절반은 필기시험의 벽을 넘지 못했고 또 절반은 실무 단계에서 고배를 마셨다. 카메라 테스트에서 떨어졌을 때는 더 비참했다. 왜 진작 스피치 학원이나 성형외과를 찾지 않았을까. 외모도 경쟁력이 된다는 사실을 왜 굳이 회피했을까, 하고 자책했다.
 선호, 연주, 우성과 나는 이따금 카톡 채팅방에서나 서로의 안부를 묻는 사이가 됐다. 부모님은 아무것도 묻지 않으셨다. 오히려 내 기분을 살피느라 애쓰는 분위기였다. 엄마는 일부러 식탁을 풍성하게 차려 놓았다.
 대구에 있는 언론사 시험 두 곳에도 다 낙방하고 나니 숨 쉬는 것조차도 귀찮아졌다. 부모님이나 언니를 볼 낯도 서지 않았다. 언니가 매달 내게 입금해 주는 용돈에는 손 하나 까딱 대지 않고 있었다. 내가 너무 쓸모없는 인간 같아서 나는 점점 말수가 줄어들었다. 내 방에 갇혀 거의 우울하게 지내고 있었다. 엄마가 내 우편물을 방에 갖다주었지만 나는 뜯어보지도 않은 채 박스 안에 쑤셔 넣어버렸다.

집으로 내려온 지 한 달쯤 지났을 때 연주의 전화를 받았다. 우성이 대구에 있는 병원에 입원 중인데 함께 병문안을 가지 않겠느냐는 내용이었다. 선호는 먼저 서울에서 기차 타고 내려갔다고 했다. 우성이 왜 병원에 입원했느냐는 질문에 연주는 슬쩍 다른 답을 내놓았다. 우성이 원래 로스쿨 공부 힘들어했잖아. 술만 마시면 때려치우겠다고, 적성에 맞지 않는다고 말했잖아. 나는 우성에게 지금 어떤 일이 벌어졌는지 알 것 같았다. 두 번째 응시하는 변호사시험에 떨어진 모양이었다.

대구에 있는 병원에 도착하니 선호와 연주는 먼저 도착해 있었다. 우성은 중환자실에서 막 일반병실로 옮겨졌는데 아직은 면회가 불가능하다고 했다. 우성의 어머니가 선호의 손을 붙잡은 채 연신 눈물을 훔쳤다. 선호는 우성 어머니의 손을 가만히 잡고 있었다.

선호, 연주와 함께 병원 근처에 있는 백반집에서 밥을 먹는데 셋 다 밥 반 공기를 먹지 못하고 수저를 놓았다. 카페로 옮겨서도 서로 커피잔을 마주한 채 안부만 건성으로 물었다. 우성이 우리가 병원에 다녀갔다는 얘기를 듣게 되면 좀 위안이 될 거야, 하고 선호가 말했다. 나는 당장 나부터 위로가 필요해! 하고 소리를 빽 질렀다. 나도 모르게 불쑥 튀어나온 말이었다. 꾸역꾸역 잘 참아온 감정이 갑자기 폭발해버린 거였다. 연주가 깜짝 놀란 눈으로 나를 쳐다봤을 때야 이 어이없는 상황을 수습할 방법이 없다는 것을 알았다. 내 안에 가득 찬 불안과 긴장이라는 압력을 수시로 터뜨려 김을 빼주었다면 오늘처럼 자폭

하는 일은 없었을 것이라는 사실만 깨달았을 뿐이었다. 선호가 나를 쳐다보더니 한 손을 가슴께로 들어 아래로 두어 번 가만히 내렸다. 흥분을 가라앉히라는 의미였다. 그러곤 바로 택시를 부르더니 기차역으로 가자고 했다. 동대구역에서 내린 우리는 대합실의 긴 의자에 앉았다.

"우성이 깨어나지 않으면 우리 탄톡방도 없애 버리자."

내가 전광판의 시계를 보며 건조하게 말했다.

"그럴 일 없을 거야. 우성이는 회복될 거야. 구급차 실려 올 때부터 크게 위험한 상황은 아니었다고 했어."

"맞아. 네가 오기 전에 우성의 아버지가 우리 보고 그렇게 말씀하셨어. 우성이 유서를 써놓고 일을 벌인 덕분에 많이 놀랐을 뿐이라고 했어."

연주가 선호의 말을 뒷받침해줬다. 그런 말을 주고받다가 차 시간이 되자 모두 서로 아무 말 없이 헤어졌다. 그게 내가 선호를 마지막으로 본 거였다.

*

그 후 내가 선호의 소식을 들은 건 우리가 우성의 병원에 다녀온 뒤 일 년이 흐른 후였다. 우리 넷이 왕뚜껑 돼지갈비 식당에서 처음으로 서로 인사를 나눈 뒤로 거의 사 년이 지난 어느 날이었다.

나는 그때 밤이 늦도록 우성이 업데이트한 유튜브 동영상을 보고 있었다. 우성은 변호사시험에 두 번 실패한 뒤로 변호사시험 삼수생의 일상과 변호사, 검사, 재판관 시험에 관한 여러 정보를 올리는 유튜버로 변신해 있었다. 동기생 두 명과 함께 격주로 한 번씩 짧은 영상을 올리고 있었다.

시험에 대한 긴장감과 불안감이 워낙 커서 우울증을 앓고 있던 그가 동기들과 이런 동영상을 만들어 올리니 긴장감 해소에 도움이 된다고 했다. 구독자들로부터 수많은 감사의 댓글과 응원 메시지를 받으니 힘이 난다고. 게다가 아주 적은 금액이지만 수익 창출까지 되니 일석이조라고 말했다. 나는 댓글에다 우성아, 언론사 시험 정보도 좀 안내해줘, 라고 적었더니 우성이 이내 그건 내 영역 밖이야. 파이팅! 이라는 답글을 달았다.

한창 우성의 유튜브를 보고 있는데 선호가 보낸 문자가 떴다. 나는 잠시 선호를 떠올렸다. 불과 일 년 사이에 '김선호'라는 이름이 너무 아득해서 잠시 눈을 감고 기억을 떠올려야 했다. 나는 선호가 보낸 문자를 읽고는 온몸을 떨었다. 그 문자는 선호의 누나가 보낸, 선호의 부고였다.

선호는 2023년 8월 28일 병원에서 사망했다.

이튿날 일찍 나는 장례식장에 가기 위해 수서행 기차표를 예매했다. 검은 원피스를 입고서 서둘러 포항역으로 향했다.

선호의 빈소에서는 여느 빈소와는 다르게 애통한 울음소리가 끊어지지 않았다. 선호가 매우 젊은 나이에 너무 갑자기 생을 마감했기 때문이었다. 이른 오전인데도 조문객들의 발길이 계속 이어졌.

나는 빈소에 향을 올리고 조의를 표한 뒤 자리에 앉았다. 상주석에서 조문객을 맞던, 선호의 누나로 보이는 분이 내 자리로 와서 앉았다. 그러곤 음료수를 따라 내게 건넸다.

"선호 누나예요. 몇 년 전에 우리 집에 온 적 있지요?"

선호 누나가 어떻게 나를 금방 알아보는지 놀라웠다. 그녀는 내 마음을 알아챘는지 바로 설명했다. 선호가 찍은 영상에서 봤어요. 우리 집에 왔을 때 찍은 거요. 나는 가볍게 고개를 끄덕이며 어렵게 말을 꺼냈다.

"선호는 어쩌다…… 이렇게 갑자기…… 암이 재발됐나요?"

선호 누나는 천천히 고개를 가로저었다.

"이번에 분당 서현에서 칼부림 사건이 일어났을 때 참변을 당했어요. 마침 법무 공무원 시험에 합격하고 우리 집에 오는 길이었어요. 그 부근 플라자에 우리 애들 선물 사러 들렀다가……."

선호 누나는 뒷말을 잇지 못했다. 나는 수많은 말 중에서 어떤 위로의 말을 건네야 할지 알 수 없었다. 선호 누나만 가만히 바라봤다.

"선호가 제대로 달릴 수만 있었더라도 사고를 피할 수 있었을 거예요. 선호는…… 다리 때문에 뛸 수가 없거든요. 20일 동안 병원에서 사경을 헤매다 그저께 갔어요."

선호 누나는 말을 하다가 두어 번 울음을 삼켰다. 나는 아무 말을 하지 못했다. 고관절 종양으로 오랜 시간 모든 수술과 치료를 감내했고 겨우 회복 단계에 들어서자 공무원 시험 준비를 해서 삼 년 만에 합격했는데 이런 비운의 일을 당하다니…… 누가 왜 선호에게 이렇게 가혹한 벌을 주는 걸까.

마침 우성이 빈소로 들어서는 모습이 보였다. 우성이 빈소에 향을 피워 절하고는 선호의 누나와 맞절을 했다. 그러곤 내게로 와서 연주의 소식을 전했다. 연주는 결혼식을 코앞에 두고 있어서 오지 못했다고, 도서관 사서와 과외 교사로 사는 게 너무 힘들어 계획에도 없던 결혼을 선택했다더라고 전했다. 좀 편한 길을 가고 싶었을 뿐이라고 연주가 애써 덧붙이더라는 말까지 얄짤없이 일러 주었다.

우성과 나는 장례식장에서 잠시 눈을 붙이고선 다음날 일찍 발인하는 것을 지켜보았다. 선호는 강원도 본가 근처에 있는 가족 묘지에 묻힌다고 했다. 장지로 가는 버스 안에서 선호 누나가 조용히 말을 건넸다.

"선호가 정신이 들었을 때 내게 한 말이 있어요. 칼을 여러 군데 무차별적으로 맞고 정신을 잃어서 누구 하나 구하지를 못했다고. 아버지 몫까지 살아야 하는데 이렇게 가치 없이 죽는 게 억울하다고 했어요. 어차피 죽을 거면 한 사람이라도 구하고 죽어야 하는 거라고 말했어요."

나는 그 이야기를 듣자 마음이 복잡했다. 선호만이 할 수 있는 말이라고 생각했다가 선호는 사경을 헤매면서도 왜 그리 남에게 자신을 내어줄 생각만 했는지 속상했다. 그제야 참았던 눈물이 쉴 새 없이 쏟아졌다. 울음을 참아보려고 안간힘을 썼지만 그렇게 되지 않았다. 입술 사이로 신음에 가까운 울음이 새어 나왔다. 선호 누나가 조용히 나를 껴안았다.

우성은 선호의 장례식에 다녀온 후, 서현 칼부림 사건의 피해자인 선호의 이야기를 제작해 유튜브에 올렸다. 선호는 어떤 친구였는지, 꿈은 무엇이었는지, 투병 생활은 어땠는지를 올렸다. 20대 초반의 남성인 가해자에게만 초점이 맞추어진 사건이라 피해자들을 기억해주는 사람이 없어 선호를 잊지 않으려 영상을 제작했다는 자막을 달았다. 자막 제일 마지막에 '김선호는 이제 말이 없다. 그의 인디언식 이름 '웅크린 바람은 말이 없어' 처럼' 하고 덧붙였다.

나와 우성과 연주는 매년 선호의 기일에 우리만의 추도식을 갖자고 했다. 우리만이라도 선호를 잊지 말자고 했다.

*

선호의 일주기 때 우리 셋은 선호가 잠들어 있는 곳으로 향했다. 이번에는 우성이 차를 몰았다. 연주도 임신 칠 개월의 몸으로 동행했다. 나는 연주와 뒷좌석에 앉았다. 비포장도로를 달릴 때는 연주의 손을 꼭 잡았다. 창밖 풍경은 오 년 전 선호의 집을 방문했을 때와 다르지 않았다. 단층의 시골집과 비닐하우스와 무덤들이 드문드문 보였다. 그리고 한동안 들판만 이어졌다.

너른 들판과 전선 위에 까마귀가 까맣게 열을 지어 앉아 있었다. 한 무리의 까마귀들이 떼를 지어 허공으로 날더니 차 지붕 위로 바짝 붙어 지나갔다. 새들이 앞 유리창에 새까맣게 내려앉을 것만 같아 연주와 나는 뒷좌석에서 본능적으로 몸을 구부렸다. 그때 우성이 차를 갓길에 세웠다. 그러곤 가만히 차창 너머로 들녘을 응시했다.

"그땐 선호가 까마귀를 쫓아줬었지……."

우성이 잠시 옛 생각에 잠긴 듯 깊은숨을 내쉬더니 다시 차를 몰았다. 나는 분위기를 바꾸겠다는 생각으로 선호의 설피 기억나? 하고 물었다. 모두 고개를 끄덕였다.

"나는 선호의 장지로 가는 내내 그 설피가 생각났어. 설피 같은 안전장치가 우리 사회에도 있었더라면 선호는 그렇게 가지 않았을 거야. 대낮에 번화가를 걸어도 그런 안전장치가 필요한 시대가 돼버렸어."

"맞아. 내 아이가 살아갈 세상에서는 이런 슬픈 일이 일어나지 않앉으면 좋겠어."
　연주가 두 손을 배 위에 살포시 얹으며 말했다. 이어 선호가 자신의 투병을 진솔하게 이야기해줬을 때의 모습을 잊지 못하겠노라고 했다. 우성은 고개를 천천히 끄덕였다. 우성은 역동 빌라 맞은편 빌라에서 일어났던 폭행 사건 때 선호가 보여준 단호함과 의협심에 대해 말했다. 이어 자신이 병원에 입원했을 때 제일 먼저 병원으로 달려와 준 사람이 선호였다고도 했다. 연주는 자신이 아는 사람 중 가장 유머 감각이 없는 사람, 청바지도 정장 바지 같은 느낌으로 입고 다니는 사람이 선호였다고 말했다. 맞아, 맞아. 선호는 청바지도 다림질해서 입었어. 그것도 거의 같은 바지만 입었지, 하며 우성이 연주의 얘기에 추임새를 넣듯 말했다. 선호가 매운 음식을 먹을 때면 우리 모두 긴장했잖아. 선호가 또 요란스럽게 재채기해서 입속 음식물이 다 튀어나올까, 하며 우성이 조금 소리 내어 웃었다. 연주와 나도 따라 웃었다. 선호에 대한 에피소드들이 계속 줄을 이었다. 그렇지만 나는 선호의 장례식을 마치고 돌아와서야 겨우 선호가 보낸 책을 뜯어봤다는 이야기는 하지 않았다. 책 속에 나의 안부를 묻는 예쁜 엽서가 들어 있었다는 것도, 그가 쓴 엽서를 읽다가 그의 지문이 묻었을 종이 위에 가만히 내 뺨을 대보았다는 사실도 말하지 않았다.
　우성은 이제 두 번 밖에 응시 기회가 없는 변호사시험에 합격하든 못하든 범죄 관련 유튜브 영상물을 계속 올릴 거라고 말했다. 폭력의 잔인성과 무참함을 선호로 인해 누구보다 잘 알게 되었기 때문이라고 했다. 나는 언론사 시험을 다시 보겠다고 말했다. 그보다 먼저 선호에 대해 기록하고 싶다고, 기록물이 될지 소설이 될지 모르겠지만 선호에 대해 쓰지 않고는 견딜 수가 없다고 말했다. 말을 마치자 선호의 목소리가 우리 주위를 넘실거리는 것 같았다.

나는 천천히 창문을 열었다. 에어컨 바람이 아니라 그냥 바람을 쐬고 싶었다. 8월의 더운 바람이 작은 창문으로 잔뜩 몸을 구부려 들어왔다. 나는 바람을 한 움큼도 놓치지 않으려는 듯 온몸으로 안았다. 짧지만 깊은 삶을 살다 간 선호를 잊지 말아야지. 삶에 홀린 듯이 열심히 살다 간 선호의 흔적을 새겨야지, 하고 생각했다. 내가 할 수 있는 것이 이것뿐이라는 게 속상했지만 그나마 이렇게라도 할 수 있어 다행인 것 같았다.

저 멀리 선호의 본가가 보였다. 마을 입구에서 8월의 햇빛이 쏟아져 내렸다. 나는 한쪽 눈을 지그시 감았다. 햇빛을 향해 바늘을 들고 서 있던 오래전 선호처럼.

제16회 현진건문학상 추천작

이삼

이화정

■■■■ **작가의 말**

　15년도 더 전에, 나는 두 아이의 육아로 허덕였다. 갓난쟁이를 막 벗어난 아이는 나의 모든 에너지를 요구했고, 비교적 수월한 첫 아이도 아직 어릴 때였다. 젊은 가장은 그런 셋을 먹여 살리느라 늘 귀가가 늦었다. 그때 내 옆에서 나를 돕는 것은, 오직 로봇 청소기뿐이었다. 움직이라면 움직였고, 멈추라면 멈췄다. 때가 되면 기특하게도 알아서 제자리를 찾아갔다. 그 시절 내 말을 듣는 건 그것밖에 없었다. 지금에 비하면 우스울 정도로 기능이 떨어지는 그것을 나는, 사랑했다.
　굳건하다고 믿는 관계는 정말 굳건한가, 천륜은 진정 하늘의 인연일까. 배신은 항상 믿었던 이가 하고, 가까웠으므로 우리는 상처 입는다. 아이러니하게도 배신의 기본값은, 친밀이다. 나는 수명이 다한 로봇 청소기를 오래도록 버리지 못했다. 그 반대의 경우는 확신할 수 없지만, 인간이 로봇을 사랑하는 일은 언제나 가능하다.

■■■■ **약 력**

대구 출생. 2018년 《국제신문》 신춘문예 단편소설 「천사의 손길」 당선.
2022년 아르코문학창작기금 선정.
2023년 심훈문학상 수상.
2024년 소설집 『야생의 시간』 발간.

*

가파른 절벽에서 던져져 시퍼런 바닷속으로 떨어지며 나는, 체조나 다이빙 선수처럼 '텀블링을 한번 해볼까' 하고 잠시 생각했다. 그러나 이내 그런 생각을 관두었는데, 아무래도 이 위중한 상황에 그런 재미를 떠올리는 건 사태의 심각성에 대한 예의가 아닌 것 같았다.

떨어지는 동안 가속도가 붙은 내 몸은 생각보다 훨씬 더 깊은 바닷속으로 들어갔다. 줄어드는 햇빛의 양만큼이나 주위는 점점 더 어두워졌다. 밀도가 크고 온도가 낮은 물이 내 몸과 함께 아래로 가라앉았다. 그리고 나는 별다른 일 없이 오랫동안 자리를 지킨 두 개의 커다란 암석 사이에 정확하게 박히었다. 마치 커다란 바위 헤드셋을 끼고 물구나무를 선 꼴이 되었다.

나의 장지葬地가 된 이곳은 옅은 빛과 암흑 사이의 경계 어디쯤인 듯하다. 바닥에는 긴 시간 쌓인 퇴적물 위로 망간 단괴들이 널려있고 그 사이사이를 기어 다닌 생물들로 인해 미로 같은 길이 이어졌다. 눈 없는 물고기가 내 앞을 유유히 헤엄치며 지나갔다. 내 팔과 다리는 물결을 따라 수초와 함께 흐느적거린다.

*

나는 생일을 맞아 잠시 소년원에서 집으로 돌아와 있는 상태였다. 열여섯이라는 나이의 특수성 때문에 특별히 허락된 1박 2일의 휴가였다. 복제 로봇을 두고 있는 가정이라면 자녀가 16세가 되는 해에는 정부가 제시한 절차에 따라 모든 복제 로봇의 소멸을 공인받아야 했다. 그러니까 요지는, 오늘이 내 생일이라는 이야기다. 커다란 암석 사이에 끼여 버둥댈 때가 아니라 시끌벅적한 생일파티의 한가운데에 있어야 한다는 뜻이다.

부모님은 부산하게 움직이며 파티 준비를 했다. 어머니는 커다란 2단 화이트 케이크를 넣기 위해 냉장고 속 용기들을 차곡차곡 정리했고, 아버지는 어린 내 사진 위로 낭만적 문구가 지나가는 영상을 편집하는데 몰두했다. 집 안에는 파티원들을 놀라게 할 모든 일이 진행되고 있었다. 나의 부모님은 당신들을 위해, 당신들의 아들을 위해 그 정도의 시간과 수고는 기꺼이 감수할 분이셨다.

나는 친애하는 나의 복제 로봇, 이삼을 생각한다. 형제 같은, 어쩌면 그보다 더한 마음으로 나를 아끼고 사랑한 그를 떠올린다. 이삼이 우리 집에 온 날은 내가 7살 때였다. 그날은 내가 새끼 고양이의 배에 가위를 쑤셔 박은 날이었으므로 선명하게 기억한다.

혜정이 커다란 외투 자락 안에 새끼 고양이를 숨겨 유치원에 데려왔다. 정부 관리가 소홀한 슬럼가에서는 운 좋게 생물을 포획하는 일이 종종 있었다. 혜정은 정원의 가장 구석진 나무 아래에 그것을 풀어놓은 다음, 아이들을 하나둘 불러 모았다. 평소처럼 나는 유치원 담장 밖을 빙빙 돌며 등원을 최대한 늦추고 있었다. 그러다 잔뜩 등을 구부린 채 정수리가 닿을 만큼 가까이 쪼그려 앉은 그들을 보았다. 가까이 다가가자 인기척에 놀란 아이들이 고개를 들었다가, 이내 그것이 나라는 것을 알고는 다시 고양이에게로 눈을 돌렸다. 오직 혜정만이 씹 듯 욕을 삼키며 내게 눈을 부라렸다. 혜정은, 그 나이에 벌써 입에 착

붙을 정도로 욕이 찰졌다. 옆에 있던 혜리도 쌍둥이답게 비슷한 표정을 지었다. 보통의 나라면 지레 겁을 먹고 순순히 그곳을 벗어났을 것이다. 하지만 그날은 아니었다. 원을 이룬 아이들의 새까만 머리통 사이로 들리는 앳된 고양이 울음소리와 언뜻 본 커다란 눈동자에 사로잡혀 떠날 수가 없었다. 혜정이 검지 끝으로 내 명치께를 콕 찌른 후 손목을 살짝 비틀어 아치를 그렸다.

－영일! 꺼져.

짧고 단호하게 부르는 내 이름과는 달리, '꺼져'는 힘을 빼고 끝을 흐림으로써 아련함을 남겼다. 살아있는 고양이를 보는 것도 드문 일인데 새끼 고양이라니, 나는 그러고 싶지 않았다. 포기할 수가 없었다. 고양이에 정신이 팔렸던 아이들이 다시 고개를 들어 나를 보았다. 그들의 표정이 덩달아 심각해졌다.

새끼 고양이는 분홍색 육구가 박힌 발바닥을 달달 떨며 가녀린 목소리로 야옹거렸다. 아기고양이는 정말이지 너무나 사랑스러웠다. 혜정은 아이들에게 돌아가며 고양이를 만져보게 해주었다. 그들은 자기 순서가 돌아오길 얌전히 기다렸다가 젤리 같은 발바닥을 눌러보거나 머리를 쓰다듬었다. 드디어 내 차례가 되었다. 내가 고양이를 향해 손을 뻗는데 찰싹, 혜정의 손이 날아와 내 손등을 때렸다.

－넌, 안돼!

혜정은 늘 이런 식이었다. 참기 힘든 무엇을 참아내고 간신히 내민 내 손을, 항상 좌절하게 만들었다. 아이들은 그런 나를 외면함으로써 연대를 이루었다. 할 수만 있다면 나도 나를 외면해 같은 편이 되고 싶었다. 그러나 그것은 불가능한 일이었고, 그래서 나는 늘 혼자였다.

나는 눈물이 떨어질 것 같아 얼른 고개를 숙였다. 그때 날이 잘 벼려진 가위가 눈에 들어왔다. 정원사 아저씨의 것이었다. 일부러 거기 둔 것인지 실수로 흘린 것인지 알 수 없었지만, 나는 신탁을 받은 사람처럼 가위를 집어 들고 들입다 고양이 배에 내리꽂았다.

아기고양이의 비명은 가여울 정도로 힘이 없었다. 나는 고양이 배를 가로로 오려 나갔다. 얇고 연한 살인데도 가위질이 쉽지 않았다. 거의 써는 수준이었다. 손으로 번지는 고양이 피가 적당히 따뜻했다. 곧 작고 물컹한 장기들이 캥거루 주머니처럼 벌어진 배에서 흘러나왔다. 무리의 아이들이 비명을 지르며 흩어졌다. 혜정 자매만이 자리를 떠나지 않고 흥미롭게 나를 지켜보았다. 정원의 어린 새싹들이 발갛게 젖어갔고, 소식을 들은 선생님들이 뛰쳐나왔다. 혜정과 혜리가 기다렸다는 듯 울음을 터뜨렸다. 나는 선생님들에 의해 완전히 제압당했다. 다리를 버둥거리며 끌려 나가면서 나는, 내가 찌른 것이 왜 혜정이 아닌 새끼 고양이였는지를 생각했다.

부모님은 현관 쪽 포치에 서서 혜정 엄마와 대화를 나눴다. 그녀는 신경질적으로 말을 쏟아내면서도 눈동자를 굴리며 바쁘게 집 안을 살폈다. 아버지는 오른손을 이마로 가져가 엄지와 중지로 양 관자놀이를 꾹꾹 눌렀다. 그러면서도 어머니가 한숨을 쉴 때마다 팔을 뻗어 부드럽게 그녀의 등을 쓰다듬었다. 나는 그런 그들을 바라보며 소파에 앉아 있었다. 그때 초인종이 울렸다. 김 실장이 근육 때문에 팔이 겨드랑이에 붙지 않는 특유의 자세로 마당을 가로질러 대문으로 걸어갔다.

이삼은 그렇게 우리에게 왔다. 커다란 투명 케이스 안에서 촉촉하고 맑은 눈동자를 굴리며 조금 겁을 먹은 듯한 표정을 하고 있었다. 김 실장이 상자를 내려놓자 부모님이 서둘러 그 앞으로 다가갔다. 나도 소파에서 일어섰다. 혜정의 엄마도 어느샌가 내 옆에 와 있었다. 김 실장이 상자 뚜껑을 열었으나 이삼은 움직이지 않았다. 오히려 두 팔로 감싼 무릎에 더 깊이 고개를 파묻었다. 아버지가 상자 깊숙이 팔을 집어넣었다. 모두 호기심 가득한 얼굴로 그 모습을 지켜보았다. 심지어 혜정 엄마는 옆의 내가 들릴 정도로 크게 꿀꺽, 침을 삼켰다. 아버지가 이삼의 양 겨드랑이에 손을 끼워 살포시 바닥에 놓았다. 웅크리고 있던 이삼이 고개를 들었다. 내 얼굴이었다. 그가 눈썹을 밀어 올려 동그랗게 뜬 눈으로 부모님을 올려다보며 말했다.

—엄마? 아빠?

어머니가 기도하듯 붙인 손바닥의 검지 끝을 입술로 가져갔다. 얼핏 눈에 물기가 어리는 것 같았다. 아버지의 양 입꼬리도 완만하게 위로 치켜 올라갔다. 나는 부모님의 표정이 극적으로 밝아지는 모습을 놓치지 않았다.

*

어느 정도 시간이 지나자 나는, 바닥에 고꾸라진 육체를 내가 빠져나갈 수 있다는 것을 알게 되었다. 마치 집처럼 들락날락할 수 있었다. 내게는 몸도, 몸의 기관도 없다. 빠져나온 내가 사람들이 흔히 말하는 영혼인지는 알 수 없지만 아무튼 그 모든 게 가능했다.

내가 던져진 절벽, 그러니까 김 실장이 나를 유기한 장소는 울창한 소나무 숲이었다. 나는 생의 마지막 장소인 이곳이 마음에 들었다. 소나무 숲을 산책하는 것은 나의 중요하고 유일한 일과가 되었다. 빽빽하게 우거진 소나무들이 서로에게 몸을 기댄 이곳은 맑은 날에도 빛이 잘 들지 않았다. 촘촘한 잎들이 선바이저 역할을 해서 어둠에 익숙해진 내가 견디기에 훨씬 수월했다. 군데군데 쓰러진 소나무에는 껍질이 사라지고 없었고, 뿌리에는 버섯들이 줄지어 자라났다. 안개가 자주 드리우고 항상 어두컴컴한, 자체로 하나의 죽음 같은 이곳은 망자가 돌아다니기에 안성맞춤이었다.

나는 소나무 그루터기에 걸터앉아 그날을 되짚어 본다. 내가 이곳으로 던져지던 날 밤은 집 안에 무거운 공기가 가득했다. 파티 준비로 소란했던 낮과 달리 침묵으로 뒤덮인 밤이었다. 바로 내일이 나의 열여섯 생일이기 때문이다. 그것은 이삼과의 이별을 의미했다. 정부는 자녀의 나이가 만 16세가 되면 복제 로봇의 폐기를 강제했는데, 이제 그것의 도움 없이 학습 능력을 키우고 인성의 완성을 위해 자립할 시기라고 판단했다. 하지만 더 큰 목적은 생성형 복제 로봇이 초래할 사회적 혼란을 미리 차단하는 것이었다. 날이 밝으면 이삼은 더 이상 우리 가족과 함께 할 수 없었다.

나와 이삼은 나란히 침대에 누웠다. 우리가 침대에 함께 누운 것은 그날이 처음이었다. 평소 이삼은 충전기 옆에서 밤을 보내는데, 그날만은 특별히 부모님의 허락이 있었다. 밤이 지나면 그와 헤어져야 한다는 생각에 모두 조금씩 마음이 말랑해져 있었다. 나와 이삼은 서로를 바라보았다. 이삼과 함께한 많은 날이 스치고 지나갔다. 나는 한없이 적요해서 알 수 없는, 가끔은 나를 속절없게 만들던 이삼의 눈을 오래 바라보다 잠이 들었다.

이삼이 살며시 내 손을 잡았다. 피가 도는 것처럼 따뜻한 손이었다. 잘 자, 그가 속삭였다. 귓속으로 이삼의 입김이 파고들었다. 나는 거의 울고 싶은 심정이었다. 그러나 소나무 숲에서 그 밤을 회상하는 지금, 그때 그 말이 잘 '자'였었는지 확신이 서지 않는다. 서늘한 기운에 잠에서 깼을 때, 나는 까마득한 절벽 아래로 떨어지는 중이었다. 어쩌면 그 밤 어렴풋한 이삼의 말이 잘 '가' 였을지도 모른다는 생각이 들자, 나는 없는 몸에서 돋는 소름을 느낀다.

*

나는 이삼을 좋아했다. 아니, 동경했다. 이삼은 나의 복제물이었지만 미묘하게 나와 달랐다. 모든 부분에서 조금 업그레이드된 나였다. 외모에서부터 그랬다. 조금 답답해 보이는 내 눈과 얇은 입술, 평평한 이마가 살짝씩 개선되어 있었다. 예를 들면, 눈의 세로 길이는 유지하되 앞과 뒤를 조금 터서 커다란 아몬드형을 만든다거나, 아랫입술을 약간 도톰하게 해 윗입술과 비율을 맞춘 게 그러했다. 그것들은 봉긋하게 도드라진 이마와 우아한 조화를 이루었다. 키도 2센티가량 더 컸다. 생성형 AI인 이삼의 지능과 언변은 말할 필요도 없다. 나의 성장에 맞춰 섬세하게 업그레이드되는 그 작은 차이는 묘하고 신비한 매력을 풍겼다. 심지어 부모님조차 우리가 함께 있을 때 그에게 머무는 시선이 조금 더 길었다.

사실은 지금 이삼 이전에 다른 이삼이 있었다는 것을 나는 알고 있다. 부모님은 실수로라도 그 이야길 꺼내지 않고 내가 안다는 사실을 애써 무시하지만, 어린 날 나의 둘도 없는 친구였던 이삼을 나는 분명하게 기억한다. 보완되지 않은, 정말 나와 똑같은 복제 로봇 이삼이 우리 집에 살았던 적이 있다.

첫 이삼은 지금 이삼의 아래 기종으로 개인 뇌파의 파형을 이용한 작동 원리는 같았지만, 부모의 생각을 읽는 것에는 취약했다. 그의 뇌파는 나와 연결되어 있어 내 마음과 감정을 알아채는 것에 최적화되어 있었다. 이삼은 나를 통해 부모를 인식했다. 지금 이삼이 부모 친화적이라면 처음 이삼은 나의 도플갱어 같은 것이었다.

내게 로봇이 생겼을 때 신났지만 의아하기도 했다. 복제 로봇은 주체에게 심각한 문제가 있을 때, 이를테면 신체적·정신적 도움이 필요한 아이들만이 가지고 있었다. 어린이집에 오는 로봇들은 대개 주인에게 특별한 사정이 있었다. 대리 출석한 로봇은 그들 주인의 인성과 학습의 공백을 최소화하는 데 이바지했다.

아무 문제가 없음에도 내겐 이삼이 있었다. 로봇과 함께 어린이집에 등원하는 아이는 내가 유일했다. 아이들은 이삼과 세트인 나를 불편해했고, 다른 복제 로봇들은 자신들의 임무를 수행하느라 바빴다. 나는 사람과도 로봇과도 친구가 될 수 없었다. 부모님은 내 질문엔 대답하지 않았다. 그저 나란히 집을 나서는 나와 이삼을 멀찌감치 떨어져 지켜볼 뿐이었다. 내 뺨을 어루만지거나 안는 일도 없었다. 내가 뒤돌아볼 때마다 그들은 미소 지었지만, 그 미소에는 온기가 없었다.

이삼만이 나의 친구였다. 그는 내 마음을 읽는 유일한 존재였고, 나를 즐겁게 하는 일에 가장 헌신했다. 그런 이삼이 우리 집에서 사라진 것은 봄을 알리는 인공 꽃잎이 분분히 날리던 어느 날이었다. 거리에 내려앉은 색색의 꽃잎이 녹아 사라지는 것을 지켜보던 우리는 심심했다. 집에는 나와 이삼밖에 없었다. 우리는 안방 침대 위를 뛰어다녔고 화장대 서랍을 열어 이것저것 발라보았지만 금세 다시 따분해졌다.

안방과 안방 화장실로 이어지는 복도 중간의 수납장에 눈길이 간 것은 그때였다. 이삼과 나는 청동 사자머리가 장식된 둥근 빈티지 손잡이를 호기롭게 잡아당겼다. 그러나 활짝 문이 열렸을 때, 정작 우리는 그대로 얼어붙고 말았다. 그것들이 인형이라는 것을 알아차린 뒤에야 간신히 서로를 돌아볼 여유가 생겼다. 수많은 인형이 수납장 안을 가득 채우고 있었고, 그 인형들은 이제껏 알던 것과는 뭔가 달랐다. 마치 살아있는 사람처럼 몸의 모든 관절이 움직였다. 귀엽고 보이쉬한 어린 여자 인형이 대부분이었지만 다양한 동물과 어른 모형도 있었다. 머리와 몸통이 완전히 분리되었고 그것을 재조립할 수도 있었다. 나와 이삼은 빙빙 돌아가는 인형들의 관절이 신기해서 모든 마디를 하나하나 부러뜨리며 놀았다. 눈알을 뽑고 가발도 벗겼다. 그것이 '구체관절 인형' 또는 '분절 인형'이라 불린다는 것과 어머니가 그 분야의 대가라는 것은 훨씬 시간이 지난 후에 알았다.

인기척에 고개를 들었을 때, 어머니가 서 있었다. 눈 없는 민머리통과 마디가 떨어져 나간 몸통 사이에서 히죽히죽 웃는 나를 보던 어머니의 모습, 하얗게 질린 얼굴에 고스란히 드러나던 공포와 혐오의 눈빛을 나는 기억한다.

마침 퇴근한 아버지가 어머니를 진정시키고 나와 이삼을 수납장 밖으로 내보냈다. 시무룩한 얼굴의 우리에게 지나갈 공간을 내어주며 아버지는, 닿으면 안 되는 무엇을 피하는 것처럼 등을 최대한 바짝 벽에 붙였다. 그 일 이후 다시는 이삼을 볼 수 없었다. 그런 것은 처음부터 우리 집에 없었다는 듯 흔적도 없이 사라졌다.

그날 밤 괜스레 잠들지 못하고 뒤척이다 방 밖에서 들려오는 어머니의 음성을 들었다.

-역시, 불길하죠?

뒤이어 아버지의 한숨이 대답처럼 길게 이어졌다.

*

나는 소나무 숲에서 다시 퉁퉁 불어 썩고 있는 몸의 관棺으로 돌아왔다. 진흙 속에 발을 담근 말미잘과 바다조름이 아무도 모르게 조금씩 옮겨 다녔다. 그 앞을 지나던 심해아귀 수컷이 마주 오는 암컷의 배를 물며 달라붙었다. 그 모습을 물끄러미 바라보고 있을 때 바로 그 일이 일어났다. 죽은 지 7일 만이었다.

근원을 알 수 없는 곳에서부터 통발처럼 생긴 빛이 쏟아졌다. 그것은 비행기가 그 속으로 들어오기를 기다리는, 어릴 적 좋아하던 레트로 비행 슈팅 게임과 비슷했다. 이 빛의 그물도 마찬가지였다. 빛의 존재들은 내가 그 안으로 뛰어들기를 바랐고, 나는 그것이 그들이 내미는 구원의 손길임을 직감했다. 서로의 존재를 쌓아 올려 탑을 이룬 그들은 가까이 오라는 말 없는 말을 건네고 가만히 기다렸다.

나는 다시 그날 밤을 떠올린다. 내 옆에 누운 이삼을 생각한다. 나를 보는 내 얼굴의 이삼, 밤이었고 그날은 유난히 더 어두웠다. 나와 이삼을 혼동하는 것은 충분히 가능하다. 나는 결정해야 한다. 모든 걸 잊고 이 빛 속으로 사라질 것인지, 나를 폐기한 부모님의 실수를 바로잡을 것인지를.

고개를 들자 빛의 그물은 이미 사라지고 없다. 마치 어떤 선택을 할지 알고 있었다는 듯.

*

사소한 문제를 일으키던 오류를 수정하고 부모가 원하는 순종과 복종, 학구열을 장착한 새 기종의 복제 로봇은, 세계적으로 선풍적인 인기를 끌었다. 생산량이 주문량을 따라가지 못했다. 그것이 새 이삼이 오기까지 2년 이상이 걸린 이유였다. 그나마 그쪽 계통에서 일하는 아버지가 약간의 힘을 썼기 때문에 가능했다. 그렇지 않았더라면 그보다 훨씬 더 오래 기다려야 했을 것이다.

이삼은 뇌에 칩을 삽입하던 1세대와 달리 두피에 전류를 보내는 방식의 기종이었다. 부모의 특별한 명령 없이도 그들의 생각을 읽었다. 부모의 의도를 실시간으로 파악해 반영했다. 비슷한 시기에 혜정네에도 시리얼 넘버가 없는 복제 로봇이 들어왔다. 그들의 형편에 비해 어마어마한 로봇 가격을 생각하면, 고양이 사건에 대한 모종의 합의가 있었던 게 틀림없다.

새 이삼이 오고 난 뒤부터 혜정과 혜리의 괴롭힘은 훨씬 더 집요하고 교묘해졌다. 유치원의 물놀이 행사에서였다. 수영장 탈의실에서 내 배의 흉터를 발견한 혜정은, 손짓으로 급하게 혜리를 불렀다. 선생님은 더 어린 원아들의 탈의를 돕느라 바빴다. 혜정이 검지로 내 흉터를 가리켰다.

— 벌레, 같지?

— 벌레, 같다.

혜리가 얼굴을 찌푸리며 고개를 끄덕였다. 부모님은 내 흉터에 대해 말해주지 않았다. 그것은 첫 이삼의 행방만큼이나 묘연했다. 그때부터였다. 그들은 나를 영일이란 이름 대신 '벌레'라고 불렀다. 마주치거나 혹은 마주치기 위해 가던 길을 빙 둘러 내 곁으로 와 속삭였다. 벌레. 근처에 선생님이 있으면 입만 벙긋거렸다. 나는 입 모양만으로 그 말을 알아들었다. 자매는 나날이 대담해져서 이제 다른 아이들에게도 나를 그렇게 부르도록 종용했다. 처음엔 망설이던 아이들도 그것이 괴상한 재미를 준다는 걸 알게 되자 하나둘 동참했다. 아이들은 산발적으로 내 앞에 나타나 난데없이 벌레, 하고 외쳤다. 벌레, 벌

레, 벌레. 그것은 차갑고 어지러운 돌림노래가 되어 나를 둘러싸며 회오리쳤다.

그러나 내겐 이삼이 있었다. 고통받는 내가 있는 곳이라면 어김없이 그가 나타났다. 이삼은 혜정 자매와 아이들로부터 단단하게 나를 지켰다. 나를 대신해 맞섰고, 필요하다면 완력도 불사했다. 그것은 엄격히 금지되어 있었지만, 대체로 힘없는 집안 아이들만 골랐으므로 뒤탈은 없었다. 이삼이 크립톤 행성에서 왔든 실험실의 돌연변이든 상관없었다. 이삼은 나만의 히어로였다. 나는 더 이상 첫 이삼을 그리워하지 않게 되었다.

부모님은 국제 로봇 협회의 정회원이었는데, 회원 중 가까운 사람들끼리의 그룹이 또 있었다. 그 모임은 입회 조건이 까다로워 수가 많지 않고 이탈도 거의 없었다. 그해에는 우리 집에서 행사가 열렸다. 친목의 성격이 강했지만 사람들은 늘 새로운 버전의 복제 로봇을 궁금해했고, 그런 의미에서 이삼을 직접 만나는 것을 무척 고대하고 있었다. 김 실장의 지휘 아래 스텝들이 일사불란하게 움직였다. 베버리 지팀은 칵테일과 카나페가 얹힌 쟁반을 높이 쳐들고 사람들 사이를 분주히 오갔고, 다른 쪽에선 약식의 클래식 밴드가 곡을 연주하고 있었다.

나와 이삼은 부모님과 나란히 현관에 서서 손님을 맞았다. 손님들은 자신들의 팔짱을 낀 복제 로봇과 함께 등장했다. 손님맞이가 거의 끝나갈 즈음 강호 아저씨가 도착했다. 백지수표를 거절하고 섬에서 옛날 방식의 삶을 사는 과학자인 그를 아버지는 그렇게 불렀다. 나의 대부이기도 한 그는 아버지의 절친이었다. 아버지와 악수를 나눈 강호 아저씨는 곧장 이삼에게로 몸을 돌려 그를 끌어안았다. 아저씨에게 다가가던 나는 조금 머쓱해서 뒤로 물러났다.
 ─사나이가 다 됐네. 키도 많이 컸고!
 순간 어색한 정적이 흘렀다. 먼저 웃음을 터뜨린 건 아버지였다. 그리고 조금의 시차를 두고 어머니가 웃었고 마지막으로 자신의 실수를 깨달은 아저씨가 웃었다. 셋이 서로를 쳐다보며 동시에 한 번 더 웃었고 마지막엔 이삼도 합세했다. 그들의 웃음소리가 온 집에 울려 퍼졌다. 어쩐 일인지 나는 하나도 우습지 않았다.
 어른들은 마실 것을 손에 들고 옮겨 다니며 로봇의 동향이나 사소한 농담을 주고받았다. 우리들은 먹을 것을 챙겨 로봇과 함께 2층에 모였다. 아이들은 두 부류로 나뉘어 게임을 하거나 수다를 떨었다. 수다의 내용은 자랑 아니면 험담이었는데 표현이 교묘해서 알아듣지 못하는 애들이 꼭 있었다. 그러면 아이들은 눈빛을 교환하며 다시 그들을 비웃었다. 아래층에서 들려오는 얘기도 별반 다르지 않았다. 나는 늘 이 모임이 시시했다.
 별명이 징징이인 아이의 복제 로봇이 괜히 내게 시비를 걸어왔다. 그 로봇은 구형 모델로, 주인이 보내는 뇌파를 적정선에서 분별하는 능력이 부족했다. 자꾸 싸움을 걸어오는 로봇을 본 이삼이 급히 내 곁으로 왔다. 로봇을 저지하며 두 팔로 그의 가슴팍을 거칠게 밀쳤다. 그러자 로봇은 1세대의 가장 큰 결점으로 꼽히는 폭력성을 고스란히 드러내며 이심의 얼굴을 향해 주먹을 날렸다. 이삼의 뺨에 작고 푸른 불꽃이 일었다. 이삼은 자기 볼을 손끝으로 문지른 뒤 한쪽 입꼬리를 말아 올리며 로봇에게 바짝 다가섰다. 로봇이 자기도 모르게 움찔, 뒷걸음질 쳤다. 이삼은 한 손은 로봇의 뒷덜미에, 다른 손은 가랑이 사이에 집어넣어 번쩍 들어 올렸다. 금메달을 목전에 둔 역사力士 같았다. 벽에 처박힌 로봇은 바닥을 한 번 구른 후, 사지를 버둥거리며 아래로 떨어졌다.

그때 집 안에는 쇼스타코비치의 더 세컨드 왈츠가 흐르고 있었다. 왈츠 중 아버지가 제일 좋아하는 곡이었다. 쿵! 작~짝, 쿵! 작~짝. 왈츠의 우아한 선율 덕분에 몸체가 너덜거리는 로봇의 낙하는 마치 춤처럼 보였다. 허공에서 덜렁이던 로봇의 팔이 누군가의 와인잔을 건드렸고, 그 잔은 긴 탁자 위에 일렬로 늘어선 포도주잔들을 차례로 넘어뜨렸다. 잔들이 도미노처럼 쓰러지며 내는 소리는 밴드 연주의 피처링 같았다. 꽃장식 센터피스 위로 잘게 부서진 유리 조각들이 반짝였다. 붉고 까만 캐비아들이 사방으로 날아올랐다. 사람들은 경쾌한 4분의 3박자 리듬에 맞춰 위층의 이삼과 아래층의 로봇을 번갈아 보았다. 왈츠는 로맨틱한 감정을 승화하며 점점 절정으로 치달았다.

오늘따라 이삼은 흥분한 것 같았다. 쿵쾅거리며 아래로 뛰어가 엎어져 있는 로봇을 다시 한번 힘껏 발로 걷어찼다. 아이들은 재미난 구경을 놓칠세라 서둘러 뒤를 따랐다. 로봇은 웅웅 소리를 내며 경련을 일으켰다.

-뭐 하는 짓이야!

아버지가 연극배우처럼 과장된 목소리로 소리쳤다. 인간에게 위협이 되는 로봇은 곧장 폐기로 이어졌기 때문에, 이삼의 폭력성을 눈앞에서 목격한 사람들은 그냥 넘어가지 않을 것이다. 나는 이삼 없는 세상을 상상할 수 없었다. 그 없이 살아갈 자신이 없었다. 모든 게 나 때문이라고, 이삼은 나를 지키려 그랬다고 말하고 싶었지만 입이 떨어지지 않았다. 이삼이 또다시 사라질 수 있다는 생각에 이미 나는 제정신이 아니었다.

그때였다. 이삼이 사람들 사이를 무릎으로 걸어가 아버지 발밑에 머리를 조아렸다. 그는 아버지를 올려다보며 두 손바닥을 붙이고 파리처럼 빌었다. 아버지의 종아리에 울며 매달려 몇 번이고 바닥에 이마를 찧었다. 울어 쉰 목소리로 부모님께 순종과 복종을 약속했고, 심지어 충성까지 맹세했다. 나는 그토록 원초적이고 참담한 사죄를 본 적이 없다. 아이들의 훌쩍거리는 소리가 여기저기서 들렸다.
 가만히 사태를 지켜보던 어른들 사이에서 갑자기 박수가 터져 나왔다. 누군가는 손가락을 동그랗게 말아 입으로 삐- 소리를 냈고 누구는 연신 브라보, 브라보! 하고 외쳤다. 박수가 파도처럼 출렁이며 사람들 사이를 헤집고 다녔다. 그 와중에도 말단이 훼손된 징징이 로봇은 충전기를 찾아 이리저리 바닥을 기며 돌아다녔다.
 이 요란한 해프닝은 이삼에게 내장된 '자녀 교정·교화 프로그램' 중 하나로 밝혀졌다. 이후 우리 집에 왔던 손님 중에 이 옵션을 추가하지 않은 사람이 없을 정도로 학부모들 사이에 가장 인기 있는 복제로봇 기능이 되었다. 고장 난 로봇의 수리비는 아버지가 미리 들어둔 로봇 일상생활 배상보험으로 해결했다.
 이삼에게는 이것 말고도 사춘기 청소년이 저지를 법한 문제 행동 여러 유형이 저장되어 있었고, 감동적인 서사로 그것을 해결하는 방안 또한 내재 되어 있었다. 제조사의 광고문구처럼 '양육의 기쁨과 슬픔을 고루 경험하며 자녀가 바르게 자라는 모습을 리얼로 체험하게끔' 설계된 것이 바로 이삼이었다.
 부모님은 자주 이삼의 머리를 쓰다듬었다. 그것 때문에 내가 더 말썽을 피웠는지, 내가 말썽을 피워서 부모님이 그랬는지 이젠 잘 모르겠다. 어쨌거나 이삼이 자식 노릇을 하는 동안 나는 빈번하게 유기나

무기정학 처분을 받았고, 가끔은 학교를 옮기기도 했다. 나는 점점 집보다 소년원에 머무는 시간이 많아졌다. 그때마다 나 대신 학교에 가고 행사에 참여하는 것은 이삼이었다. 그는 부모님의 자랑이 되어갔다. 그편을 모두 더 좋아하는 것 같았다.

*

혜정 자매를 다시 만난 것은 퇴학을 피해 전학 간 중학교에서였다. 이삼이 이 도시의 학교 자료를 모조리 검토한 뒤, 내게 가장 적합하다고 추천한 곳이었다. 이삼의 수고에도 불구하고 자매는 수업을 받으러 우르르 몰려가는 아이들 속에서 용케 나를 찾아냈다. 마치 돌무더기 속에서 유물을 발견한 표정이었다. 야릇한 반가움과 우월의 미소가 그들의 얼굴 위로 빠르게 지나갔고, 내 몸에선 땀이 새어 나왔다.
혜정은 다짜고짜 내 교복 셔츠를 걷어 올려 배부터 확인했다.
-벌레, 아직 있지?
-벌레, 아직 있다.
혜리가 다행이라는 듯 말했다. 혜정 자매가 그들 집으로 나를 호출한 것은 그로부터 며칠 후였다. 그 동네는 오래전부터 공동화空洞化가 심각했고 혜정의 집은 거주자가 있는 몇 남지 않은 가구 중 하나였다. 내가 도착했을 때 그곳엔 아무도 없었다. 대신 최첨단 XR 장비가 나를 기다리고 있었다. 미리 세팅된 컴퓨터는 나의 도착과 동시에 실행되었는데, 그것은 과거의 어느 특정 순간에 맞춰져 있었다.
수술복을 입은 의사가 터질 듯 배가 부푼 갓난아이를 내려다보았다. 의사는 메스 끝을 조심스럽게 갓 태어난 아이의 배로 가져갔다. 의사가 움직일 때마다 가운 끝자락이 침대에 붙은 이름표를 스쳤다.

그는 신중하게 신생아의 배를 가른 뒤 횡경막 아래 낭종으로 살살 손을 밀어 넣었다. 마침내 의사는 뭔가를 끄집어내는 데 성공했는데, 미끄덩한 두 개의 덩어리는 또 다른 태아였다.

아기는 두 명의 태아에게 악착같이 달라붙어 발달을 이어갔다. 셋은 함께 자랐다. 잘 자라던 두 아기가 왜 갑자기 성장을 멈추고 죽어버렸는지는 끝까지 밝혀지지 않았다. 끈덕지고 모질게 생명을 유지한 아기는 두 명의 태아를 매달고 태어났다. 6센티 정도의 두 태아는 머리카락과 눈, 척추 등이 발달해 있었지만 심장이 없었다. 1시간 30분의 수술 끝에 붙어있던 두 명의 기생 태아가 제거되었다.

나는 첫 화면으로 돌아가 의사의 상의 수술복이 가린 아기 침대의 이름표를 확대했다. 흰색 바탕에 검은색의 건조한 고딕체로 쓰인 이름은 영일,이었다.

내가 막 이름을 확인한 순간 혜정이 나타났고, 이제껏 내 안에 차곡차곡 쌓인 알 수 없는 비애가 미처 억누를 틈도 없이 그녀를 향해 폭발했다. 살면서 그때만큼 격렬하게 살의를 품은 적은 없었던 것 같다. 나는 완전히 이성을 잃었고 손에 잡히는 게 무엇이든 무기로 사용했다. 잠시도 멈추지 않고 닥치는 대로 휘둘렀다. 혜정은 저항은커녕 제대로 된 방어 한번 못하고 쓰러졌다. 혜정이 쓰러진 뒤에도 나는 그치지 않았다. 몸을 가누지 못할 만큼 기진해서야 비로소 나는 주저앉았다. 그때였다. 혜정이 문을 열고 들어왔다. 그녀는 거친 숨을 몰아쉬는 내게 타박타박 걸어와 어이없다는 표정으로 말했다.

-뭐하냐?

집으로 돌아왔을 때, 부모님과 이삼 모두 거실에 있었다. 어머니와 이삼이 서로를 마주 보며 소파에 앉아 있었고, 아버지는 겨자색 1인용 리클라이너에서 그들을 바라보았다. 내가 혜정네에 가지 않았더라면 참석했을 철학 수업에 관한 얘기 중이었다. 아무도 내게 눈길을 주지 않았다. 나는 2층으로 올라가 거칠게 방문을 닫았다.

혜정의 신고로 경찰이 들이닥쳤고, 나는 체포되었다. 혜정은 내가 자기의 복제 로봇을 거의 죽여놓고 정신 나간 놈처럼 앉아 있었다고 진술했다. 연행되는 나를 보던 어머니의 얼굴을 나는 전에도 본 적이 있었다.

법정은 사유재산의 훼손은 인정하되, 복제 로봇의 고유 식별 번호와 인명피해가 없으며 합의가 이루어진 점을 참작해 9호(소년원 6개월) 처분을 내렸다. 재판부는 내게 비행환경과 차단된 장소에서 규칙적인 생활과 인성교육, 그리고 상담을 통해 자신을 돌아보는 계기로 삼으라는 판결문을 낭독했다. 상담사들은 내가 왜 그런 짓을 했는지 알고 싶어했다. 나는 어떤 대답도 하지 않았다.

아버지는 커피를 앞에 두고 아일랜드 식탁에 앉아 있다. 잔을 바라만 볼 뿐 마실 생각이 있는 것 같지는 않다. 반쯤 열린 현관문 밖으로 포치에 서 있는 김 실장이 보였다. 이 층 계단을 내려오는 어머니의 발걸음 소리에 아버지가 고개를 들어 위를 올려다봤다. 그들의 시선이 허공에서 마주쳤다. 부모님은 문을 열고 기다리던 김 실장 앞으로 걸어가 나란히 차에 올랐다.

차는 미끄러지듯 나아가 〈미래 정보 통신학교〉 앞에서 멈췄다. 법무부 산하 비행 청소년 교육 전문 기관으로, 생일 전까지 내가 생활하던 곳이었다. 터치스크린으로 신분 확인을 마친 부모님은 사방이 투명한 밀실로 곧장 걸어갔다. 얼마쯤 시간이 흐른 뒤 푸른 유니폼을 입은 이삼이 나타났다. 이삼의 몸은 보기 좋게 벌크업이 되어 있었다.

매끈하고 탄탄한 근육이 수의囚衣를 수트처럼 보이게 했다. 아름답고 절제된 몸이었다. 정부는 위법행위에 대한 처벌만은 반드시 인간이 받도록 엄격히 관리했는데, 용케 감시를 피한 모양이었다. 이삼은 보드라운 눈빛과 순한 미소로 부모님을 맞았다. 이삼의 공손한 모습이 아버지와 어머니를 흡족하게 했다. 다정하게 대화를 이어가는 그들은 화목한 가족 같았다.

이삼과 헤어진 아버지는 길게 숨을 내쉬었는데 그것은 한숨이라기보다 안도에 가까웠다. 어머니가 아버지의 손을 잡았다. 둘은 서로를 향해 빙긋 웃었다.

이삼은 부모님이 돌아간 뒤에도 밀실에 남아 누군가를 기다렸다. 그리고 얼마 후 혜정 자매가 모습을 드러냈다. 자매와 이삼은 팔을 높이 쳐들고 손바닥이 짝, 소리를 낼 만큼 흥겹게 하이 파이브를 했다. 그들 사이에는 비밀을 공유한 이들 특유의 친밀이 있었다. 어떤 얘기 끝에 모두 웃음을 터뜨렸고, 이삼이 웃을 때마다 가슴팍의 이름표가 미세하게 오르내렸다.

다시, 죽기 전 그 밤을 생각한다. 그 밤, 어머니와 아버지의 대화를 생각한다. 나는 물을 마시고 부모님 방을 지나쳐 내 방으로 돌아가는 중이었다.

―그게 가능할까요?

어머니가 물었다.

―가능하게 해야지.

아버지의 대답은 짧고 신속했다.

나는 나의 장지로 돌아와, 소나무 숲의 가장 구석진 곳으로 갔다. 어차피 아무도 나를 보지 못하겠지만 내가 그 누구와도 마주치기 싫어서였다. 나는 썩어가는 소나무 밑동에 걸터앉았다. 잠복해 있던 슬픔이 빠르게 내 안을 빠져나와 공기 중을 떠다녔다. 죽은 내가 살아있는 그들 때문에 느끼는 아픔은 그 반대의 경우보다 조금 더 깊었다. 스스로 빛을 내는 물고기들이 이따금 내 주변을 맴돌았다. 몸이 없는 나는 젖고 있는 이것이 무엇인지 알 수 없었다.

빛의 그물이 다시 내려온 건, 49일째 되는 날이었다. 느닷없는 이 빛이 내게 주어진 또 한 번의 구원이라는 것과, 앞으로 더는 기회가 없다는 것을 나는 깨달았다.

나는 이삼을 생각한다. 이승에 있는 내 몸을 떠올린다. 빛의 망이 차례차례 걷히어 하나도 남지 않을 때까지, 나는 꼼짝하지 않고 지켜보았다. 먼젓번과 달리 빛은, 아주 느리고 천천히 사라졌다.

제16회 현진건문학상 추천작

날씨에 대해 우리가 했던 말
이 소 정

작가의 말

사랑에 관한 이야기를 쓰고 싶었다. 사랑을 대충 할 수 없듯 사랑 이야기도 대충 쓸 수 없어 꾸역꾸역 시간을 보냈다. 막상 쓰고 보니 사랑이 무섭고 두려운 사람들의 이야기가 됐다. 날씨에 관한 이야기가 됐다.

임수정의 사랑은 언제나 수정 가능한 변수이고 임수용의 사랑은 변하지 않는 상수, 절대적인 수용이다. 그 교집합에는 두려움이 있다. 사랑받고 사랑하는 일, 그건 언제나 유예의 현장이기 때문이다. 언제고 끝나고 말.

동시에 사랑의 대상은 언제나 절대적이다. 그러기에 의심할 수 있는 것은 오직 초라하고 비루한 현실과 계급, 시간뿐일지도 모른다. 찰스 부코스키의 시에서처럼 사랑은 지옥에서 온 개다.

그래서 날씨가 중요했다. 모든 비가 생성과 성숙, 소멸의 단계를 거치듯 관계의 속성에 대해 말할 수 있어 좋았다.

"봄비는 쌀비야. 많이 오면 가을에 곳간이 그득 찬다는."

좋은 날씨만 계속되는 날도 나쁜 날씨만 계속되는 날도 없다.

계절처럼 사랑은 가고 온다.

그러니까 결국은 자기 자신이 되는 이야기를 쓰고 싶었다.

약 력

울산 출생. 2020년 《부산일보》 신춘문예 소설 「앨리스 증후군」, 2021년 《동아일보》 신춘문예 소설 「밸런스게임」.

2023년 대산창작기금 소설부문 선정.

택시비를 받으러 가야겠다고 생각했다.

*

균열은 뒤틀린 노송처럼 은근하게 자라나 있었다. 빌라가 햇빛을 막으면서 쌓인 눈이 오래 녹지 않다가 이제서야 벽을 타고 흘러내리고 있었다. 임수정은 베란다에서 외벽을 쳐다봤다. 언제 그렇게 틈을 벌렸는지 몰라 당황스러웠고 이번 여름을 무사히 보낼 수 있을까 걱정이 됐다. 흙더미에 깔려 죽고 싶지는 않았다. 임수정은 젊었고 아직 해야 할 일이 많았다. 젤네일 키트는 일주일째 협탁 위에 그대로 있었다. 고레에다 히로카즈의 에세이집은 그 밑에 있었다. 『걷는 듯 천천히』, 매일 밤 한 페이지라도 읽고 자려고 해도 그게 어려웠다. 한 페이지가 바위보다 무거웠다. '다독다독: 읽다, 쓰다' 어플의 독서기록은 민망할 정도였다. 아직 학생이었을 때 임수정은 책을 좋아했다. 지금은 그때만큼 책을 읽지는 않았다. 임수정은 곧 다시 책을 읽고 좋아할 수 있을 거라고 믿었다. 그래서 한 달에 한 번 광화문에 있는 교보문고에 갔다. 임수정은 책장 사이를 오래 산책하듯 걸었다. 제목과 표지, 띠지와 추천사를 꼼꼼히 읽고 신중하게 책을 골랐다. 스타벅스에 가서 돌체 라떼를 마셨다. 새 책의 페이지를 서너 장 뒤적이다 보면 꼭 매장 음악이 마음에 안 들었다. 음악이 독서를 방해하는 것 같았다. 에어팟을 꽂고 블루발렌타인이 유튜브에 올려놓은 플레이리스트를 들어야겠다고 생각했지만 인터넷 서핑을 하느라 시간을 모두 흘려 버렸다. 그래도 임수정은 흐뭇했다. 뭔가 생산적인 일을 한 하루 같았고 묵혔던 낭비를 처리한 느낌이 들었다.
그때 임수용은 임수정에게 전화를 했다.
"겨울은 왜 춥고 바람이 불고 눈이 많이 내리는 거야?"
"겨울이니까."
생각할 필요도 없는 말이었다. 임수정은 임수용이 또 심심한가 보다고 생각했다. 그러면서 아직 한 페이지도 제대로 읽지 못한 책을, 바랐으나 이루지 못한 일처럼 쳐다봤다. 임수정은 한때 모든 것이 될 수 있었지만 지금은 그 가짓수가 현격하게 줄었다고 생각했고 이러다 아무것도 되지 못한 채 더 빈곤해지거나 암에 걸릴까 봐 불안했지만 임수용에게는 말하지 않았다. 말할 필요가 없었고 암 같은 건 제대로 된 음식을 못 먹는 임수용이나 걸릴 것 같았다.
"뭐 먹고 싶은 거 없어?"
"냉면."
"그게 다야?"
"엄청 차가운 게 먹고 싶어."
밖으로 나오자 바람은 찼지만 햇볕은 적당히 따뜻하게 임수정의 정수리에 내려앉았다. 임수용 때문에 바깥에 눈이 온다고 생각했지만 아니었다. 어딘가 임수용의 세계에서는 눈이 올지도 몰랐다. 수분을 많이 머금은 습설. 임수용은 그런 애였다. 자기만의 계절을 아무렇지도 않게 사는 애. 한겨울에도 맨발에 슬리퍼를 신고 홍대에서 임수정을 기다리는 사람. 겨울에는 냉면을, 여름에는 노상 군고구마 타령을 하는 사람. 임수정은 반대였다. 계절에 따라 달라질 사람. 딱 계절만큼만 사는 사람. 사람들은 겨울 햇빛 속을 열심히 걷고 있었다. 그 속으로 임수정은 빨려들 듯 들어갔다.

며칠 후 지방 공사 현장에서 올라온 임수용과 임수정은 우래옥에서 냉면을 먹었다. 임수용은 한 그릇을 다 비우고는 살 것 같다고 했다.
"이제 좀 살 것 같아."
죽기 직전까지 갔다 온 사람이 하는 말처럼. 살 것 같다는 말인지, 살아질 것 같다는 말인지, 죽지는 않을 것 같다는 말인지, 살아서 좋다는 말인지, 살아서 슬프다는 말인지 알 수 없었지만 그 말을 하는 임수용의 팔뚝은 타고 남은 나무토막처럼 까맣게 말라 있었다. 임수정은 자신의 면을 덜어 임수용의 그릇에 옮겼다. 임수용은 채워진 그릇을 무섭게 비우기 시작했다. 임수정은 다시 임수용이 그런 애 같았다. 인생에 도무지 그득이란 게 없는 애.

*

균열은 벽을 타고 천천히 더 굵은 가지와 더 많은 잔가지를 뻗었다. 임수용은 이게 모두 자드락 숲 때문이라고 생각했다. 산자락을 깎아 만든 콘크리트 옹벽 위에는 너도밤나무와 졸참나무가 숲을 이루고 있었다. 참나뭇과의 강한 뿌리가 굵어지면서 숲이 공간을 확보하려는 것이었다. 벽과 뿌리가 균열을 두고 싸우는 것 같았다.
"꼭 가야겠어?"
임수용은 임수정에게 다시 한번 물었다.
"응, 꼭 가야겠어."
여름 장마가 지나면 눈에 띄게 기우는 외벽에 쇠 지지대를 댄 것도 벌써 3년 전이라고 했다. 둥근 쇠 파이프 일곱 개가 벽을 받치고 있었는데 벽과 닿는 부분은 네모 모양의 철판으로 마감되어 굵은 볼트를 모서리마다 박아 고정했다. 철근 아래쪽은 화단에 박혀 있었다. 처음 지지대는 임시였지만 이후 재개발 이야기가 나오면서 더 이상의 공사는 없었다. 임수용은 중학교 때 교실에서 책상 밖으로 한쪽 발을 빼놓고 앉아있던 애들이 생각났다. 그 다리에 걸려 여러 번 넘어졌고 코피를 쏟은 적도 있었다. 그 애들은 늘 아무렇지도 않은 듯 어, 미안, 이라고 했다. 지지대를 볼 때마다 임수용은 이상하게 그 애들 얼굴이 하나하나 또렷이 기억났다.

"그래, 그럼 가야지. 그런데 내가 같이 가는 게 정말 좋겠어?"

"다 끝난 얘기잖아. 병풍이 필요하다고. 병풍의 기능이 뭐야? 뭔가를 막아주고 가려주는 거."

"그러니까 니가 맞으면 막아주고 니가 때리면 가려주는 거지? 내가?"

임수용은 임수정이 생각하는 그런 일진이 아니었다. 여러 번 말했지만 임수정은 믿지 않았다. 오토바이를 타고 수업에 자주 빠지면 다 그렇게 되는 줄 알았다. 더 웃긴 건 임수용이 중학교를 그만둔 지 벌써 십 년도 더 지났다는 점이었다. 하지만 임수정의 눈에는 임수용이 그때 이후로 한 뼘도 자라지 않은 것 같았고 그래서 임수용에게 늘 참교육을 시키려고 하는 것 같았다.

임수용은 그런 교육을 받은 적이 있었다. 오래전 임수용의 아버지는 천안에 있는 공장에서 라인을 탔다. 자동차 내장재 부품을 조립하는 곳이었는데 가족의 이해를 높이고 가족 구성원이 서로 소통할 수 있는 기회를 마련한다는 취지로 회사는 1년에 한 번씩 가족들을 현장에 초대했다. 임수용의 엄마는 가장 좋은 옷을 입었다. 임수용에게 나비넥타이가 달린 체크무늬 남방을 입히고는 얌전히 굴라고 교육시켰다. 금속과 기계가 주는 압도적인 풍경이 있었지만 어린 임수용은 그게 볼만한 거라는 생각은 들지 않았다. 오히려 라인과 라인을 떠나지 못하는 사람들이 지루해 보였다. 공장견학을 마치고 구내식당에서 가족을 볼모로 사장은 긴 연설을 시작했다. 아무도 숟가락을 들지 않았다. 시간이 흐르고 임수용은 넥타이가 자꾸 목을 조르는 건지 목이 마른 건지 알 수 없는 상태가 됐다. 아득한 허기에 질려 임수용이 아버지를 쳐다봤지만 흔한 가장들이 하는 방식으로 임수용의 아버지는 그것을 묵묵히 견딜 뿐이었다. 그렇게 일 년에 한 번씩 구내식당에 앉아서 임수용과 비슷한 또래의 아이들은 모두 아버지가 아닌 사장의 말을 들었다.

또 그 시절 임수용과 어울리던 친구들은 모두 부모에게 맞은 경험이 있었다. 교육을 위해 남자애들은 좀 맞아도 된다고 임수용의 아버지는 말했다. 한밤중에 자전거 체인으로 맞은 금속성의 기억이 임수용에게는 있었다.

임수용은 정작 교육이 필요한 건 임수정이라고 생각했다. 임수정은 매일 밤 인터넷으로 꼭 필요도 없는 물건을 주문했다. 이걸 왜 사? 라고 물으면 매번 임수정은 싸서, 너무 저렴해서 샀다고 말했다. 사실이었다. 임수정이 사는 것들은 모두 싸고 양이 많았다.

"좋은 소비는 싼 걸 사는 게 아니라 꼭 필요한 걸 사는 거야."

임수용이 말하면 임수정은 정색을 하며 내가 그걸 몰라? 라며 신경질을 냈다. 베란다 문을 열고 택배 박스와 포장지를 아무 데나 던져버렸다. 몇 번을 말해도 고쳐지지 않아 이제는 뒤 베란다 전체가 쓰레기

통이 됐다.
"좀 치우지?"
"그거라도 해야지, 니가."
임수용은 널린 쓰레기와 시원찮은 오줌발처럼 언 땅이 녹아 벽을 타고 흐르는 물줄기를 오래 쳐다봤다.

*

사실 택시비를 받고 싶은 건지 사과를 받고 싶은 건지 알 수 없었다. 가끔 임수정은 하지 말았어야 할 일보다 종국에는 하지 못한 일이 더 괴로웠다. 대학교 은사는 그런 임수정에게 꿈의 파이를 키우라고 조언했다. 그녀는 정년이 한참 지난 명예교수였는데 가끔 교양수업을 맡아 직접 가르쳤다. 일 학년 첫 수업 때, 그녀는 우리 과가 옛날에는 인기가 좀 있었어요. 그 당시 여유가 있는 집 여자애들이 가는 과가 정해져 있었거든요. 지금처럼 이렇게 퇴물은 아니었다고 말하며 이건 셀프디스라고 말했다. 그렇다고 내가 몇 학번인지 굳이 알려고 하지 말아 달라고 했다. 그녀는 대학이 많이 변했다고 했지만 임수정이 앉아 있는 강의실에는 여전히 여학생이 많았다. 그녀는 그래도 실망하지 말라고 했다. 더 좋아진 것도 있다고 했다.
"예전에는 자기만의 방과 오백 파운드만 있으면 됐는데 이제는 아니잖아요?"
더 작은 것. 더 작아서 보이지 않는 것. 다음 말을 기다리는 학생들에게 그녀는 가볍게 손뼉을 치며 자기만의 주식과 코인이 필요하다고 말했다. 저는 그게 없고요. 실제로 몇 년에 걸쳐 지켜본 결과 은사는 모든 것이 단출했다. 봄가을로 두루 입는 버버리 트렌치코트가 한 벌

있었고 겨울에는 발목까지 오는 베이지색 알파카 코트만 입었다. 들고 다니는 가방은 브랜드를 알 수 없는 오래된 가방이었는데 모퉁이부터 가죽이 낡아 있었지만 오히려 손때가 잘 묻어 반질거리며 윤이 났다. 색깔은 검붉은 색이었는데 이상하게 가을에는 붉은색에 더 가까웠고 겨울에는 검은색에 가까웠다. 검소하고 소박한 것이 궁상이 아닌 정신처럼 보이는 사람이었다. 여유 있는 집에서 태어났다면 임수정도 그런 사람이 됐을 것 같았다.
그래서 택시비가 얼마냐고 묻는 임수용에게 그건 중요한 게 아니라고 말했다. 그럼 중요한 게 뭐냐는 임수용에게.
"그건……."
"그건 뭐?"
임수용이 한 번 더 다그쳤지만 임수정은 아무 말도 하지 못했다. 갑자기 낡은 빌라 전체에서 우지끈, 하는 소리가 들렸기 때문이었다. 한꺼번에 뭔가가 주저앉는 소리였다.
뼈가 내려앉는 소리.
중심이 한꺼번에 무너지는 소리.
여자가 임수정의 뺨을 때렸을 때, 임수정은 균형을 잃고 바닥에 쓰러졌다.

*

하늘은 빨지 않고 처박아둔 걸레 같았다. 공용현관 앞에는 여러 사람이 나와 있었다. 일요일 아침이라 다들 편안한 복장이었고 모두 놀란 얼굴이었다. 조금씩 안면은 있었지만 서로 인사를 나눌 정도는 아니어서 서먹한 공기가 감돌았다. 뇌우 같던 소리와 달리 겉보기에 옹벽은 크게 변한 게 없어 보였다.
"이거 무너지는 거 아니겠죠? 툭, 치면 무너질 것 같은데."
남자는 빨간색 등산복을 입고 있었다. 1층이시면 그나마 낫지 않을까요? 아이고, 제일 걱정입니다. 그런 말들이 오가고 난 뒤 막힌 물꼬가 트인 것처럼 사람들은 불안을 쏟아놓기 시작했다. 대피부터 해야 하는 거 아니에요? 설마 무슨 일 있으려고요. 여기가 다 세입자들이잖아요. 그게 제일 문제에요, 문제. 이사를 가고 싶어도 좀 올랐어야지. 이 일대가 그나마 그래도……. 그런 말을 쏟아놓다 어느 순간, 동시에 불안을 확인하는 것처럼 옹벽을 쳐다봤다.
"내일 회사에 중요한 업무 보고가 있는데 차라리 무너지면 좋겠네요."
조용해진 틈을 타 누군가 말하자 사람들은 동시에 그를 쳐다봤다. 내일이 안 오면 오늘이 좀 편할 것…… 거기까지 말하다 그는 이내 차가운 분위기를 느끼고는 농담이에요, 농담이라고 말하고는 웃었다. 늘 내일이 문제죠, 누군가 웃으며 말했다.
"이런 일에 농담하는 거 아니죠. 후쿠시마 몰라요?"
중년 여자는 아니었다. 안고 있는 개를 쓰다듬고 어르며 감자야, 그렇지 너도 그렇게 생각하지, 라고 정색하며 말했다. 양쪽으로 아이 손을 잡고 있던 부부가 아이를 그들 쪽으로 조금 더 끌어당겼다. 피하려는 것이 옹벽인지 후쿠시마인지 미래인지 모두 다인지 알 수는 없었지만 그들은 무리에서 약간 떨어졌다. 누군가 뒤늦게 119에 전화를 했다.
"이까짓 썩은 빌라 무너지면 그만이지!"
임수정이었다. 혼잣말을 다른 사람은 듣지 못하고 임수용에게만 들리게 했다. 지난주부터 임수정은 내내 택시비에 대해 생각했다. 돌려받기에는 애매하고 안 받기에도 애매한 돈, 미세한 균열을 일으킬 정도의 딱 그만큼이라고 생각했다. 그런 것들이 사람을 미치고 짜증나고 화나고 팔짝 뛰게, 견딜 수 없게 만들었다. 그런 고민은 사람을 한없이 하찮게 만들었다. 가는 빗방울이 흩날리자 어떡하냐고요! 할 일도 많은데! 누군가 비명에 가까운 소리를 질렀다. 멀리서 소방차 소리가 요란하게 울렸다. 임수정과 임수용은 외출준비를 모두 마친 상태였다. 임수정은 그래도 할 일은 해야지, 라며 임수용의 팔을 끌고 슬그머니 후문 쪽으로 걷기 시작했다.

"지금? 가는 거야?"

지들만 살겠다고? 어이없어. 뒤에서 수군거리는 소리가 들렸다.

처음에는 아주 작은, 보이지도 않는 실금 같은 것들이 모든 것을 집어삼키는 일이 얼마나 흔한지 임수정은 알았다. 아버지가 뇌졸중으로 드러누운 3년 동안 임수정의 집은 그렇게 됐다. 붉은 흙이 창문으로 쏟아져 들어오고 나무가 거실 한가운데 박히는 건 시간문제였다. 숲이 앞으로 쏟아지면서 나무뿌리가 허공으로 향하는 모습을 상상했다. 가랑이를 벌리듯 가지들이 꺾어지고 잎들이 몸서리치며 떨어졌다. 대학원에 가겠다는 임수정에게 엄마가 소리쳤다. 거꾸로 물구나무를 세워서 흔들어봐라, 내 주머니에서 떨어질 동전이 하나라도 있는지!

임수정이 빗속을 뛰기 시작하자 임수용도 따라 뛰었다. 임수용은 팔을 뻗어 손 우산을 만들어 임수정의 이마에 갖다 댔다.

"봄비는 쌀 비야. 많이 오면 가을에 곳간이 그득 찬다는."

*

"당신 계약직이라며? 잘려봐야 정신 차리지!"

지난해부터 마트 문화센터에서는 마술, 샌드아트, 비누거품 놀이 등 아이들을 위한 일회성 행사를 진행하고 있었다. 일회성 행사인 만큼 질보다는 선심성 공연이 대부분이었다. 공연자들의 보수는 적었고 강당의 아이들은 인원수 제한 없이 넘쳐났다. 보따리 장사나 다름없는 공연자들은 하루에도 여러 개의 스케줄을 소화했다. 그 때문에 시간을 제때 못 맞추는 경우가 잦았다. 공연 시간에서 오 분만 지나도 부모들의 항의가 빗발쳤다. 예보 없이 내린 비로 수요일에는 비누거품 공연자들이 빗길 접촉 사고를 당했다. 공연이 완전히 취소됐다.

화요일 저녁 임수용은 내일 아침에 우산을 챙겨가라고 했다. 마침 뉴스에서는 일주일 내내 맑고 건조한 날씨가 계속된다고 알렸다. 어이없는 표정으로 쳐다보는 임수정에게 임수용은 자기가 오늘 하루 종일 하늘을 봤다고 했다. 세상의 모든 비는 생성, 성숙, 소멸의 단계를 거치는데 지금은 생성 단계야, 하늘이 그래, 뭔가가 만들어지고 있는 거지, 라고 했다. 임수정은 그 말을 단박에 무시했다.

'도대체 뭘 한 거야!'

진짜로 비가 오자 임수정은 이 모든 게 임수용 탓 같았다. 젊은 나이에 왜 종일 하늘만 보고 있는지 한심했고 그 이유를 도무지 알 수 없어서 화가 났다. 고작 우산을 챙기라는 말을 위해 종일 하늘을 보고 있었을 임수용이, 그가 알아낸 이 가까운 미래가 비좁고 답답했다. 하지만 화낼 시간도 없이 임수정은 공연 세 시간 전에 안내 문자를 서둘러 보내야 했다. 뭔가 한쪽이 무너지면 전체가 쏟아져 내렸다. 입장료를 환불 처리하고 안내 연락을 돌리는 정신없는 과정에서 사무실로 한 통의 전화가 왔다.

"야, 문센!"

복도로 나가자 대여섯 살로 보이는 아이의 손을 잡고 여자는 대뜸 소리부터 질렀다. 문센은 문화센터의 줄임말이었다. 취학 전 젊은 학부모들에게선 어떤 문센에 다니는지가 중요했다. 장소를 지칭하는 말이 대상으로 바뀌자 임수정은 억울한 마음이 들었다.

"이래서 마트 문화센터는 다니는 게 아니야. 질이 떨어져도 정도껏이지!"

임수정은 언젠가 그 비슷한 말을 들은 적이 있었다. 한 블록 떨어진 백화점 문화센터는 아이들까지 모두 명품을 입고 다닌다고 했다. 뉴욕 아트테크 투어, 트윈클 영어발레, 크레아트 퍼포먼스 미술, 생산적인 인문학 독서법 등 강좌 수준도 질적으로 다르다고 했다. 그 말을 해준 사람의 우월감이 떠올랐고 임수정은 거기서도 야! 문센이라는 말이 오가는지 궁금했다.

소란을 피운 여자는 임수정에게 보상하라고 소리쳤다. 여자는 알고 보니 비누거품 공연을 예약한 고객이었다. 공연을 위해 회사를 하루 쉬었고, 비가 와서 택시를 탔고, 공연이 취소됐다는 말에 아이는 마음에 큰 상처를 입었다고 했다. 물질적 정신적 보상을 두루 하라는 그녀에게 임수정은 직업적인 태도를 잃지 않기 위해 노력하며 연신 죄송하다는 말과 곤란하다는 말을 반복할 수밖에 없었다. 티켓값을 환불해드리겠다는 임수정의 말에 여자는 그게 말이 돼? 라고 했다. 없는 권리를 말하는 여자 때문에 임수정은 살짝 입술을 깨물었다.

"야, 문센, 지금 그게 말이냐고?"

임수정의 입장에서 맞은 데를 자꾸 때리는 건 반칙이었다.

"저는 문센 아니고요."

사무실 안에서 마케팅 직원들은 복도 상황을 잘도 구경했다. 임수정은 지갑을 열어 삼만 원을 꺼내려다 오만 원을 꺼내 아이의 손에 쥐여 줬다. 티켓값은 오천 원이었다. 애가 지쳐 보여요, 택시 타고 가세요. 사실 지친 건 임수정이었다.

"이게 지금 누굴 거지로 보고!"

뺨은 아파서 아픈 것보다 놀라서 아팠다. 사무실 사람들과 마트에서 장을 보고 주차장으로 가던 사람들이 몰려들었다. 임수정은 뺨보다 시선이 닿는 모든 부위가 아팠다. 임수정은 한발 늦게 나보다 못하다고 생각되는 사람에게 받는 동정은 최악이라는 걸 기억해 냈다. 비슷하게 임수정은 계약직이었지만 마트 직원들과는 다르다고 생각했다. 문화센터 프로그램 담당자였고 평생교육사였기에 마트 파트타임이나 아웃소싱 업체 파견직들과 동급 취급을 당하는 게, 이런 대우를 받는 게 맞은 것보다 더 억울했다. 임수정은 자기도 모르게 주먹을 꽉 쥐었다.

"거기, 거기 가만히 있어요!"

골프를 치기 위해 이른 퇴근을 하던 점장이 하필 그 앞을 지나갔고 임수정은 그가 자신의 사무실로 그들을 불러 매끄럽게 일을 처리하는 동안 시킨 대로 한동안, 거기, 가만히, 있었다.

임수정은 임수용이 어릴 때 했다는 얼음땡 놀이가 생각났다. 한 번은 놀이가 끝난 지도 모르고 임수용은 학교 운동장 구석에서 얼음인 채로 있었다고 했다. 해가 지고 사위가 모두 고요해질 때까지. 고개를 들자 세상에 혼자 남겨진 것처럼 조금 무서웠다고 했다.

"아무도 안 해준 거야?"

"응, 아무도."

"왜?"

"잊어버린 것 같아."

"그런 건 잊어버리면 안 되잖아."

"안되지. 그래도 쉽게 잊기도 하잖아."

그 얘기를 하며 임수용은 웃었다. 지금 웃음이 나와? 라고 묻자 다 지난 일이잖아, 라고 했다. 그런 일은 지난 일이 될 수 없다는 걸 쉽게 잊을 수 없다는 걸 임수용이 알고 있다는 것을 임수정은 이제야 알았다. 알게 됐다. 대부분의 이해는 시간과 공간을 공유하지 않고 도달하게 되는 일 같았다.

뺨을 맞고 복도에 서 있는 시간 동안 얼음이 된 임수정은 임수용이 와서 땡을 해줬으면 하고 바랐다. 사무실 사람들이나 마트 사람들이 아니라 이상하게 그 일을 해줄 수 있는 사람은 임수용 밖에 없는 것 같았다.

점장은 사무실로 그들을 데리고 가 정중히 사과하고 티켓 환불 외에 특별히 아무도 모르게 하겠다는 조건으로 이십만 원짜리 마트 상품권을 주고 간단하게 일을 처리했다고 말했다. 특이한 점은 그녀의 태도였다고. 점장과 대면한 그녀는 무례하지도 막무가내로 굴지도 않았다. 완전히 다른 사람이 됐다. 주차장으로 돌아가는 여자는 임수정을 향해 만족스럽게 웃었다. 여자가 가고 점장은 임수정을 따로 불러서 물었다.

"이게 정상과 비정상의 문제 같아요?"

"네?"

"진상과 개진상, 뭐 그런 거 같아요?"

어리둥절해하는 임수정에게 그는 현대사회의 계급은 더욱 세분화되고 정교해져서 반등과 이상은 현실과 더욱 멀어지고 이동은 더 어려워진다고 어렵게 말했다. 그럴수록 만족은 점점 낮아지고 포만감은 상대적으로 높아져서 오히려 모든 문제가 쉽게 풀릴 수 있는 여지가 많다고 했다. 먹방이 유행하는 것도 그 이유라고 했다. 집보다 차를 사는 과시도 그 연장선이라고 했다. 세상이 어려워요? 라고 말하고 자기는 세상에 세상만큼 쉬운 게 없다고 했다. 임수정은 가만히 그 얘기를 들었다. 쉬운 사람이 이 문제를 어렵게 만들 리가 없다고 생각하고 안심했지만 아니었다. 인사를 하고 돌아나가는 임수정을 점장이 신경질적으로 불렀다.

"당장 옷 벗으세요!"

다음날 전체 메일로 마트 직원에게 공지가 내려왔다. 고객 응대 시 마찰을 일으킬 만한 행동을 금지하는 대응 매뉴얼과 유니폼 위에는 뭘 걸치지 말라는 권고 사항이 주된 내용이었다.

"그런데?"

임수용이 묻자 임수정은 짜증이 났다.

"그런데 그 여자가 내가 준 택시비까지 챙겨간 거라니까. 알고 보니까 그런 컴플레인이 한두 건이 아니야."

"그게 자기 일이었겠지."

"그게 일이면 안 되잖아."

"왜?"

"엄마의 일이 그거면 애가 너무 불쌍하잖아."

"그걸 니가 어떻게 알아?"

*

지난여름 임수용도 자기 일을 하고 있었다.

"어디야?"

"지붕 위."

"어?"

"지붕 위에 있다고."

낮 최고 기온이 40도가 넘는 날이었다. 임수용은 목수였다. 임수용은 소년원에 있을 때 목공 일을 배웠다. 관공서나 학교에 납품하는 만들기 키트의 작은 나무 조각들을 자르고 다듬었다고 했다. 세상에서 가장 작은 취급을 당했다고도 했다. 사람이 얼마나 하찮아질 수 있는지 너는 모를 거야, 그 말을 하며 웃었다. 웃을 수 있다는 건 이제는 괜찮다는 뜻일 거라고 임수정은 미루어 짐작했다. 임수용은 소년원을 나와서는 한동안 한옥을 짓는 공사장을 쫓아다니며 일을 배웠다. 가구나 소품을 만드는 소목이 아니라 집을 짓는 대목이었다. 일이 있을 때마다 팀으로 움직였고 지방에서 몇 개월을 숙식하는 경우도 많았다. 주로 목조 전원주택 현장이었다.

"괜찮아?"

"뭐가?"

"덥지 않냐고?"

"이상하게 하늘이 물속처럼 파래."

"아니, 내 말은 죽을 만큼 덥지 않냐고?"

"일인데 뭐."

어떻게 괜찮아! 왜 넌 맨날 그 모양이야. 그게 어떻게 괜찮냐고! 너만 괜찮으면 다야? 너한텐 너밖에 없는데 그게 어떻게 괜찮아! 임수정은 갑자기 화가 났다. 임수용의 태도에, 본인 걱정을 본인만 안 하는 무심함에. 그건 모든 걸 포기한 사람들이 하는 거고, 인생 막장에 선 사람들이 모든 걸 내려놓을 때 하는 거고, 더는 갈 데 없는 사람들이 멈출 수 없을 때 자동으로 몸만, 마음은 아니고 몸만 끌려갈 때 하는 거라고 퍼붓고 나자 가만히 듣고만 있던 임수용이 힘없이 말했다.
"실은 엄청 뜨겁고 빨간 용광로를 생각해. 그러면 좀 괜찮아져. 그래서…… 괜찮아."
그날부터 임수정은 임수용이 늘 지붕 위에 있는 것 같았다. 파란 하늘 아래, 뜨겁게 달궈진 지붕 위에서 지붕보다 더 높이 서 있는 것 같았다.

*

임수정과 임수용은 빌라 후문의 경사로를 걸었다. 정문과 다르게 후문 쪽은 황량한 들판이었다. 처음 이 길을 걸었을 때 임수용은 아직도 서울 근교에 이런 곳이 있냐며 신기해 했다. 배밭이 있고 빈 축사가 있었다. 소 울음소리는 안 들리고 소똥 냄새만 났다. 마을버스가 서는 시립도서관까지는 급경사와 완만한 구릉과 평지, 다리, 인도 없는 도로와 제멋대로인 갓길을 걸어야 했다. 평소에는 자주 택시를 탔지만 택시비를 받으러 가는데 택시를 타는 건 좀 아니란 생각이 들었다. 그래서 임수정은 걸었다. 다리가 나오기 전까지는 들판이 제법 넓게 펼쳐져서 걸을 만했다. 임수정은 마음의 속도를 가늠하듯 급경사를 최대한 빠르게 걸었다. 엄청난 새소리, 그렇다고 크고 우렁찬 것은 아니고 참새나 뱁새 같은 작은 존재들이 쉴 새 없이 내뿜는 재잘거림을 들을 수 있었다. 지난해 피었던 들꽃들이 꽃받침만 든 채 말라 있

었다. 꽃받침도 꽃 같았고 예뻤다. 그걸 보니 임수정은 김희선이 생각
났다. 초등학교 때 반에서 가장 키가 크고 얼굴이 희고 예뻤던 애. 엄
친딸 김희선은 임수정의 단짝이었는데 어디를 가나 사람들의 주목을
받았다. 아직도 모든 무대의 조명을 혼자 받는 것처럼 그렇게 살까 궁
금했다.

*

목련은 며칠 사이 만개해서 낮게 뜬 구름 뭉치 같았다. 겨우내 천천
히 무게를 버린 들꽃들이 바람에 맥없이 흔들렸다. 누런 강물 위에 돌
들이 얼굴을 내민 것처럼 누워 있었다. 그 위에 거울처럼 햇빛이 반짝
거렸다. 한때 임수용은 아침에 거울을 보는 사람이 되고 싶었다. 살아
있다는 것을 확인받는 기분으로 거울을 보고 감사하고 싶었다. 이제
임수용은 거울을 보지 않았다. 소년원을 나왔을 때, 오래 아프다 일어
난 사람처럼 거울 속에는 약간 야위고 목 주변이 늘어난 티셔츠 때문
인지 힘없는 꽃대처럼 늘어진 자신이 있었다. 감사의 말은 거울 속에
깊이 잠겨 버렸는지 잘 보이지 않았다.
"이제 여기도 곧 개발이 될 건가 봐."
"진작에 땅 좀 사둘걸."
"그러게."
한참을 가다가 임수정은 그건 아니지, 우리 처지에, 라고 말했다.
전 시장이 몇 년 전부터 여기에 엄청나게 땅을 사뒀다고 했다. 정보가
없다고 우리에게는 그런 정보가 주어지지 않는다고 했다. 힘이 있으
니까 지난 대통령이 정보 공개를 안 할 수 있는 거라고 말이다. 임수
정의 정보는 너무 손쉽게 막 함부로 처리됐다고 했다. 나이, 이름, 학

벌, 결혼 여부, 고객 응대 부적격, 계약직, 임수정에게 그 여자가 했다는 말. 임수용은 그런 말의 생태를 너무나 잘 알았다. 그런 말들은 함부로 임수용을 규정했고 그래도 되는 사람과 안 되는 사람 중에 그래도 되는 사람으로 손쉽게 분류했다.

무주의 한옥 공사 현장에서 대목장은 요즘 젊은 애들 같지 않게 엉덩이가 가볍고 눈썰미가 좋다며 임수용을 아꼈다. 하지만 임수용의 이력을 알고 나서는 그날로 임수용을 내쳤다. 나무는 잘릴 때부터 살릴 가지와 끊어낼 가지가 정해진다는 말을 임수용은 지금도 생목처럼 기억하고 있었다.

*

임수정은 임수용이 사귀자는 말을 여러 번 거절했다. 임수용과 자신이 만나면 되는 일보다 안 되는 일이 더 많은 것 같았다. 임수정은 좀 편하고 싶었다. 안 되는 일보다 되는 일이 더 많은 인생을 살고 싶었다. 도전이나 모험, 시련을 겪지 않아도 되는 연애, 힘들게 체력과 감정, 비용과 시간을 투자하지 않아도 되는 갖춰진 연애를 하고 싶었다.

임수정은 임수용을 카페에서 처음 만났다. 가끔가다 쉬는 날에 센터의 젊은 직원들끼리 뭉치는 경우가 있었다. 평일 오후에 만나 밥을 먹고 커피를 마시며 마트와 센터 사람들 욕을 했다. 임수용은 데스크 직원 이둘레의 친구라고 했다. 받을 게 있어서 잠시 들른다는 말에 임수정은 고개를 끄덕였다. 이야기가 한창 재밌어지려는데 비가 왔고 누군가 태풍이라고 했다. 카페는 오래된 목욕탕을 개조한 곳으로 물때를 벗기고 고슴도치를 풀어 놓았다. 임수정은 그날 처음 살아 있는 고슴도치를 봤다. 고슴도치가 움직이는 형태가 오물오물 씹는 것 같아, 잠깐 누군가를 씹고 있었는데 점장인가? 그렇게 말하며 모두 웃었다. 한창 재밌어지려는데 임수용이 나타났다. 사람들은 잠시 주춤했고 태풍의 눈처럼 분위기가 조용해졌다. 그런데도 임수용은 가지 않고 딱히 누구에게랄 것도 없이 모두에게 11월에 말도 못 하게 많은 비가 오고 천정이 새는지 이해할 수 없지만 지난해 비가 새는 본가 지붕을 수리해야 했고 은행에 가서 자신이 가진 돈의 전부를 부쳤다고 말했다. 거기에는 자신의 새 코트 값도 포함돼 있었다고, 이거 진짜 TMI다 그죠? 라고 말하며 혼자 웃었다. 이후로도 임수용은 계속 말을 했다. 그를 제외한 모두가 한 번씩 일어나 고슴도치를 만지고 고슴도치 털이 하나도 안 따가워서 놀랐다고 똑같이 말했다. 빗방울이 돌멩이처럼 유리창을 때렸다. 임수정과 일행들은 임수용이 이제 가줬으면 했고 그때 임수용은 일어나 인사도 없이 가버렸다. 임수정은 임수용이 이상한 사람이라고 생각했다. 그가 가자 경영지원팀 직원이 머들러가 휘젓는 사람이라는 뜻도 있다는 거 알아요? 라고 했고 모두가 알겠다는 듯 고개를 끄덕이며 웃었다.

 하지만 임수용은 가지 않았다. 임수용은 온몸이 흠뻑 젖어서 돌아왔다. 편의점에 우산을 사러 갔다 왔다고 했다. 황당해 하는 사람들 앞에서 임수용은 이건 가는 길에 맞은 비예요, 오는 길에는 하나도 안 맞았어요, 라고 말하며 수줍게 웃었다. 그리고는 우산을 두고 다시 사라졌다. 그날 임수용이 놓고 간 우산을 아무도 가져가지 않았다. 하지만 임수정은 이상하게 그날부터 모든 태풍은 11월에 온다고 믿었고 그 속에는 임수용의 새 코트 값도 포함돼 있다고 생각하게 됐다.

임수용의 연락처를 묻는 임수정을 이둘레는 이상하게 쳐다봤다. 그게 다였다. 뭘 더 묻지도 않고 센터에 이렇다 말을 옮기지도 않았다. 임수정은 가끔 임수용에게 전화했고 밥을 먹었다. 그러다 임수용이 육 개월째 지방에 내려가 있었던 적이 있었다. 임수정은 먼저 전화하지 않았다. 전화하지 않는 것과는 별개로 임수정은 임수용의 전화를 기다렸다. 전화를 하지 않는 동안 전화를 한 것보다 더 많은 일들이 임수정의 마음속에서 일어났다. 임수용과 할 수 있는 모든 일들을 상상했고 임수용과 하게 되면 안 될 모든 일들을 상상했다. 임수용이 전화해 광폭 벨트 그라인더가 바지를 찢고 허벅지를 파고들어 다쳤다고, 손가락도 스쳐 여기저기 피범벅이 됐다고 했을 때 임수정은 고개를 끄덕였다. 대꾸없음으로 또 언제가 될지 모르지만 임수용의 전화를 기다릴 수 있을 것 같았다. 다시 한 달 후 임수용은 누나가 자살을 했다고 했다. 누나가 아파트 옥상에서 뛰어내렸는데 그게 모르는 아파트였다고, 좀 쉬고 싶다고 직장을 그만둔 후 우울감이 있었지만 가족 모두 계절 감기 같은 가벼운 것으로 알고 있었다고 했다. 그런데 알잖아, 감기로도 사람은 죽잖아, 오히려 큰일에는 잘 안 죽는 게 사람인 것 같아, 라고도 했다. 임수정은 그때도 고개를 끄덕였다. 불쌍한 척하는 임수용에게 흔들리지 않는 자신이 대견했고 그 힘으로 다시 임수용의 전화를 기다릴 수 있을 것 같았다. 그해 말 임수용은 비가 온다고, 그냥 비가 많이 온다고 했다. 11월이었고 임수정은 그 모든 상상의 말들 가운데 가장 하면 안 되는 말을 내뱉어 버렸다.

"보고 싶어. 지금 당장 튀어 와!"

그렇게 임수용은 임수정의 집에 얹혀살게 됐다. 임수용은 몇 달은 일을 했고 몇 달은 임수정의 집에서 빈둥거렸다. 낼 수 있을 땐 생활비를 냈고 없을 땐 내지 않았다. 같이 밥을 먹고 티브이를 봤지만 임수정은 애인이나 동거인은 아닌 것처럼 굴었다. 그럼에도 첫날 임수정과 임수용은 섹스를 시도했다. 옷을 벗고 누워 임수정은 생각했다. 임수용과 섹스를 하면 어떨까? 결혼하고 아이를 낳으면 그 아이는 누굴 닮을까? 언제 있을지 모를 정규직 심사를 기다리는 마당에 이런 생각이 드는 게 제정신인가 싶으면서도 나무토막처럼 딱딱한 임수용의 몸속에 자신을 밀어 넣고 어떤 접지 부분을 더듬고 싶은 생각을 그 전에는 왜 한 번도 해보지 않았을까 궁금했고 임수용이, 임수용이란 존재가, 임수용의 세계가 미칠 듯이 궁금했다. 임수용은 임수정의 희고 둥근 모든 부분을 만졌다. 이마와 눈두덩, 양 볼과 인중, 어깨와 가슴, 둔부와 치골, 천천히 내려가 무릎과 종아리까지. 허벅지를 쓰다듬을 때 임수정은 움찔거렸다. 어릴 적 교통사고로 다친 수술 상처가 떠올라서였다. 임수용은 그런 임수정의 생각을 읽은 듯 혀로 천천히 상처를 핥았다. 이끼처럼 습하고 미끄러운 감각이 느껴졌고 임수정은 대일 밴드를 붙인 것처럼 안심하며 그곳을 기억할 것 같았다. 어떤 상처는 상처가 아니라 상처가 치유되는 순간을 위해 존재하는 것 같았다. 임수용이 이제 들어가도 되냐고 물었다.

"나 들어가?"

임수정은 아직이라고 말하고 임수용의 손금이나 미간의 주름, 관절의 접지 부분을 접어둔 페이지처럼 펼쳐보는 상상을 했다. 지느러미처럼 부드러운 주름을 만들며 임수용의 몸속으로 헤엄쳐 들어가는 게 가능할까. 따뜻한 물속에 잠겨 평화롭고 고요하게, 온갖 소음으로 가득한 세상으로부터 멀어지는 게 가능할까. 그렇게 임수용의 세상에 들어가는 게 가능할까. 지금이 그 타이밍이고 지금이 아니면 안 되는 순간이라고 해도 그러면 안 될 것 같았다.
"아직…… 아직은 아닌 것 같아."
임수용이 조용히 돌아눕자 임수정은 마음이 이상하게 뜨겁고 눅눅해서 스콜이 지나간 한낮의 대기처럼 자신을 감싸는 것 같았다.

*

한 달 후 임수정은 곧 유학을 간다는 경연지원팀 직원과는 섹스를 했지만 여전히 임수용과는 하지 않았다.

*

지난주 임수용은 대청소를 했다. 청소기를 돌리고 방을 닦았다. 자세히 보지 않으면 알 수 없는 곳을 꼼꼼히 닦아냈다. 자신이 하지 않으면 오랫동안 임수정이 하지 않을 일들을 했다. 창틀은 젖은 신문지를 이용해 닦았고 방충망은 세탁소 옷걸이에 안 신는 수면 양말을 끼워서 닦았다. 세면대는 치약을 묻혀 닦으면 새것처럼 반짝거렸다. 베란다 창틀까지 닦아내자 물속에 있는 것처럼 옹벽 너머 숲 안쪽으로 사람들의 그림자가 물결처럼 어른거렸다. 창에 비친 자신을 여러 번 못 본 척 지나쳤다. 임수정보다 어둠이 먼저 집으로 돌아오는 것 같았다. 임수용은 사선으로 성큼성큼 떨어지는 그림자를 식탁에 앉아서 내려다봤다. 샤워를 하고 사용한 수건과 갈아입은 옷을 모아 세탁기를 돌렸다. 선득해져서 체온계로 열을 쟀지만 지극히 정상이었다. 그 사이 집 안에는 어둠이 완전히 침범했다. 최근 들어 임수정은 자주 늦고 종종 연락이 되지 않았다. 임수용은 할 일이 없었고 그래서 어쩔 수 없이 자신의 미래를 생각했다. 미래의 어떤 날, 임수용은 임수정이 자신의 오지 않는 미래일까 생각했다. 아니, 누군가가 누군가의 미래가 되는 일이 좀 유치하다고 생각했다.
그날 밤 임수용은 돌아누운 임수정에게 지지대 얘기를 했다.
"빌라 외벽 말이야 안 무너질 것 같아. 그런 애들은 쉽게 안 망하거든. 그런 애들은 무너져도 자기는 안 다쳐. 자기는 끝까지 안 죽어."
임수정은 그게 임수용의 중학교 시절 얘기란 걸 알았다. 어쩌면 소년원에 가게 된 이유일지도 몰랐다. 아니면 집주인과 세입자에 대한 얘기인지도 몰랐다. 몰랐지만 알아도 뭐? 라고 생각했다.
"피곤해…… 피곤해 죽겠어."
임수정은 벽처럼 등을 보이며 돌아누웠다.

*

아파트 입구에 섰을 때, 임수정은 뭔가 다시 한번 결심을 다지는 의미로 임수용을 쳐다봤다. 구부정한 자세와 왜소한 체격에 저절로 한숨이 나왔다. 왜 요즘 더 마르는지 알 수 없었다. 편의점에 들어가서 임수정은 자신을 위해서는 캔 커피를 임수용을 위해서는 불가리스를 샀다. 그냥 불가리스가 뭔가 건강에 좋은, 장수 마을에서 먹는 음료 같아서였다. 임수용에겐 건강이 전 재산이었고 그것마저 없으면 임수용은 개털이나 다름없었다. 임수용은 좋아라 불가리스를 뜯어 마셨다. 입 주위에 흰색의 동그란 자국이 남았다.
미리 알아둔 108동 403호의 벨을 누르자 여자가 나왔다. 여자는 조금 놀란 듯했고 금세 임수정을 알아봤다. 그리고 임수정 옆에 짝다리를 짚고 서 있는 임수용을 보고는 경계하며 팔짱을 살짝 풀었다. 아, 그때는 미안했어요, 라고 짧고 빠르게 말했다. 임수정이 뭐라고 대꾸할 새도 없이 임수용이 끼어들었다.

"아줌마, 그건 그렇게 쉽게 하면 안 되잖아요? 그러니까 미안하면 다야? 같은 말이 생긴 거예요. 성의 없이, 예의 없이."

여자는 조금 놀란 것 같았지만 태도를 바꾸지 않고 말했다.

"뭐래? 지금 미쳤어요? 뭘 더 바라요. 그럼."

이번에는 놓치지 않고 임수정이 말했다.

"택시비."

임수정은 더 작은 것에 대해서만 말했다. 그날 받은 부당한 대우와 폭력에 대해서 말하지 않았다. 어떤 훼손에 대해서가 아닌 돈을 말했다. 돈만 말했다. 복구가 아니라 보상을 말했다. 여자는 기가 찬다는 표정으로 집으로 들어가더니 지갑을 가지고 나와 만 원짜리 다섯 장을 내밀었다. 임수정은 고개를 저었다.

"여기 오는 택시비, 가는 택시비."

없는 사람들은 없는 사람들만 괴롭혔다. 임수정은 어쩔 수 없다고 생각했다. 이런 일이 한두 번이 아니던데. 마트에서 언제까지 모를 것 같아요?

"미친년!"

여자는 다시 만 원짜리 다섯 장을 더 꺼내 바닥에 던지고는 도망치듯 집으로 들어가 버렸다. 임수정은 천천히 쪼그려 앉아 돈을 주웠다.

"누나도 이런 기분이었을까?"

임수용은 아무렇지도 않은 듯 생전 처음 가보는 남의 아파트 옥상이었어, 라고 말했다. 임수정은 자신의 내부에서 뭔가가 급격히 무너지는 것을 느꼈다.

"우리 집도…… 너한텐 남의 집이야."

그 순간 임수정은 언젠가 넌 왜 날씨에 대해 모르는 게 없어? 라고 물었을 때 임수용이 어이없다는 표정으로 밖에서 일하잖아, 라고 했을 때처럼. 너네 집은 구질구질하게 왜 늘 그 모양이야? 라고 물었을 때 그게 어떤 모양인데? 라고 되물었을 때처럼, 임수용의 뭔가가 훼손됐다는 것을, 복원 불가능한 균열이 일어났다는 것을 알았다.

지난주 점장은 모든 여직원을 불러 모았다. 유니폼 위에 뭘 걸치지 말라고 다시 한번 경고했다. 여러분들이 마트의 얼굴이라고 했다. 임수정은 왜 여자들만 마트의 얼굴이 되는지 알 수 없었다. 임수정의 생각을 읽은 듯 점장은 임수정을 보며 결혼이나 임신 가능성이 있는 직원은 반드시 미리 얘기해야 한다고 했다. 사람들이 힐끗거리며 임수정을 쳐다봤다. 임수용과의 연애가 마트 안에서 공공연한 비밀이라는 걸 임수정은 그제야 알았다.

그날 임수정은 소문의 진원지인 이둘레를 찾아가 임수용과 자기는 동성동본이고 알고 보니 먼 친척이라고 말했다.

"알잖아, 걔가 좀 사정이 불쌍하잖아."

이둘레는 알겠다는 듯 걔가 좀 그렇지라며 무심하게 동조했다. 그리고는 아무렇지도 않게 다른 화제, 무조건 싸고 양 많은 것들을 카트에 밀어 넣고 보는 사람들을 비웃었다. 진짜 자기가 쇼핑을 잘한 줄 알아. 어차피 다 쓰지도 못할 싸구려 쓰레기를 산 거면서. 임수정은 고개를 끄덕이며 희미하게 웃었다. 다른 건 못 사니까. 그냥 지금 당장 살 수 있는 걸 사는 거라는 말을 그때 임수용에게도 지금 이둘레에게도 하지 못했다.

*

돈을 챙긴 임수정이 가버리고 혼자 남은 임수용은 마트의 아이가 꼭 어린 자기 같았다. 체념과 무기력으로 고요하게 점멸하는 세계. 자기 자신도 사라지고 마침내 세상도 사라지는 순간을 떠올렸다. 그날 문화센터에서 얇게 실눈을 뜨고 서 있었다는 조그만 여자아이. 오늘은 없고 그때는 있었다는 협박용 아이. 엄마가 행패를 부리고 만족스러운 협상을 끝내는 동안 사실은 작은 것에 더 크게 만족한다는 배고픈 포만감에 휘둘리는 동안 아이는 아무런 미동도 없이 서 있었다고 했다. 보채지도 짜증을 내지도 울지도 않았다는 아이. 자신이 할 수 있는 게 아무것도 없다는 걸 너무 빨리 알아버린 아이. 구내식당에서 오래 박힌 돌처럼 미동도 없이 앉아있던 아버지의 오래 단련된 힘줄 같은 게 떠올랐고 임수용은 줄곧 그게 나쁜 교육 같았다.

*

멀지 않는 곳에서 임수정이 앞서 걸어가고 있었다. 빠른 걸음으로 버려진 임수용은 다시 임수정을 버리고 아파트 단지를 가로질렀다. 임수정은 그런 임수용을 기어이 불러 세웠다. 여자에게 받은 돈을 내밀었다.
"그냥 너 써."
"왜?"
"그냥 갖고 싶은 거 하나 사. 아니면 친구들 불러서 놀아, 니가 술도 사고, 커피도 사고, 노래방도 쏘고."
"그러니까 왜?"
임수용은 의심스러운 눈빛으로 물었고 임수정은 임수용이 이런 순간에도 의심이 많은 게 싫었다. 그건 없는 사람들의 특징 같았다. 늘 미련하게 자기 것과 남의 것을 의심했다.
"니가 도와줘서 돈 받았잖아."
"그럼 같이 써야지."
"몇 푼이나 된다고."
임수정은 임수용의 점퍼 주머니에 돈을 찔러 넣었다. 임수정은 택시비를 받으러 온 게 아니라 임수용을 버리러 온 게 확실해졌고 이제 바닥에 돈을 던진 건 그 여자뿐만이 아닌 게 됐다고 생각했다.
이미 오래전에 임수정은 자기 자신보다 임수용을 더 사랑하고 있다는 것을 알았다. 또 사랑은 아무것도 아니란 것을 알았다. 임수정이 사랑하는 그 세계는 임수용만의 세계가 아니라 임수정 자신의 세계라는 것도 알았다. 이상하게 1+1이 되면 더 저렴해지는 세계였다. 작은 포만감이라고 했지만 그게 전부여서 휘둘릴 수밖에 없는 세계였고 합리적인 등가 교환이 아니면 섹스도 불가능한 세계였다.
"왜 같이 쓰면 안 돼?"
"우리는 미래를 약속할 수 없으니까."
임수용은 무심하게 화단을 쳐다봤다.
"그럼…… 영원을 약속하면 되지."
임수정은 다시 돌아서 걷기 시작했다.

*

아파트 화단에는 눈향나무와 눈주목이 심겨 있었다. 둘 다 눈이 들어가는 키가 작은 나무였고 겨울에도 잎이 푸르렀다. 임수용은 일 년 전 대안학교 목공실 공사를 가서 그 나무들을 봤다. 자세히는 알 수 없지만 눈을 맞아도 푸른 나무 같았다. 그래서 둘 다 눈이라는 글자가 들어가는 것 같았다.
"좋은 아파트네."
임수용은 임수정이 가고 나서도 한참을 그대로 서 있었다.

*

오래된 빌라도, 균열도 그대로였다. 508호에서 인테리어 공사 중이라 양해를 구한다는 안내문이 뒤늦게 게시판에 붙어있었다. 임수정은 최소한 이번 여름에는 죽지 않을 것 같았다. 아니, 죽을 것 같았다.

*

4월이 돼도 임수정은 여전히 추웠다. 정직원이 됐지만 유니폼 위에 아무것도 입을 수 없는 건 마찬가지였다. 본격적인 나들이 철임에도 불구하고 마트 매출이 계속해서 떨어지고 있었다. 지난달 경영지원팀 직원이 유학을 간다는 거짓말을 하고 경쟁 마트로 이직을 하자 점장은 그를 쥐새끼라고 했다. 인생 쉽게 살려는 수작이라며 배에 빌붙어서 식량을 갉아먹다가 배가 기우니까 다른 배로 옮겨가 그 배에 있는 식량을 갉아 먹는 짓이라고 했다. 그날 점심시간에 임수정은 직원들에게 날씨에 대해서 말했다.
봄이 되면 집에서 키우는 열대어의 색깔이 진하고 화려해져서 수족관 볼 재미가 난다고. 봄이 그래. 토끼털이 연갈색으로 변하고, 닭의 벼슬이 빨갛게 물들고, 꿩의 꼬리도 더 예뻐진다는 그런 얘기. 그게 다 일조량이 많아져서 그렇다고.
언젠가 임수용이 한 말이었다. 그날 밤 본가에 임수용이 유치원 때부터 키우고 있다는 물고기가 궁금해져서 임수정은 양치를 하다 울었다.

*

다시 일 년이 지났지만 외벽의 균열을 타고 여전히 누런 물이 흘러내렸다. 화단의 돌들이 얼굴을 내민 것처럼 누워 있었다. 지지대는 여전히 미동도 없이 박혀 있었다. 휴일이면 쓰레기가 가득한 베란다에서 임수정은 햇볕을 쬤다. 집에서 키우는 열대어도 자기 자신이 된다는, 색깔이 진하고 화려해져서 수족관 볼 재미가 난다는. 거기까지 생각하다 만약에 다음이 있다면 임수용이 그런 것들로 태어나도 좋겠다고 생각했다. 임수용이 그런 것들로 태어날 수만 있다면,

닭, 꿩, 토끼…… 열대어.

자신은 쥐새끼로 태어나도 좋다고 생각했다.

현진건문학상의 취지 및 심사 경위

1. 문학상의 제정과 취지

현진건문학상은 한국 근대문학을 개척한 작가 현진건 선생의 고향인 대구에서 제정되었다. 2008년 전후로, 대구소설가협회의 뜻있는 분들이 막연하게 서울 작가로만 알고 있던 현진건 선생의 뿌리가 대구라는 사실을 내외에 인지시키는 데 노력하였다. 그리고 선생의 작품과 정신을 계승하는 여러 가지 후속 작업을 입안하는 가운데, 2009년에 현진건 선생 유족의 협력으로(유족 대표, 손서 정의대) 본 문학상을 제정하게 되었다.

그 후 유족 대표인 손서 김윤식 선생과 1회부터 현재까지 한 회도 빠뜨리지 않고 문학상 수상자에게 특별 기념품을 보내주신 현화수 여사(현진건 선생의 따님)의 각별한 애정은 본 문학상이 유수의 문학상으로 자리 잡는 데 큰 힘이 되고 있다.

현진건문학상은 현진건 선생이 남긴 뛰어난 작품의 문학사적 의의를 기리는 것은 물론, 보다 활동적이고 차원 높은 지역 문학을 구축하기 위한 운동으로 그 의미를 갖는다. 나아가 보편적 문학성의 확산에 기여함과 더불어 지역에서 활동하는 문학인을 격려하는 차원이 되어야 한다는 것이 본 문학상의 궁극적 목적이다. 그리하여 지역의 문학인들이 스스로를 격려할 수 있는 방식으로 흘러가게 함으로써 지역 작가들의 새로운 광장으로 거듭날 것이며, 이로써 이들의 창작이 문학의 본질에 더욱 가까이 갈 수 있도록 돕는 제도가 될 것이라 확신한다.

  이런 취지를 수행하기 위해 본 문학상 운영위원회는, 매해 발간하는 『현진건문학상 작품집』으로 인해 발생하는 수익금을 다음 해 더 좋은 작가와 작품에 빛을 주는 일에 사용할 것이다. 작가들의 집필을 돕고 수상자의 상금에 재투자하여, 수익금과 좋은 작품이 선순환되는 구조를 만들어 나가고자 한다. 전국 곳곳에서 창작에 몰두하는 작가들의 적극적인 참여와 독자들의 응원을 기대한다.

2. 2024년 문학상 작품 모집과 심사 경위

  현진건문학상 운영위원회는 막중한 책임감을 갖고 의욕적으로 금년 행사에 임했다. 16회 현진건문학상과 14회 현진건신인문학상의 응모가 8월 31일로 완료되었다. 16회 현진건문학상은 금년 5월부터 본격적으로 행사의 취지를 알리는 작업에 착수하였다. 인터넷과 문학잡지에 지난해 9월부터 금년 8월까지 발행된 각 지역의 간행물에 실린 좋은 작품, 신작을 모집하기 위해서였다.

  지난해와 마찬가지로 제16회 현진건문학상은 다음과 같이 작품을 모집했다.

가. 기성작가 개인의 자유로운 응모.
나. 문협지부와 소설가협회 등 단체가 추천하는 작품.
다. 지역에서 간행되는 (종합)문예지에 발표된 단편소설.

위의 가~다로 다양한 형태로 작품을 접수하는 이유는 개인의 자유성 확보와 지역문학의 활동성 증진, 그리고 소외되거나 위축된 상태로 작품활동을 하는 작가들을 고루 살피기 위해서이다. 그 결과 여러 형태로 많은 작품들이 수합되었다.

총 응모 편수는 330편이고 심사 대상에 올려진 작품은 기성작가 133편(등단작6, 분량 초과 2 제외) 신인 189편이다.

9월 2일과 3일, 양일간 작품을 분류 기록하고 모든 작품에 대해 응모자 이름과 경력 사항을 떼는 완벽한 블라인드 작업으로 공정성을 확보했다. 9월 9일 우편으로 심사위원 세 분에게 우송했다.

금년에는 예본심 통합심사제를 채택했다. 통합심사위원으로 현재 한국 소설문단의 중심작가인 구효서, 박상우, 서하진 소설가가 참여했다. 9월 20일에 심사위원들은 총 11편을 본심에 회부하기로 결정했다. 여기서, 본 사업회 이사인 이연주 소설가도 심사위원으로 위촉되었으나 예심 심사에는 참석하지 않고 본심 심사에만 참여했다. 이는 혹 있을지 모를 지역 응모 작가들과의 연관성을 사전에 차단하기 위해서였다.

본심에 오른 작품 11편은 다음과 같다.

「이삼」,「날씨에 대해 우리가 했던 말」,「남해 금산의 눈사람」,「사막의 주기」,「우리들의 김선호」,「문밖에서」,「커튼」,「저수지로 세 걸음」,「휴먼장르」,「팔월극장」,「나르시스트의 연애」.

본심은 10월 1일 통합심사위원 세 분에 이연주 심사위원이 합류하여 대구에서 열렸다. 지난 열흘 동안 숙독을 마친 11편에 대해 개별 평가를 하고, 서로 간의 의견을 교환하였다.

비교적 어렵잖게 추천작으로 6편을 우선 합의하였다. 그 6편은 다음과 같다.

「이삼」,「날씨에 대해 우리가 했던 말」,「사막의 주기」,「우리들의 김선호」,「휴먼장르」,「팔월극장」

하지만 본상 작품을 선고하는 데는 적지 않은 진통이 있었다. 심사위원들은 계속된 논의를 했음에도 합의에 실패하자 서하진 심사위원이 투표를 하자고 제안했다. 그 투표조차 2회에 걸쳐 진행되었다. 본 문학상이 시행된 후 본상 선정 투표를 2회에 한 것은 이번이 처음이었다. 마침내 김설원의「팔월극장」이 더 많은 지지를 받아 본상 수상작으로 결정되었다.

제 14회 현진건신인문학상은 189편이 응모되었다.

지역별로 보면 서울 62편, 경기 인천 58편, 그 외 비수도권 69편으로 집계되었다.

2024년 8월 31일에 응모 마감된 현진건신인문학상 작품은 현진건문학상 심사 대상 작품과 동일한 방식으로 응모자 사적 정보를 블라인드 처리하여 심사의 객관성을 확보했다. 2024년 9월 5일에 본회 사무실에서 예심을 진행했다. 심사위원으로 노명옥, 권이항 작가가 참여했다. 매우 신중하게 응모작들을 검토한 끝에 본심에 진출할 6편의 작품을 최종 선정했고, 이를 본심 심사위원인 구효서, 박상우, 서하진, 이연주 작가에게 전달하였다.
본심 진출작은 다음과 같다.

「행복 컨설턴트」, 「핏방울」, 「스며드는 것들」, 「태양의 흘긴 눈」, 「뉴욕피자의 끝맛」, 「긴 변명」

본심 심사위원들은 10월 1일 대구에서 모여, 현진건문학상 추천작을 선정하기에 앞서 신인문학상부터 심사를 진행했다. 심사위원들은 본심 진출 작품들을 일일이 거론했으나 당선작을 뽑는 데는 크게 어렵지 않았다. 만장일치에 가까운 영예의 당선작은 금이정의 「스며드는 것들」이다.

지난해에 이어 많은 분들이 응모해주셨다. 창작에 몰두하는 모든 분들께 경의를 표한다. 내년에도 좋은 작품으로 응모해주시길 바라마지 않는다.

현진건문학상 운영위원회

내년에도 더 많은 지역에서 문협과 소설가협회, 소설가 동인 등 문학단체들이 더 많은, 더 우수한 작품을 추천해주길 기대한다. 본 운영위원회는 일 년 내내 문을 열고 기다리고 있을 것이다.(현진건문학상 운영위원회 사무국 editorhyeon@hanmail.net)
　문학단체에 가입하지 않거나, 문예지에 발표하지 않은 개인 작가들도 개별적으로 왕성한 응모를 바란다. 전국의 모든 지역에서 작가들의 창작이 활발해지는 것이 '현진건문학상의 꿈'이다.

■현진건문학상 역대 수상작

1회 이수남_심포리
2회 송일호_쿼바디스 도미네
3회 오을식_달밤
4회 문형렬_귤의 시간
5회 박 향_육포냄새
6회 이화경_모란
7회 유시연_존재의 그늘
8회 전경린_붓꽃 / 권정현_골목에 관한 어떤 오마주
9회 하창수_철길 위의 소설가
    우수상 심봉순_제천
    추천작 표성흠_굴절 / 김태환_낙타와 함께 걷다 / 양정규_클린 하우스
            윤혜령_줄을 긋다 / 이완우_탈 / 이충호_화사
10회 김가경_유린 이야기
    우수상 이아타_무릎 위에
    추천작 장정옥_물고기의 집 / 정인_아무 곳에도 없는 / 김동혁_아화
            배이유_검은 붓꽃 / 이근자_지하철과 달팽이 / 최정희_능소화 필 때
11회 (공동우수상) 정미형_봄밤을 거슬러 / 권이항_모든 것은 레겐다에 있다
    추천작 강이라_스노우볼 / 송은일_알아 보지도 못하면서 수없이 껴안은
            심경숙_소금의 눈물 / 이경호_풍의 추락사 / 이미욱_여기 없는 날들
            조미형_각설탕 / 황은덕_해수
12회 이도원_세 사람의 침대
    추천작 강물_그 여자 / 노정완_등골 브레이커 / 윤동수_밀랍인형
            이충호_그 어두운 밤의 우수 / 이홍사_집에서 개를 없애는 몇 가지 방법
            임성용_지하생활자 / 장마리_존은 제인을 만났지만
13회 없음
    추천작 박주영_시차 / 박해동_아이덴티티 / 서유진_나야 / 이소정_수영장
            이은유_X의 세계 / 이은정_소란 / 정광모_봄을 걷다
14회 이근자_아침은 함부르크로 온다
    추천작 강이나_가티 / 도수영_46번 국도의 추월자들 / 이성아_유대인극장
            이소정_버드세이버 스티커 / 임은영_팔월의 이안류 / 정태언_아프리카

15회 김근하_그네
　　추천작 이준호_10시 20분에 방영하는 9시 뉴스 / 양혜영_빨강에 대하여
　　　　정광모_베팅 / 문서정_다이아몬드가 자라는 발가락 / 오성은_호흡법
16회 김설원_팔월극장
　　추천작 안지숙_사막의 주기 / 정광모_휴먼 장르 / 문서정_우리들의 김선호
　　이화정_이삼 / 이소정_날씨에 대해 우리가 했던 말

▌현진건신인문학상 역대 당선작

1회 임수진_틈　　　　　　　2회 김정수_숙주
3회 정은경_뱀　　　　　　　4회 신희우_고양이는 따뜻했다
5회 최제이_아그리빠　　　　6회 김호애_닭을 먹다
7회 방미현_봄, 달　　　　　 8회 김혜지_꽃
9회 고수경_옆사람　　　　　10회 허성환_달팽이를 옮기는 법
11회 유주현_27번　　　　　 12회 서애라_엄마의 이름은 바다
13회 강지선_아스파라거스 숲　14회 금이정_스며드는 것들

초판 인쇄일 •	1쇄 2024년 10월 17일
초판 발행일 •	1쇄 2024년 10월 21일
지 은 이 •	김설원, 금이정, 안지숙, 정광모, 문서정
	이화정, 이소정
발 행 인 •	(사)현진건기념사업회
편집교정 •	신영애, 이근자, 권이향, 황영은
펴 낸 곳 •	화니콤
주 소 •	대구광역시 수성구 들안로 54길 12 1층
전 화 •	053.755.6700
팩 스 •	053.755.6726
전자우편 •	red0202@nate.com
출판등록 •	2006년 8월 31일 제346-2006-00012호

ⓒ사)현진건기념사업회, 2024

※ 이 책의 전부 또는 일부 내용을 재사용하려면 사전에 저작권자와
   화니콤의 동의를 받아야 합니다.
※ 지은이와 협의에 의하여 인지는 생략합니다.
※ 잘못 만들어진 책은 구입하신 서점에서 교환해 드립니다.

이 책은 2024 대구문화예술진흥원 문화인물현창사업 지원으로 출간되었습니다.
ISBN 978-89-97823-20-8-03810
값 16,800원